Luigi Bartolini

Fahrraddiebe

Zu diesem Buch

Ein Mann sieht durch das Schaufensterglas eines Geschäfts, wie sich eine dreiste Räuberbande mit seinem schönen neuen Fahrrad davonmacht. Unmöglich, ihn noch einzuholen, und aussichtslos auch sein empörtes »Packt ihn! Haltet den Dieb!« – weder Passanten noch Polizisten sehen bei solchen Szenen, die in den Straßen Roms Mitte der 1940er-Jahre alltäglich geworden sind, noch Handlungsbedarf. Doch was verstehen die schon von der Liebe zum Fahrrad und von der Freiheit, die es verkörpert? Der Bestohlene gibt sich nicht geschlagen und macht sich selbst auf zu den dunklen Gassen und Plätzen, wo sich Gauner, Hehler und Huren versammeln und das Diebesgut verhökert wird. Melancholisch und humorvoll erzählt Bartolini von der abenteuerlichen Suche und verdichtet sie zu einer Parabel der menschlichen Existenz.

Der Autor

Luigi Bartolini (1892–1963) war nicht nur Erzähler und Lyriker, sondern auch Maler und Kupferstecher. Er hat bei zahlreichen Zeitschriften mitgearbeitet und eigenwillige, zum Teil polemische kunst- und literaturtheoretische Positionen bezogen. Als entschiedener Gegner des Faschismus war Bartolini zeitweise inhaftiert. Nach dem Krieg wurde er als Professor an die Kunsthochschule in Rom berufen. Bartolini hat Romane und Erzählungen von extremem Realismus geschrieben, Satiren und Gedichte. *Fahrraddiebe,* sein bekanntestes Werk, wurde von Vittorio de Sica prominent verfilmt.

Mehr über Buch und Autor auf *www.unionsverlag.com*

Luigi Bartolini

Fahrraddiebe

Roman

Aus dem Italienischen
von Hellmut Ludwig

Unionsverlag
Zürich

Die Originalausgabe erschien 1948
unter dem Titel *Ladri di Biciclette*
bei Longanesi & Co., Mailand.

Im Internet
Aktuelle Informationen,
Dokumente, Materialien
www.unionsverlag.com

Unionsverlag Taschenbuch 565
Mit freundlicher Genehmigung des Europa Verlags

Rieterstrasse 18, CH-8027 Zürich
Telefon 0041-44-283 20 00, Fax 0041-44-283 20 01
mail@unionsverlag.ch

Reihengestaltung: Heinz Unternährer
Umschlaggestaltung: Martina Heuer, Zürich
Umschlagbild: 123dk
Druck und Bindung: CPI – Clausen & Bosse, Leck
ISBN 978-3-293-20565-9

I

Von den ehrenwerten Dieben, den lieben Verbrechern, den schönen Geldfälschern – und von den verdammten Räubern von Fahrrädern

Roms Diebeshöhle seit unvordenklichen Zeiten ist das Gassengewirr um den Campo dei Fiori. Nur dass sich heutzutage dort noch hundertmal mehr Diebe herumtreiben als früher. Via dei Baullari, Via dei Coronari, Vicolo del Cinque: Dort haben sie ihre Höhlen, ihre Keller, ihre Weinkneipen, ihre Stehbars, ihre Läden, dort sind die Bordelle, die Verstecke, die Schlupfwinkel unserer römischen Diebe.

Hierher bin ich heute gekommen, auf die Piazza del Monte, um zu versuchen, mein schönes neues Fahrrad wiederzufinden, das mir gestern gestohlen wurde. Es war nicht einfach verschwunden – o nein, der Dieb nahm es mir geradezu aus der Hand, während ich noch fast auf der Türschwelle stand zu einem Schusterladen.

Ich brauchte nämlich Schuhcreme, schwarze Schuhcreme. Vergeblich hatte ich es auf der Via della Scrofa in allen Geschäften versucht; dann, auf der Piazza Navona, kam mir der unselige Gedanke, einen Gemüsekrämer zu fragen, wo in aller Welt, in welchem Geschäft, bei welchem Händler sich wohl eine Dose Schuhcreme auftreiben ließe. Der Mann verwies mich in die Via dei Baullari. Eine Vorahnung riet mir, nicht dorthin zu gehen. Doch ich brauchte Schuhcreme, ich hatte Eile – und also ging ich hin. Hinter seinem Ladentisch hervor antwortete der Unglücksmensch von Verkäufer, Schuhcreme habe er wohl, aber gleich von der Tür her nachzufragen, ohne erst richtig einzutreten, das schien ihm wohl nicht das angemessene Benehmen zu sein, in dieser Zeit der Verkäufergnade.

»Warum kommen Sie nicht herein? Soll ich Ihnen das Zeug vielleicht noch nachtragen?«

So lehnte ich mein Rad ans Schaufenster und ging hinein.

Doch hatte ich noch keine zwei Schritte auf den Verkäufer zugemacht, als draußen auf der Straße hinter der Scheibe ein Gesicht auftauchte und mein Fahrrad prüfend betrachtete. Augenscheinlich um sich zu überzeugen, dass es nicht durch ein Schloss gesichert war. Ich fand kaum Zeit, zu dem Händler zu sagen: »Warten Sie einen Augenblick, die Fratze da draußen gefällt mir nicht«, und schon hatte der Dieb, ein schlecht gekleideter junger Mann ohne Krawatte, mit kahl geschorenem Kopf, so wie es im Gefängnis die Anstaltsfriseure mit einer Mulo-Schere zuwege bringen, das Fahrrad ergriffen, war aufgesessen und machte sich aus dem Staube.

»Mein Rad ist gestohlen! Mein Rad ist gestohlen!« So schreiend, stürzte ich aus dem Laden, um dem Dieb nachzusetzen.

Doch zwei oder drei Individuen traten mir in den Weg; es waren die Schmieresteher, die »Pfähle«, wie man in Rom sagt. Sie beruhigten mich, der Dieb werde schnell eingeholt sein. Der eine rief sogar: »Sie haben ihn schon; sie haben ihn!«

Keineswegs: Der Dieb, auf meinem Fahrrad sitzend, von zwei anderen »Pfählen« verfolgt, die taten, als liefen sie ihm nach, fuhr unbehelligt weiter, in Richtung Corso Vittorio Emanuele. Ich schrie noch immer: »Packt ihn! Haltet den Dieb! Al ladro! Acciuffatelo!«

Doch niemand hielt ihn auf. Stattdessen taten zwei oder drei Radfahrer – ebenfalls »Pfähle« –, als wollten sie ihn verfolgen. Sodass die Leute, die vielen vorübergehenden Leute, Platz machten, um die Gruppe von Radfahrern vorbeizulassen. Ich schrie, solange ich konnte. Einer der Diebsgehilfen begann, einem anderen Radler nachzulaufen. Er holte ihn ein. Er ließ ihn absteigen und brachte ihn, zu Fuß, zu mir her. »Ist das Ihr Rad?«, fragte der Hehler.

Es war mein Rad nicht. Aber ich konnte von dem Kerl nicht Namen und Adresse fordern, da er sich beleidigt stellte und zu protestieren anfing. Sodass ich ihn seines Weges ziehen lassen musste. Ich hätte es nicht getan, wenn ich nur auf dem Corso einen »Pizzardone« hätte erblicken können, einen von unseren früheren städtischen Polizisten. Doch wo ist in diesen schrecklichen anarchischen Tagen ein Polizeibeamter zu sehen? Andere Personen, die sich herzugesellt hatten, rieten mir, sofort zur Polizeiwache (sie nannten den Namen einer Straße) zu gehen. Es mussten sehr harmlose Leute sein oder gleichfalls Diebe; denn ich weiß aus eigener Erfahrung, wie nutzlos es schon seit längerer Zeit, seit über einem Jahr, ist, zur Polizei zu rennen, und wie es wirklich nur vergeudete Zeit ist, über den Vorfall eine schriftliche Anzeige einzureichen. Es ist nutzlos. Wenn die jugendlichen Wachtmeister nicht noch einen Weg finden, euch zum Narren zu halten und als Dummkopf hinzustellen, könnt ihr eurem Herrgott danken. Und statt euch zu helfen, wie es ihre Pflicht wäre, ihr Beruf, und den Dieb zu suchen, geben sie euch treu und schlicht zur Antwort: »Wir haben schon genug Diebe zu suchen! Regina Coeli«, das römische Gefängnis, »ist schon überfüllt. Was sollen wir machen? Schauen Sie, wie Sie zurechtkommen!«

Oder aber, sie sagen ganz im Gegenteil: »Wir werden unser Möglichstes tun, lassen Sie uns inzwischen Ihre Telefonnummer da …«

So sprechen sie, haben aber nichts weiter getan, als Ihre Zeit zu verschwenden. Seid sicher, kein Beamter wird nach Ihrem Rad oder dem Dieb auf die Suche gehen.

Der junge Mann, der mir mein Fahrrad gestohlen hat, mein schönes, leichtes, fünf Kilo wiegendes Fahrrad, mit den neuen Reifen, mit Schläuchen, die kaum geflickt waren – der vordere einmal, der hintere zweimal –, mit Rennlenker, Gepäckträger, Aluminiumpumpe, muss erst vorgestern aus Regina Coeli entlassen worden sein; oder wahrscheinlicher: Er ist vorgestern während des Durcheinanders bei dem letzten Brand, ich weiß nicht, in welchem Flügel des Gefängnisses, ausgebrochen. Er war wohl, kaum dem Getümmel entronnen, der Meinung, dass es nur die eine Möglichkeit für ihn gebe, aufs Neue anzufangen zu stehlen. Gewiss, er bestahl mich mit einer klassischen Unverfrorenheit. Er hatte keine Angst vor den vielen Leuten. Er hat seine Tat perfekt organisiert. Noch mehr Menschen scharten sich um mich und rieten mir – doch das hätte ich schon von allein getan –, sofort zur Piazza del Monte zu gehen, denn dort sei der Hauptsammelplatz, der Schlupfwinkel für alle Gauner.

Auf dem Platz herrscht von früh bis abends Gedränge, ein solches Gedränge, dass man nur mühsam vorwärtskommt, nichts als Diebe, jeder Kategorie, jeden Kalibers und jeden Typs, und für alle Arten von Gegenständen: Stoffe, Ledergamaschen, Schuhwerk, Kupferdraht, Glühbirnen, ja Zahnbürsten und Parfums. Da sind die Diebe von Rasierapparaten und -klingen. Diebe von Flicken für Fahrradschläuche. Diebe von Uhren, und, vor allem, Diebe von Fahrrädern. Während in den früher so wohlausgerüsteten Läden und Geschäften der Via delle Colonnette und der Piazza Quadrata, Piazza Fiume – bei der Firma Lazzaretti – und der Piazza Vittorio Emanuele an Fahrrädern buchstäblich nichts mehr zu sehen und zu finden ist, so herrscht auf der Piazza del Monte Überfluss an neuen blitzblanken wie an alten und ältesten Rädern. Hier findet man leuchtende Bianchis neuesten Modells, mit Bogenlampe. Allein für die Lampe verlangen sie dreitausend Lire. Sie verlangen zweitausendneunhundert für einen Reifen 28 ¾ und dreitausendzweihundert für einen zu 28 ⅝. Für einen Schlauch, der zudem noch ein paar Flickstellen hat, wollen sie tausendsechshundert Lire. Man sieht Diebe, die gleich

Schultergehängen über Rücken und Brust ganze Bündel von Schläuchen und Dutzende von Reifen daherbringen. Andere Diebe haben an den äußersten Ecken des Platzes eine schmutzige Decke ausgebreitet und darauf die Ersatzteile der gestohlenen und auseinandergenommenen Fahrräder. Denn man muss wissen, das Erste, was Diebe mit einem gestohlenen Rad tun, ist, es zerlegen oder unkenntlich machen.

Sie zerlegen es, wenn sie glauben, dass seine einzelnen Teile wiederzuerkennen sind; und das sind die Räder mit alten Rahmen und neuen Felgen, ungewöhnlichen Lenkstangen, besonderem Anstrich, Räder, die keine Serienfabrikate sind. In diesen Fällen halten sie es für geraten, das Fahrrad in seine Bestandteile zu zerlegen und diese einzeln an den Mann zu bringen: heute die Lenkstange, morgen die Felgen, übermorgen die Pedale, dann die Lampe. Aber mitunter zerlegen sie auch noch die Lampe und verkaufen den Dynamo und den eigentlichen Scheinwerfer getrennt. Doch wenn es sich um fast neue und unbeschädigte Fahrräder handelt, werden sie getarnt. Dann genügt es, an jener Stelle etwas zu feilen, wo die Fabrikationsnummer eingestanzt ist. Oder es genügt, die Schutzbleche abzunehmen, eine Bremse auszuwechseln oder die Lenkstange, um das Rad unkenntlich zu machen. Ja, es sind Diebe! Manche anständig und manche schlecht gekleidet. Ein schlecht gekleideter fällt dem Laien eher auf, wie er so wartend und beobachtend dasteht, das Gesäß auf die Querstange des Rahmens gestützt: auf sein Fahrrad, welches zehnmal, hundertmal mehr wert ist als die triste Gestalt, wenn man ihren Preis als Galeerenfleisch berechnet.

Ich persönlich beobachte aber lieber die Diebe in Glacéhandschuhen. Menschen, die gar nicht wie Diebe aussehen. Die im Gegenteil aussehen wie mittlere Ministerialbeamte oder allenfalls wie Verkäufer in einem Laden, wie junge Bürogehilfen: das Haar mit Pomade geglättet oder angefeuchtet, gut geschnitten und wohl gekämmt, das Hemd nach der letzten Mode, stets frisch gewaschen und gebügelt, elegante Armbanduhr, amerikanische Schuhe. Die Augen grau gesprenkelt, die Nase wie Bockshorn. Ich besitze eine besondere Fähigkeit, nach dem Aussehen einzuschätzen, was ein Mensch ist, und auch, was er wahrscheinlich denkt. Trotzdem gibt es Diebe, die so gut zurechtgemacht sind, dass sie wie anständige Leute wirken und sogar mich täuschen können. Und sie täuschen nicht nur mich, sondern täuschen auch andere Diebe: Denn es ist nicht gesagt, dass jeder Dieb seine Berufsgenossen kennt und dass alle Gewohnheitsbesucher der Piazza del Monte eine geschlossene Clique bilden. Man kann sogar verschiedene Vereinigungen erkennen, wie zum Beispiel die Bordellgruppe in der Via del Panico.

Sie finden diese Letztere, besser gesagt, Sie hätten sie bis gestern gefunden – das heißt bis zu dem Zeitpunkt, wo die Angloamerikaner, ihren puritanischen Gepflogenheiten folgend, alle Freudenhäuser in Rom schließen ließen –, in den beiden Bordellen der Via del Teatro della Pace oder in jenem Hurenhaus mit der steilen Treppe am Ende des Vicolo del Pellegrino oder in einem anderen – ich glaube, es befindet sich in der Via della Campanella – in der Gegend des berühmten Panico. Dort hätten Sie sie in den frühen Morgenstunden antreffen können, diese Alfonsos, welche die Nachtstunden mit schmierigen Dirnen verbringen und in den schmutzigen Betten, die schon von all den vielen Stiefelpaaren der Tageskunden und der Kanoniker zerwühlt sind, bis zum Morgengrauen schlafen. Dann, im dämmernden Morgen, wachen sie auf: Die Huren schlafen noch oder räkeln sich im Halbschlaf, während ein Speichelfaden aus ihren ekligen, nach Tabak, Alkohol und Geschlechtlichkeit stinkenden Mündern tropft; doch der Alfonso verbringt die Morgenstunden mit offenen Augen, zwischen sechs und sieben denkt er über seine Pläne nach, überlegt, wo er heute etwas stehlen wird. Dann verlässt, besser gesagt: verließ er die Lasterhöhle. Wohl gekleidet, wohl gekämmt verließ er die Lasterstätte, um sein verbrecherisches Vorhaben auszuführen oder das Ergebnis einer schon durchgeführten Unternehmung auf der Piazza del Monte zu veräußern. Menschlicher Abschaum, Gesindel, das niemals gearbeitet hat! Sie haben das Alter erreicht, wo sie sich verheiraten, eine Familie gründen, ein Geschäft aufmachen könnten, doch sie denken gar nicht daran. Sie haben nie daran gedacht. Sie sind aufgewachsen in den Straßen und Gassen Roms, wie in den Gassen der Provinznester die Disteln groß werden, wie Löwenzahn auf Friedhöfen, wie Kletter- und Parasitenpflanzen. Und die Diebe haben auch niemals bedacht, dass es weniger mühevoll sein könnte, ehrlich zu arbeiten. Sicherlich, sie betrachten ihre Tätigkeit nicht als mühevoll: Dort auf der Piazza del Paradiso herumzustehen, in der Nähe des Campo dei Fiori, auf den Warnruf, auf den Wink des Schmierestehers zu achten, eine Zigarette in den Fingern rollend, das ist für sie keine besondere Mühe. Und es ist auch wirklich keine große Mühe. Es ist die Mühe der Lumpen. Aber immerhin, Mühe ist es.

Für mich wäre es unerträglich beschwerlich, Schmiere zu stehen. Lieber würde ich sechs Stunden hintereinander am Tisch sitzen, ohne die Feder vom Papier abzusetzen, als auch nur eine Viertelstunde herumzustehen und mich mit Schmierestehen zu langweilen. Doch für sie muss es eine abwechslungsreiche Tätigkeit sein. Sie tragen gelassene Gleichgültigkeit zur Schau, sie spielen die Rolle irgendeiner Beschäftigung; sie tun das, um den Vorübergehenden nicht aufzufallen. Aber das ist es eben, das ist die schwarze, die schwärzeste Seite der Angelegenheit, dass die anständigen Leute, die braven Bürger, die dort in den Straßen der Diebe wohnen oder ihr Geschäft haben oder die dort vorbeigehen, und das sogar mehrmals und wiederholt am Tage, schließlich und ohne es zu wollen, das Diebsgesindel dulden und es ruhig stehlen lassen, dass sie ihre Mitmenschen berauben lassen. Und ob sie das tun! Gehen Sie nur hin, und fragen Sie beispielsweise einen Gastwirt. Die Gastwirte kennen die Diebe Mann für Mann. Sie kennen sie; doch teils fürchten sie sie, und das ist erklärlich und leuchtet ein, teils begünstigen sie sie, und das scheint seltsam und unerklärlich. Ich komme zu der paradoxen Folgerung, dass Barbiere, Gastwirte, Ladeninhaber – einige, nicht alle – eine gewisse Sympathie, ein gewisses Verständnis, ich möchte sagen, eine gewisse Zuneigung für die Diebe empfinden. Diebe waren ja auch die frühesten

Bewohner Roms: Sie raubten die Frauen der Sabiner; Frauendiebe also, aber immerhin Diebe. Doch lassen wir das beiseite, lassen wir die Geschichte Roms; ich werde sie eines Tages einmal schreiben, eine wahrhaftige, humoristische Geschichte Roms. Sicher ist – um auf die unerhörte, unglaubliche Beihilfe zurückzukommen, welche die Diebe in Rom immer genossen haben und noch heute genießen –, sicher ist, wenn Sie Ihr Fahrrad verloren haben, oder besser gesagt: wenn Sie Ihres Stahl- und Gummirosses verlustig in Wut- und Klagegeschrei ausbrechen oder sich mit der flachen Hand an den Kopf oder mit der Faust auf den Magen schlagen, dass der Kutscher, der Chauffeur, der Wirt, der Ladenbesitzer, der Barbier hinter Ihnen drein lachen; und wenn Sie sich nicht schnell aus dem Staube machen, beginnen sie auch noch, Sie zu verspotten und bis zur Beleidigung anmaßend daherzureden. Danken Sie in solchen Fällen Ihrem Herrgott, wenn Sie nur als Dummkopf und Trottel dastehen!

Und wer bei Hohn- und Spottreden ungeschoren bleibt, wer unbescholten aus dem Andenken an diesen Diebstahl hervorgeht, das ist der arme Dieb. Er ist der »liebe Dieb«, wie Verlaine sagte.

Man weiß, dass Verlaine die Diebe liebte. Weil er mit ihnen zusammen im Gefängnis saß, deshalb liebte er sie. Und er nannte sie »die lieben Diebe«. Und was Mörder angeht, so nannte er sie »die süßen Mörder«. Aber das war für ihn lediglich eine Frage des Reims, höchstens eine Frage von Worten, der klingelnden Worte von Dichtern – die nichts bedeuten in der nackten Wirklichkeit der Dinge. Ich für meinen Teil würde, wenn ich mich, um Dichter zu sein, auch selbst der Päderastie oder den Dünsten des Alkohols ergeben müsste, den Dieben gegenüber doch nichts als ein guter Polizist sein. Ein geduldiger und beharrlicher Polizist. Einer aus Überzeugung, der anders als Verlaine die Jagd auf Diebe, die Verachtung der Diebswelt zum Gegenstand seiner Dichtung macht. Man merkt, dass Verlaine, als er im Gefängnis in Mons seine lieben Diebe tröstete, noch nicht Rad fahren konnte. Aber da es eine Karikatur Verlaines gibt, auf welcher der Dichter sich selbst hoch zu Rad dargestellt hat, wage ich anzunehmen, dass entweder zu seiner Zeit in Arles nicht so viele Diebe existierten, wie es heute allein auf der Piazza del Monte in Rom gibt; oder dass damals, vor hundert Jahren, die Diebe etwas mehr Achtung vor Poeten oder Mitleid mit ihnen hatten. Mit Poeten, wie ich einer bin: einer, der sein Fahrrad rechtschaffen benötigt wie das liebe Brot. Wenn das Brot dazu dient, so gut es geht, seinen Hunger zu stillen, so stellt das Fahrrad für ihn eine andere Art von Brot dar: Brot, das seine Seele nährt. Jene Ernährung an Geist und Seele, die meiner Erfahrung nach nur zu erreichen ist, wenn man mindestens ein Dutzend Kilometer von der Stadt, von der äußersten Peripherie der Vororte, entfernt ist. Ich benötige mein Fahrrad, um zu verschwinden, um auszureißen, um mich der Gemeinschaft der Menschen zu entziehen.

Wie könnte ich zum Beispiel die Szene vergessen, die ich heute Morgen auf der Piazza del Monte erlebte? Ganz unversehens erschien zwischen den Dieben, die ihre Fahrradreifen und -schläuche verkauften, ein eleganter junger Mann. Ein junger Mann, groß wie ein Gardegrenadier und prächtig anzuschauen. Ich habe mich nie nach Männern umgesehen, um sie unter dem Gesichtspunkt der Schönheit zu betrachten; und doch hefteten sich meine Augen auf ihn wie auf eine griechische Statue. Eine Statue von Phidias. Eine Reiterfigur vom Parthenonfries. Sein gewelltes Haar war kastanienbraun; nicht rabenschwarz wie bei den Bewohnern von Trastevere oder Parione, sondern kastanienbraun wie bei Filmschauspielern. Seine Augen waren nicht heller als trübes Wasser, mit Reflexen wie bei Wasser, das nach Maultierurin riecht. Trotzdem war er an körperlicher Schönheit ein Abbild des Adonis. Und während ich ihn betrachtete, dachte ich voll Melancholie an meine jungen Jahre – ach, sie liegen hinter mir! –, als auch ich schön war wie dieser hier. Ich betrachtete ihn, auch wegen dieser Erinnerung, mit Sympathie und viel Neugier. Er war gekleidet wie ein Filmstar, er trug eine gewirkte Bluse aus Seide oder feiner Wolle, was es auch sein mochte, von nussbrauner Farbe; das Hemd unter der Weste schloss mit einem Reißverschluss; er trug ein Paar Hosen, tadellos in Schnitt und Bügelfalte, sodass eine junge Stenotypistin den Kopf verlieren musste. Ich schätzte, wie gesagt, dass er Filmschauspieler sein mochte. Ein bekannter Filmstar. Doch das Schlimme ist, dass ich die Herrlichkeiten der Leinwand nicht übermäßig liebe, den Film, wie man weiß, sogar für eine vulgäre Kunst halte, die niemals, aus ihrer Natur heraus, aus ihrem Wesen und infolge ihrer praktischen Erfordernisse sich vom Vulgären wird befreien können, und so bin ich in den Schönheiten der Leinwand wenig bewandert. Ich kenne nicht einmal die Namen, nicht einmal die Heldentaten unserer größten Filmhelden, die doch jedes junge Mädchen in allen Einzelheiten auswendig weiß.

Während ich so mit mir selbst Zwiesprache hielt, erstand der junge Herr zwei Fahrradreifen. Der verkaufende Dieb verlangte den Preis von dreitausend Lire für jeden. Der schöne junge Mann prüfte aufmerksam von rechts und von links die Ware, die er erwarb. Dann holte er mit einer wundervollen und sehr eleganten Geste aus der kleinen Tasche, welche elegante Herren an der rückwärtigen Seite ihrer Beinkleider haben, eine Lederbrieftasche hervor, die wie ein Buch gefaltet war. Es war eine Brieftasche aus Antilopenleder. Ich hatte noch nie ein solches Prachtstück gesehen und werde wohl nie wieder ein solches zu sehen bekommen und nicht nur in unserer hässlichen abscheulichen Zeit des Hungers und der Trübsal, sondern auch in den vielleicht kommenden goldenen Zeiten. Die Brieftasche war trächtig von Fünfhundertlirenoten. Das sind jene rosaroten Geldscheine, die von ferne aussehen wie Scheiben köstlicher Mortadellawurst; doch von solcher Verwandtschaft soll man nicht sprechen. Sie beeinträchtigte auch nicht die Schönheit des jungen Mannes und nicht die äußerste Eleganz seiner Finger, die weder dick und plump waren noch feminin. Er entnahm dem Pack der Fünfhundertlirenoten mehrere und zählte sieben ab. Dann wurde er etwas verlegen. Da er Scheine zu zehn Lire abzählen musste, war es, als habe er sich bei dem langweiligen und lästigen Abzählen verrechnet. Jedenfalls bemerkte er mit lauter Stimme, während er zählte, dass er die kleinen Geldscheine noch einmal von Neuem durchzählen müsse. Die sieben Fünfhunderter, bedeutete er dem Dieb, könne er schon einstecken. Was der Dieb, mit vor Zufriedenheit unmerklich zitternder Hand, eiligst tat. Dem schönen jungen Mann gelang es endlich, die restlichen zweihundert kleinen Scheine zu zählen. Er nahm die beiden Reifen über die Schulter, bestieg sein sehr schönes Aluminium-Fahrrad und fuhr davon.

Ich hingegen blieb und beobachtete den Dieb und Reifenverkäufer. Und ich sah, wie er in weniger als zehn Minuten ein weiteres Paar Reifen an einen braven Mann verkaufte, der aus Ariccia oder Frascati zu sein schien. Ein älterer Mann, mit rotem Gesicht und weißem, strähnigem Haar, sicherlich ein verschlagener Gastwirt. Er bezahlte mit Tausendernoten, mit jenen kaffee- oder schokoladebraunen. Jedenfalls bekam er, nachdem er dem Dieb drei pergamentene Tausendlirescheine in die Hand gedrückt hatte, eine rosige mortadellafarbene Fünfhunderternote als Rest zurück. Dann ging auch der Wirt seines Weges. Ich verfolgte den Verkauf der Fahrradreifen weiter. Es war eine gute Ecke. Mein Beobachtungsstand war so gewählt, dass ich mit einigem Schielen fast die ganze Piazzetta überblicken konnte. Und bemerken, wenn in einem für mich glücklichen Augenblick unter den Dieben der meines Fahrrads auftauchen sollte. Wenigstens der Dieb. Wenn schon nicht der Dieb samt dem Rad, so doch das Gesicht des Diebes!

So stand ich innerlich seufzend da, als, hast du nicht gesehen, der Gastwirt von vorhin zurückkommt, mit den Armen in der Luft fuchtelt und in der zusammengeballten Rechten den Fünfhundertlireschein schwingt, den er kurz zuvor als Rest von dem Dieb und Reifenverkäufer herausbekommen hatte.

»Er ist falsch! Er ist falsch!«, schreit er. »Sie haben mir einen falschen Schein gegeben.«

»Falsch?«

»Ja, gefälscht, Sie haben ihn mir gerade vorhin gegeben. Und im Übrigen, als ich ihn genauer anschaute, habe ich es schon selbst gemerkt.«

»Wissen Sie denn noch, wer Ihnen den gegeben hat?«, fragt in aller Ruhe seinerseits mein Reifenverkäufer und fügt hinzu: »Wer weiß, wer Ihnen den gegeben hat! Wo sind Sie gewesen? Ich habe Ihnen nichts herausgegeben. Ich habe Ihnen nichts verkauft!«

»Wieso, nichts verkauft?«, fragt der Gastwirt erstaunt und aufgebracht. Und, wie es die Römer tun, Wirt und Dieb beginnen, einander mit bösen Worten zu traktieren.

Schließlich schlägt der Wirt einsichtsvoll dem Dieb vor, in seiner Brieftasche gut nachzuschauen, ob sie nicht, zufällig, noch weitere so ungeschickt nachgemachte Fünfhunderter enthalte.

Jetzt mische ich mich in die Debatte und bitte, mich den falschen Geldschein anschauen zu lassen. Die Diebe bestehlen auch mich; doch bin ich ihnen kein Unbekannter. Sie haben mich hundertmal die Piazza Navona zeichnen und mich durch ihre Gassen streifen sehen, auf der Suche nach Modellen. Seeräubermodelle, Zigeunermodelle, verkommene junge Modelle für Bacchanale. Jugendliche Huren: Ich weiß selbst nicht, weshalb gerade sie mich anziehen; ich weiß nicht einmal, wie ich es mache, sie in meiner Vorstellung in Nymphen zu verwandeln, sie hinüberzunehmen in meine freie Welt voller unverdorbener Geschöpfe, Geschöpfe, die der Wirklichkeit – einer Wirklichkeit, die es nicht gibt – ebenso sehr ähneln, wie sie, verglichen mit der vulgären Existenz und der mich selbst oft anwidernden wahren Gestalt der Modelle, vergöttlicht erscheinen.

Dieb und Gastwirt waren einverstanden und gaben mir den Geldschein, damit ich ihn untersuchen könnte. Der Schein war nur wenig besser nachgemacht als jene faksimilierten Noten, die nur auf einer Seite bedruckt sind und als Reklame für Banfi-Stärkemehl dienen. Es war sicher eine nach einem echten Schein in sorglosem Lichtdruckverfahren hergestellte Note. Ein so schlecht gedrucktes Papier, dass die Erkennungszeichen und -marken gar nicht aneinanderpassten; es war also nicht nur gefälscht, sondern erwies sich auch als in großer Eile gedruckt. Wenn man den Schein gegen das Licht hielt, ergab das Wasserzeichen keine Figur, sondern ein halbes Ungeheuer. Ein Halbungeheuer von einer Figur, ohne Licht und Schatten und ungeschickt mit einem Stempel eingepresst, der nur die schwärzlichen Linien wiedergab.

Ich sagte, der Schein sei falsch. Weitere Diebe, die inzwischen herzugekommen waren, bestätigten mit sachkundiger Arroganz – es waren Taschendiebe, Diebe von Brieftaschen –, dass der Schein nur ein ganz ungeschickter Schwindel sei, ein ganz erbärmliches Machwerk. Jetzt lachten alle, Diebe wie Ehrenmänner. Nur ich stand da und lachte nicht, sondern gab acht, wie die

Szene ausgehen würde. Sie ging so aus, dass der arme Dieb und Reifenverkäufer mit diesmal sehr viel stärker zitternder Hand aus der Innentasche seine schmierige Brieftasche hervorholte und die sechs Fünfhunderternoten zeigte, die ihm geblieben waren von denen, die er von dem schönen Adonis-Jüngling erhalten hatte; von dem Überdieb, dem Dieb der Diebe, von der Statue, die dem Reiterbild des Phidias ähnlich sah, von dem Dieb in gelben Handschuhen.

»Aber das macht nichts!«, antwortete der bescheidene und gewöhnliche Dieb auf die Spottworte seiner Diebskollegen. »Jemand hat sie mir gegeben, und jemand wird sie nehmen. Für mich sind sie alle echt!«

Er wollte sagen, dass es für ihn, echt oder nicht, gefälscht oder nicht, alles gleicherweise gestohlenes Geld sei.

»Auch die echten sind falsch und haben keinen Wert!«, seufzte er philosophisch. Aber sein Seufzer war nur von kurzer Dauer; und nachdem er den falschen Schein wieder an sich genommen und die fünfhundert Lire in einem echten Schein herausgegeben hatte, fuhr er fort, seine gestohlenen Fahrradreifen weiterzuverkaufen. Doch gab er dabei acht, dass er die falschen Fünfhunderter nur denen als Rest herausgab, die mehr Eile zeigten als der Gastwirt oder augenscheinlich nicht in der Nähe wohnten.

Am nächsten Tag gedachte ich mich zur Porta Portese zu begeben, denn die Porta Portese ist der größte unter den Sammelplätzen der Diebe Roms. Es war am frühen Morgen, und als ich aufstand, mag es halb sieben gewesen sein. Es war einer der schönsten Tage gegen Ende September; und der September ist in Rom der schönste Monat, der hellste, der blaueste und der frischeste Monat. Ich verließ das Haus in Verkleidung, da ich bemerkt hatte, dass am Tag zuvor auf der Piazza del Monte allzu viele Diebe die Anwesenheit eines Nichtdiebs, wie ich es war, festgestellt hatten, eine Qualität, die aus meiner bescheidenen Kleidung zu entnehmen war, aus meiner Miene eines Mannes, der zeigt – aber nur, wenn man ihn aufmerksam anschaut –, dass er durch irgendetwas ausgezeichnet ist. Ich ging ohne Kragen, band keine Krawatte um, sondern wickelte mir einen schottischen Wollschal um den Hals und knotete ihn nach Art der Diebe. Ich wählte unter meinen Schuhen ein Paar, das einmal sehr schön gewesen, aber durch langen Gebrauch abgetragen und geflickt war. Trotzdem bildete ich mir nicht ein, wie ein echter Dieb auszusehen. Im Gegenteil: Dass ich mich so zurechtgemacht hatte, trug mir nur die verwunderten Blicke des indiskreten Portiers meines Hauses in der Via Oslavia ein. Vom Rione Prati musste ich auf dem Rad – denn ich besaß, ehe mir das andere geraubt wurde, zwei Räder; und ein zweites Rad zu besitzen ist unumgänglich notwendig, wenn man versuchen will, ein gestohlenes wiederzubekommen –, ich musste also den Tiber entlangradeln, durch die Via Lungara, über den Ponte Garibaldi, bis zum Viale del Re, der heutigen Via Trastevere, auf der Höhe des Unterrichtsministeriums einbiegen und mich links halten, bis man durch die Via Portuense zur Besserungsanstalt für Minderjährige gelangt, und von dort dann zur Porta

Portese. Als ich über den Petersplatz kam, überfiel mich die Schönheit dieser riesigen rosa und himmelblauen Muschel aus dem Meer der Christenheit. Ich hatte halb Rom in seiner Stille durchquert, denn Rom geht abends zeitig zu Bett und erwacht des Morgens nicht vor acht, halb neun. Ich meine das bürgerliche Rom. Das Rom der Diebe hingegen stand bereits um Viertel vor sieben längs jenes Schlauchs von Straße aufgereiht, der in früherer Zeit als Zugang zu den Hundezwingern der Porta Portese diente. Eine hässliche Straße, die ich bereits kennengelernt hatte, als ich sie vor einigen Jahren mit ähnlicher Angst wie heute Morgen durchfuhr, um meinen Hund »Liebe« zu suchen, der mir gleichfalls gestohlen worden war. Mir hatten nämlich die Diebe Roms bereits im Dezember des Jahres 1938 ihren Willkommensgruß dargebracht, indem sie mir meinen wunderschönen Setter, der den deutschen Namen »Liebe« trug, stahlen; ich fand ihn damals im Schlund eines Backofens wieder, wo ihn der Bäcker, ein Freund des Jägers, der ihn mir gestohlen, verborgen hielt.

Um Viertel vor sieben quirlte es in dem Straßenschlauch an der Porta Portese bereits von Dieben. Auch längs der beiden Geländer der Brücke standen sie in hellen Scharen. Diebe, die dastanden, ein jeder mit einem, mit zwei und sogar drei Fahrrädern neben sich, zwischen Verkäufern von Feigen und Weintrauben, von Nüssen und Haselnüssen. O weh!, es waren so viele Menschen, dass ich fürchten musste, die Hauptschwierigkeit werde sein, mich zwischen ihnen hindurchzuzwängen, ehe der Dieb meine Anwesenheit bemerkte. Ich hatte mir gedacht, dass sich an der Porta Portese kaum mehr als hundert Personen befinden könnten; stattdessen waren es mindestens zweitausend. Ich begann, mich zwischen den Dieben auf dem Platz durchzuschlängeln. Sie waren wie in Reihen aufgestellt. In der ersten Reihe, ganz vorne, standen diejenigen, die ein oder zwei Räder in der Hand hatten. Es handelte sich jedoch um alte, abgenutzte Fahrzeuge, um solche, wie man sie sonst bei öffentlichen Versteigerungen finden kann, Fahrräder ohne Reifen und ohne Schläuche, abgeschabte, zusammengeschweißte, verbeulte Räder. Hinter der ersten Reihe standen die Verkäufer von Reifen, Schläuchen und Ersatzteilen. Ich erkannte in der ersten Reihe mehrere von den Dieben, die ich schon auf der Piazza del Monte beobachtet hatte. Da war jener, der drei Räder der Marke Wolsit zu veräußern hatte: Räder der ehemaligen faschistischen Miliz, Diensträder, neue, stattliche, schwarz lackierte Räder. Sie wurden von allen Dieben zu annähernd immer demselben Preis angeboten, rund fünfzehntausend Lire. Die Verkäufer waren Diebe von Profession oder desertierte frühere Soldaten; vielleicht waren sie beides zugleich.

Unter den Dieben bemerkte ich zwei junge Leute, die im Knopfloch irgendein studentisches Abzeichen trugen. Sie gingen mit einem kleinen Koffer in der Hand umher und näherten sich zaghaft und vorsichtig den Käufern. Wenn der Käufer bejahte, öffnete einer der beiden jungen Leute den Koffer und bot schwarze Hemden der ehemaligen Universitätsmiliz zum Verkauf an. Sie verkauften auch handliches Werkzeug.

Während ich mich durch die ersten Reihen der Diebe drängte, kam ein Jüngling in grünem Pullover auf mich zu; er war ein kräftiger, hemmungslos auftretender, gebieterischer junger Mann, er glich einem alten Römer oder einem jüngst verflossenen Straßenschlachtfaschisten. Er fragte mich mit vorzüglicher Unverfrorenheit, ob ich mich an diesen Platz gestellt hätte, um zu verkaufen oder um zu kaufen. Ich antwortete, dass ich hier stünde, um zu verkaufen. Er – der mich bereits auf der Piazza del Monte gesehen haben musste – sah mich noch einmal abfällig von oben bis unten an: wie um mir klarzumachen, dass er wisse, wer ich sei, und auch, weshalb ich mich hier zwischen den Dieben befände, nämlich nicht mit der Absicht, etwas zu verkaufen, sondern dem Dieb meines anderen Fahrrads nachzuspüren und wenn möglich auch das Rad selbst wiederzubekommen. Schließlich fragte er mich, wie viel ich für das Rad, das ich bei mir hatte, haben wolle; und ich, um ihm zu verstehen zu geben, dass er mir lästig falle, gab ihm zur Antwort: »Dreißigtausend.«

»Sei zufrieden, wenn wir dir dein Rad eines Tages für sechstausend zurückverkaufen!«, brummte er und verschwand in der Menschenmenge; das wollte heißen, dass mir seine Bande in der Via della Scala sehr bald auch dieses zweite Rad stehlen werde und dass die Diebe selbst es dann für sechstausend Lire wieder an mich verkaufen würden. Sogleich machte ich mir selbst Vorwürfe, dass ich ihn hatte merken lassen, wie ich auch heute noch mit Wut geladen war. Ich hätte ihm auch nicht höhnisch einen so unmöglichen

Preis nennen dürfen, sondern den demütig Habgierigen spielen und eine Summe verlangen sollen, die dem Wert entsprach, den die Diebe für das hellblau lackierte Rad, das ich bei mir hatte, angesetzt haben würden. Man darf Diebe nicht beleidigen! Man darf sie nicht aufbringen! Aber das ist mein alter Fehler: Folge und Zeichen meiner Unerfahrenheit. Zwar hatte ich es schon einmal fertiggebracht, hier in Rom mein hellblaues Fahrrad wiederzubekommen, als es mir gestohlen worden war, doch deswegen allein konnte ich mir noch nicht die verdienstliche Eigenschaft anmaßen, ein hervorragender Finder oder ein Musterpolizist zu sein. Dazu gehört mehr! Und mit dem jungen Dieb, der sich mir gestellt hatte, hätte ich nachsichtig sein sollen, umso mehr, als er, wie ich später erfuhr, ein Oberdieb, ein Bandenführer war, sozusagen ein Inspekteur der Diebe: einer, der mich vielleicht schon seit gestern im Auge behalten und mich heute hier erwartet hatte; sicher, wie er war, dass ich kommen würde, mein Fahrrad an der Porta Portese zu suchen.

Was die Verhinderung der Fahrraddiebstähle, was die Wachsamkeit, mit einem Wort, was die Polizei angeht, so lassen Sie sich das Folgende erzählen. Ich fuhr heute Morgen, auf meinem Weg zur Porta Portese, über die Piazza del Monte. Obgleich ich wusste, dass sonntags der Platz vollkommen frei von Dieben ist, hatte ich mich davon doch selbst überzeugen wollen. Wirklich lag der Platz verlassen da. Lediglich ein städtischer Polizeimann in Uniform, melancholisch in einer der Ecken stehend, war zu sehen. Einsam stand er da, den einen Fuß auf die Eingangsstufen eines Hauses gestellt. Er wirkte wie ein Betrunkener am frühen Morgen. Aus einem Fenster heraus unterhielt sich ein Mädchen, eine Gassendirne, mit ihm: Sie bediente sich mit ihren Händen des Zeichenalphabets der Taubstummen und der Sträflinge. Mich reizte es, ihn ein wenig aufzuziehen, und so ging ich auf ihn zu und fragte nichts Geringeres als dies: »Guten Morgen. Wo sind denn heute früh die Diebe?«

Der Wachtmann, sei es, dass er durch die unerwartete Frage überrascht war oder dass er sie nicht als Ironie nahm, gab mir zur Antwort: »Eh, come, signore? Wissen Sie nicht, dass heute«, und er erklärte: sonntags, »die Diebe nicht hier sind, sondern alle an der Porta Portese? Gehen Sie in dieser Richtung, und fragen Sie dann noch einmal, alle Leute können Ihnen sagen, wo sich die Diebe von der Porta Portese aufhalten!«

Ich war nicht allzu verblüfft über diese Antwort, wie ich schon gestern nicht verblüfft war, als ich unter den Dieben einen Carabiniere beobachten konnte, der seinen schwarzen Regenmantel verkaufte, und einen anderen, der auf der Piazza del Monte ein Paar schwarze Ledergamaschen verhandelte. Und ich setzte meinen Weg zur Porta Portese fort.

Unterwegs begegnete ich einem Mädchen mit kerzengeraden Beinen, die nicht nackt waren – in dieser Zeit des Hungers und der Not und der Unmöglichkeit für ein Mädchen, das keine Soldatenhure war, vierhundert Lire übrig zu haben, um sie für ein Paar schlechter Strümpfe hinzuwerfen! –, und ich betrachtete mit meinem alten Poetengemüt, mit dem Sinn des beschaulichen Wanderers, ihren Rock, ihren kurzen

Rock, der mich an die Campanula-Blüte der Ackerwinde erinnerte. Ich musste an die Schönheit, an das sinnenfällig Schöne überhaupt denken, das heute bereits außerhalb meines Wünschens liegt. Ich verglich diese Zeit der Trauer und des Unglücks, diese so völlig schwarze Zeit, mit der früheren Zeit meiner Jugend: mit jener Zeit, zu der das Einzige, an was ich nicht dachte, der Hunger, der Hunger nach leiblicher Nahrung war oder die Jagd auf Fahrraddiebe, während ein jedes Mädchen für mich eine Quelle der Inspiration war. Dann, immer weiter die Pedale tretend – denn die Porta Portese war noch weit –, ging mir dies durch den Kopf: Früher hatte es mich erfreut, die Mädchen in ihrer Anmut, ihrer Unverdorbenheit, ihrer mehr oder minder großen Schönheit zu betrachten, während ich nun geradezu gezwungen war, meine Zeit einzig damit zu verschwenden, Hässliches, das mir zustieß, wieder gutzumachen und die Räuber meiner Sachen zu verfolgen und zu versuchen, meine Brieftaschen, Füllfederhalter, Regenschirme, Fahrräder wiederzuerlangen.

Aber um den Faden der Erzählung an dem Punkt wieder aufzunehmen, wo ich ihn habe fallen lassen, so muss ich berichten, dass mir nach der Prüfung durch den Oberdieb an der Porta Portese – im Abstand von etwa zehn Minuten – ein kleines Missgeschick begegnete; das zum Glück sich nur als Scherz auswirkte, als Scherz insofern, als ich in der Voraussicht, heute einen halben Tag lang mit Dieben zusammen zu sein, die Vorsichtsmaßnahme getroffen hatte, mir vor dem Verlassen des Hauses die Innentasche, in der ich mein

Geld verwahrte, zuzunähen und die Außentaschen meiner Jacke zu leeren. Wirklich hatte nun ein unverfrorener Gauner, ein Taschendieb, die rechte Tasche meiner Jacke untersucht und das Futter nach außen gestülpt. Herausgezerrt, wie zur Ermahnung; oder aus Wut, dass er nichts zu stehlen gefunden hatte.

Immer mehr Diebe versammelten sich bei der Porta Portese. Sie kamen aus der Lungara und vor allem aus der Via della Scala, Via del Mattonato, aus dem Vicolo del Cinque oder Vicolo del Piede. Andere kamen aus der entgegengesetzten Richtung, vom Aventin, noch andere von weiter her, von der Piazza Vittorio oder der Garbatella. Sodass man um sieben Uhr morgens bereits Mühe hatte, sich auf dem Platz überhaupt zu bewegen. Das Gedränge war derartig, dass es gar nichts nutzte, »erlauben Sie« zu bitten, sondern dass man sich nur mit den Ellbogen vorwärts zwängte. Ich selber musste Stöße austeilen, um ins Freie zu gelangen, mir Luft zu schaffen. Ich beobachtete, dass viele Diebe durch den Torbogen der Porta Portese strömten, durch den Straßenschlauch mit den niedrigen Häusern, den kalkbeworfenen Baracken, den wie herausgesägten leeren Stellen längs des Flussufers, den halb eingestürzten zerfallenen Mauern: Barackenbauten und Schuttmassen über einen halben Kilometer hin. Diesen halben Kilometer entlang standen Reihen weiterer Fahrraddiebe, Verkäufer von gestohlenen Dingen aller Art, von Decken und Wäsche, Trödelkram, Utensilien für Schmiede, Tischler, Schuhmacher, Maurer. Verkäufer von gebrauchtem Schuhwerk, von Zwirnen und Garnen, Verkäufer von leeren Blechdosen. Verkäufer von kümmerlichen Bilderrahmen, von scheußlichen Ölbildern aus der Hand murksender Dilettanten, von zusammengeleimten Kacheln, von allerlei Griffen und Gurten, sogar von zerlesenen und speckigen Schundromanen. Alles Zeug, das in anderen Zeiten nicht den geringsten Wert besessen hätte! Aber Zeug, das man jetzt in allen Geschäften Roms nicht hätte auftreiben können. Zum Beispiel war da ein Gauner, der Schachteln mit Wachs- und Holzzündhölzern verkaufte.

Ich fragte ihn, woher die Zündhölzer kämen. Mit franziskanischer, kameradschaftlicher Schlichtheit vertraute er mir an, dass er, um sich mit Zündholzpackungen einzudecken, auf den Hauptbahnhof, die Stazione Termini gehe: Dort warte er auf die Züge aus Richtung Perugia, und von deren Reisenden erwerbe er Tabakwaren und Zündhölzer der verschiedensten Fabrikate zum Preise von fünfzehn Lire für hundert Hölzchen. Die er dann für fünfundzwanzig oder dreißig Lire weiterverkaufte.

Ein anderer Schwarzhändler veräußerte grobes Salz, Viehsalz. Ein weiterer Öl. Jenes Öl, welches das Ernährungsministerium nicht einmal zwanzig-Grammweise im Monat an die bedauernswerten Normalverbraucher und Steuerzahler zu verteilen vermochte, hier wurde es frei im Angesicht der strahlenden Sonne verkauft. Es standen Stühle und Hocker da, und auf den Stühlen und den Hockern große Flaschen voll besten Olivenöls; neben den Flaschen standen Gläser, worin mit einem Blechtrichter die letzten Tropfen aufgefangen wurden.

Beim Anblick dieses wimmelnden Elends, dieser emsig umhergehenden Leute mit den mageren, gelblichen, finsteren Gesichtern dachte ich an die Menschheit unserer Dichter, unserer Philosophen. Arme Menschheit, die sie beim Duft von Rosenwasser erträumen! Während die Wirklichkeit hier vor mir lag, in schöner Gegenwart: arme, mit allen Wassern gewaschene Menschen. Menschen, denen es mit den schlauesten, scharfsinnigsten Vorkehrungen, bisweilen mit wahren Geniestreichen gelang, ihren Hunger zu lindern. Wir Dichter, wir Philosophen, glaubten wir vielleicht, dass die Armen ohne Fähigkeiten seien? Oder dass die bürgerlichen Menschen jene seien, die ein klein wenig mehr Geschicklichkeit besäßen als die Armen? Nein, nein, die Dinge verhalten sich ganz anders. Der Schandmarkt an der Porta Portese zeigt, dass die Armen arm sind trotz ihrer Schlauheit, trotz ihrer Intelligenz und obwohl sie eine Geistesgegenwart besitzen, die der unseren gleich, wenn nicht überlegen ist; und einer – einer, den ich gefragt hatte, was eine Fahrradlampe samt dem zugehörigen Dynamo koste – gab mir diese Antwort: »Sie kostet neunhundert Lire; dreihundert die Lampe und sechshundert der Dynamo.«

Und er setzte hinzu: »Nehmen Sie sie, und wenn sie nicht gut ist, gebe ich Ihnen ohne Weiteres die neunhundert Lire zurück.« Ich antwortete ihm: »Kein Grund, dass Sie mir die neunhundert Lire zurückerstatten – behalten Sie die Lampe nur gleich.« Und er setzte mir seine Gründe so auseinander: Wenn ein Liter Öl heute sechshundert Lire kostet, während er gestern auf sechs Lire kam, so ist es recht und billig, dass auch die Fahrradlampe mit Dynamo das Hundertfache kostet, oder auch das Paar Stiefel, das Sie benötigen.

Ein anderer Dieb hatte Zündhölzer anzubieten. Schächtelchen, die im Tabakladen auf Karte zwei Lire kosten, an der Porta Portese dagegen fünfundzwanzig Lire. Fünfundzwanzig Lire für hundert Zündhölzer! Eine ganze Lira für vier Zündhölzchen! Das lässt einem nicht nur das Lachen vergehen, sondern auch fürchten, dass der Herr Finanzminister uns zum Besten hielt und seinen Scherz mit uns trieb, als er neulich in seiner Rede versicherte, die Staatsschuld belaufe sich nur auf sechshundert Milliarden. Sechshundert Milliarden Lire im Verhältnis zu vierzig Millionen Einwohnern würde fünfzehntausend Lire Staatsschuld für jeden Italiener ausmachen. Das heißt, jeder Bürger schuldet an Unbekannt einige Monate Gehalt oder Lohn. Wenn man die Zinsen für die fünfzehntausend berechnet, so schuldet jeder Staatsbürger den Inhabern der Schuldtitel eintausendfünfhundert Lire im Jahr. Doch die Wirklichkeit ist eine ganz andere! Die Wirklichkeit ist, dass man mit einem Gehalt mittlerer Höhe, mit einem Gehalt achten Grades, das heißt mit viertausend Lire im Monat nichts als ein Paar Schuhe oder einen Anzugstoff erwerben kann. Sinnend betrachtete ich die Hekatombe, den Friedhof, den dieser Riesenberg gestohlener Gegenstände darstellte.

Ich gelangte ans Ende des langen Straßenschlauchs, der mehr Diebe und Händler als Käufer beherbergte. An der Stelle, die unter dem Namen »Capannone«, was für gewöhnlich ein hallenartiges Gebäude bezeichnet, bekannt ist, hat der Markt ein plötzliches Ende. Dort, an diesem Ende, befand sich ein friedliches Schilfwäldchen, und zur Linken des Schilfes lief ein schmaler Feldweg. Hier bog ich ein, um ein wenig Sonne, ein wenig Ruhe, ein wenig reine Luft zu genießen. Ich erspähte eine Art Dorfbrunnen, an dem friedlich eine Bäuerin stand und Wäsche spülte. Doch auch sie antwortete mir kurz angebunden; sie war wohl misstrauisch gegen mich: wie wenn ich ebenfalls entweder ein Dieb oder ein verkleideter Polizist wäre.

Ich kehrte um und bahnte mir mit Mühe einen Weg durch die Tausende von Dieben. Ich strebte nach dem freien Platz zurück, wo die Fahrraddiebe ihren Standort hatten. Ein unangebrachter Optimismus ließ mich hoffen, dass sich unter den zahllosen Dieben auch der meines Rades befinde. Ich begann von Neuem, sie prüfend anzuschauen, sie einen nach dem anderen zu besehen, die Gesichter aufmerksam zu inspizieren. Müde vom Prüfen, Betrachten und Keine-Spur-Finden, weder vom Fahrrad noch vom Dieb, überlegte ich, ob ich ein neues Rad erstehen sollte. So kam es, dass ich mich im Einzelnen nach den Preisen zu erkundigen begann. Ein Rad ohne Reifen, zehn Jahre alt, neu angestrichen, aber sonst ganz zerfahren, kam auf siebentausend Lire, mindestens auf sechstausend, ein Rad der Marke Bianchi im günstigsten Fall auf zwanzigtausend.

Ich bemerkte in einer Gruppe zusammenstehender Gauner einen Jungen. Er führte ein ganz neues, blitzendes, verchromtes Rad an der Hand, ein Rad mit Schutzblechen, Lampe und doppelter Felgenbremse. Neue Reifen, neuer Rahmen. Er rief immer wieder: »Zu verkaufen! Ja, zu verkaufen!«, und beim Rufen stotterte er. Ich ging auf ihn zu. Prüfte das Gewicht des Rades, indem ich es in der Mitte der Querstange fasste und leicht anhob. Ich trieb ein Pedal an und ließ die Kette etwas laufen. Das Geräusch war leicht, regelmäßig, fast musikalisch, vollkommen. Und so passierte es, dass ich mich in ein vollkommenes Fahrrad verliebte. Er verlangte achtzehntausend Lire. Das war der gerechte Preis, verglichen mit den Angeboten, die ich nun seit zwei Tagen den Gesprächen von Käufern und Verkäufern entnommen hatte. Ich bot zwölftausend Lire. »A-Aber nnein!«, machte der Stotterer. »Ich-ich, ich habe es doch nicht gestohlen! Es ko-kokostet mich selbst sechzehntausend Lire. Und mir hat man schon vier-vierzehn-vierzehntausend Lire geboten. Aber ich habehabe es nicht hergegeben!« Ich will das Stottern nicht weiter nachmachen, es kostet mich nur Mühe, Papier und Tinte. Ich stellte fest, dass der arme Stotterer besser zu verkaufen verstand als die anderen. Und dass er nur ein Gelegenheitsdieb war; doch immerhin ein Dieb.

Inzwischen beriet ich mich im Stillen mit meinem Gewissen. Darf man von einem Dieb etwas erwerben? Heißt das nicht, ihn bereitwillig auch noch unterstützen? Bestraft das Gesetz denn nicht den Hehler? Ach, das Gesetz! Versucht nur, es auf der dunklen Mondhälfte aufzuspüren! Und geht doch erst einmal in den Laden eines ehrlichen Fahrradhändlers! Ja, geht nur! Der wird euch antworten, dass er keine Räder zu verkaufen hat, weder neue noch gebrauchte. Der hat kaum eine kleine Tube Gummilösung, die nicht klebt, und vielleicht eine Luftpumpe vorsintflutlicher Bauart. Sie selbst, die ehrlichen Händler, geben euch den Rat, euch an die Diebe zu wenden. Und sie selbst, die Ehrlichen, sind, manchmal freiwillig und manchmal unfreiwillig, die Belieferer der beiden Schwarzmärkte auf der Piazza del Monte und an der Porta Portese. Einbrüche und Diebstähle in Fahrradgeschäfte ereignen sich jede Nacht; ereigneten sich, besser gesagt. Sie ereignen sich nicht mehr, aus dem einfachen Grund, weil jetzt alle Läden bereits ausgeräubert und leer sind, sei es durch die Diebe, sei es durch die Besitzer; denn diese haben schließlich ihre letzten für Käufer bestimmten Fahrräder in den Kellern versteckt. Sie begannen damit, die Räder in den Kellern zu verstecken, als die Deutschen Rom besetzt hatten; als die Deutschen die Fahrräder beschlagnahmten und sie mit dem Einheitspreis von tausend Lire das Stück bezahlten. Wenn sie überhaupt bezahlten. Seit jenen Tagen nahmen die Händler Beziehungen auf zu den Schwarzhändlern und Dieben. Vielleicht verkaufen die Geschäftsleute jetzt an die Gauner neue Fahrräder zu zehntausend Lire; und die Gauner natürlich verkaufen ihrerseits zu zwanzigtausend. Bei solchem Stand der Dinge kann man – in meinem Fall – also nicht einmal von Gewissensskrupeln sprechen. Es ist der Zwang. Es ist die Notwendigkeit, ein Fahrrad zu erwerben, die einen dazu zwingt, es nur von jenen zu kaufen, die den Alleinvertrieb haben: den Schwarzhändlern und Dieben. Bedenken Sie im Übrigen bitte, dass viele Käufer von Rädern gerade eben die Fahrradhändler selbst sind! Und das ist nur natürlich in einem Augenblick, da zwischen Norditalien – wo die Fahrräder hauptsächlich hergestellt werden – und dem freien Süden des Landes eine Feuergrenze verläuft und zwei fremde Heere einander gegenüberstehen. Es ist also zwangsläufig, dass auch vonseiten einiger Geschäftsleute Räder an der Porta Portese eingekauft werden. Vielleicht kauft jetzt mancher Ladeninhaber sich eben jenes Rad zurück, das er vor Zeiten, vor Ankunft der Deutschen, an die Gauner verkauft hat; in der rosenroten Hoffnung, dass der Krieg ein baldiges Ende nehmen und dass aus Pavia, Busto Arsizio, Cremona, aus Brescia, aus Mailand, aus Turin neue Markenräder auf den Markt strömen möchten; dass die Fabriken ihre Tätigkeit fortsetzen und, wie früher, ihre Erzeugnisse nach Süditalien fließen lassen möchten. Stattdessen begannen eines schönen Tages die Reifen auszugehen, dann die Schläuche, dann die Rahmen, und folglich kletterten die Preise in schwindelnde Höhen; und es ist gar nicht wahrscheinlich, dass sie in der ersten Zeit nach dem Krieg so schnell wieder sinken werden.

Und als der gute Rechner, der ich bin, aber auch als jener horazische Dichter, der das Beste sieht und sich an das Schlechteste hält, kam mir der Gedanke, zu versuchen, mich für das Rad, das mir am 28. September 1944 gestohlen wurde, schadlos zu halten. Und zwar auf folgende Weise: ein Dutzend Räder aufzukaufen, sie ein paar Monate lang auf Lager zu halten und sie dann wieder hervorzuziehen, um sie zu einem Preis, der in zwei Monaten sicher astronomische Höhen erreicht haben wird, wieder zu verkaufen. Ich sehe doch, wie gehandelt wird, und auch ich würde es also lernen. Wenn auch leider wahr ist, dass ich in Geschäften ein ahnungsloser Hinterwäldler, ein Mann vom Mond bin, oder als was ihr mich nun bezeichnen wollt. Fest steht jedenfalls, dass ich nie habe handeln wollen. Ich betrachte das menschliche Dasein als eine kurze Übergangszeit, während der man nicht handeln soll, sondern nur schauen und sinnen. Das Beste für einen Poeten ist es schließlich, auch die dunkelsten Seiten des menschlichen Daseins zu beobachten und zum Gegenstand dichterischer Darstellung zu machen.

Mit anderen Worten: Besser ist es meiner Meinung nach, Dichter und arm zu sein, arm zu bleiben, fast wie die Armen zu leben, als zum Dieb zu werden oder gar zum Hehler. Ja, ganz recht, so ist es; doch inzwischen benötigte ich ein zweites Fahrrad. Aus der Erwägung heraus, dass mir vielleicht in einem Monat oder in zwei oder drei Monaten auch mein himmelblaues Rad gestohlen werden könnte. Und was dann? Zu Fuß gehen, wenn keine Straßenbahnen verkehren? Ein Mann zu Pferde und ein Mann zu Fuß sind keine Gleichgestellten. Besser, ein Mann zu Pferde zu sein, ganz besonders, wenn man nicht mit der Absicht zu Gewalttat und Diebstahl zu Pferde sitzen will, sondern einfach zum Zweck berechtigter Selbstverteidigung. Und für mich bedeutet es geradezu einen Akt berechtigter Notwehr, mich einige Stunden des Tages der Stadt zu entziehen, hinaus, aufs Land, über die Felder. Und freies Feld kann man von der Stadt her nur mit dem Fahrrad erreichen. Aber das habe ich bereits gesagt.

Ich beschloss also, ein Fahrrad zu erstehen, ein noch schöneres, als ich vorgestern besaß, bevor es mir gestohlen wurde. So begann ich mit dem besten Vorsatz zu verhandeln. Ich weiß selbst, dass ich, wenn ich nur will, ein recht gewiefter Händler bin. Es ist schwer, mich hereinzulegen. Ich setze die Miene eines liebenswürdigen Mannes auf, eines Unschuldsengels, die den Partner für mich einnimmt. Ich sage nicht zu ihm: »Achtzehntausend ist zu viel!« Im Gegenteil: »Das ist billig, das ist ja geschenkt. Die Schwierigkeit ist nur die, dass ich bloß fünfzehntausend besitze!« Zu diesen Worten holte ich aus der Innentasche, die Naht auftrennend, meine fünfzehn großen Banknoten hervor. Diebe lieben Tausendernoten so, wie ich Anna Stickler liebe. Sie sind ganz verrückt danach. Sie begeistern sich für nichts als für Geld. Gleichgültig gegenüber Frauen, gleichgültig gegenüber gutem Essen und Trinken, stehlen sie nur, um zu stehlen. Das ist ihr Trieb, ihr Instinkt. Ihr Wappen müsste ein Fliegenfänger sein oder ein ekelhaftes Spinnengewebe. Wie viel webt doch so eine arme Spinne? Und zu was? Einer schmierigen Fliege wegen. Würden Sie deswegen sich so abplagen? Um einer so geringen Sache willen? Nein? Sehen Sie: Diebe plagen sich gern, wenn sie nur stehlen können. Und man muss wissen, dass ihnen Tausendlirescheine dasselbe bedeuten wie mir die Gedichte, sagen wir, von Musset, seine Lieder, oder – eine dünne Suppe, mit vielen Fortsetzungen – die Dichtungen des Kardinals du Bellay, des Freundes meines Freundes Rabelais.

Doch wir wollen nicht abschweifen und lieber an das zu erstehende Fahrrad denken. Ich sagte, dass der junge Dieb mich gierig ansah, er kniff seine lebhaften Augen zusammen, seine trüben, etwas schräg stehenden und leicht schielenden Augen. Sodass ich ihn ganz unvermittelt, aber wohlüberlegt fragte, ob ihn die Augen schmerzten.

Worauf er sich zu folgender Erzählung verleiten ließ: Während eines amerikanischen Luftangriffs, bei dem Bomben in der Gegend der Piazza Bologna fielen, war er drauf und dran gewesen, in die andere Welt überzusiedeln: schmählich erstickend unter den Trümmern seines Hauses, das einen Volltreffer bekommen hatte. Er war mit dem Schrecken davongekommen, der aber so gewaltig gewesen, dass unser junger Mann für nahezu zwei Wochen die Sprache verlor. Er tappte wie blind durch die Welt. Dann erholte er sich etwas, doch das Stottern blieb, und das Auge sah noch immer ein Geflimmer. Er sieht jetzt zwar, und sieht doch wieder nicht. Bisweilen wird es ihm dunkel vor den Augen. »Armer junger Mann!«, rief ich. »Sie sind im Grunde noch ganz gut davongekommen, es hätte viel übler ausgehen können!« Und dann, nachdem wir, er und ich, Freunde geworden waren, voll herzlichen Einverständnisses – ein gespieltes Einverständnis –, begann er, mir wieder von Fahrrädern zu erzählen und von einem Geschäft – er log mir vor, dass es sein eigenes gewesen sei –, aus dem er, unter größten Anstrengungen, drei oder vier Fahrräder aus den Trümmern geborgen habe. Ich begriff den Kontrapunkt. Die Wahrheit war, mit neunundneunzig Prozent Wahrscheinlichkeit, in diesem Fall die folgende: Der junge Mann war, er und sein Haus, bombengeschädigt. Doch musste sich unter seiner Wohnung die eines Fahrradhändlers befunden haben, der, unter den Trümmern und seinen

Fahrrädern begraben, verschieden war. Später, eben in diesen Tagen, hatte sich der stotternde junge Mann an die Plünderung der Ruinen gemacht. Denn, wäre wirklich er der Fahrradmechaniker und Inhaber eines solchen Geschäftes gewesen, so hätte er nicht heute Morgen ein Rad zum Verkauf herbeigebracht, das zwar blitzblank und neu und mit vielen leuchtenden Zubehörteilen ausgestattet war, dem jedoch Lampe und Dynamo fehlten. Fahrradhändler sind zu schlau, als dass sie ihre Prachtstücke nicht ausschließlich »mit kompletter Ausrüstung« verkauften: ausgestattet mit allem Zubehör, um keinem Käufer einen Anlass zu bieten, sich hinter einem »da fehlt die Lampe« oder »es hat keinen Dynamo« oder »es fehlt die Werkzeugtasche« zu verschanzen. Ich erklärte, umständlich mein Ziel ansteuernd, dass, da Zubehör fehle, mein Angebot von fünfzehntausend Lire als gerecht gelten dürfe. Er ging mit dem Preis herunter. Doch war es ein langwieriges Tauziehen; fast wäre mir die Luft ausgegangen, wenn ich eben nicht meinen Spaß daran gehabt hätte. Sehen Sie nur, wie geldgierig diese Diebe sind! Er hatte sich auf seine fünfzehntausendfünfhundert versteift und wollte nicht weiter nachgeben. Sodass ich, um ihn dazu zu bewegen, eine neue Kriegslist anwenden musste. Ich begann, von allerhand anderen Dingen zu reden, sogar von Politik. Aber bald stellte ich etwas fest, was ich bisher nicht gewusst hatte. Ich vermutete wohl, dass den Dieben Frauen, Wein und dergleichen gleichgültig seien, aber ich hielt sie für leidenschaftliche Verfechter der These »Eigentum ist Diebstahl«. Für Feinde der Kapitalbildung. Für Diebe, mit einem Wort, aus Philosophie. Diebe à la Verlaine, aus poetischen Gründen. Doch sieht das in der Praxis ganz anders aus.

Diebe lieben nichts als das Stehlen an sich, und Politik ist ihnen ein völlig gleichgültiges Gebiet. Das ist so sehr wahr, dass es mir nicht gelang, herauszubringen, ob dieser Dieb für die Deutschen oder für die Alliierten Partei nahm. Ich vermutete einen Augenblick lang, dass er Anarchist sei, aber ich hatte mich gröblichst getäuscht. Er war ganz einfach ein Mensch, für den Deutsche, Alliierte, Kommunisten und so weiter Dinge sind, die kommen und gehen; für ihn gab es nur eine einzige Wirklichkeit: nicht arbeiten, sondern stehlen.

Ein andermal werde ich meine Neugier darauf richten zu erfahren, was Diebe eigentlich tun; womit sie ihre Tage verbringen, wenn sie nicht stehlen. Wahrscheinlich verbringen sie sie mit Studien; indem sie sich wechselseitig unterrichten und mit unendlicher Geduld, mit glühender Liebe weitere Handstreiche planen und entwerfen; indem sie sich in den Kneipen und Osterien für die von anderen Dieben ausgeführten Streiche interessieren; indem sie sich untereinander beneiden, wie wir Poeten, wir Künstler, wir Schriftsteller es tun: die wir nichts anderes machen als einander kritisieren und herabsetzen, zur großen – durchaus nicht erbaulichen – Belustigung des Publikums. Endlich entschied sich mein junger Dieb. Er entschloss sich infolge eines glücklichen Zufalls, der für mich wirkte. Ein anderer Dieb, ein Hehler, kam zu unserem langwierigen Verhandeln hinzu und sagte, dass er das Rad zu erwerben wünsche, das ich doch für mich haben wollte. Statt seinem Genossen zu helfen, stellte er sich dieses Mal gegen ihn: Er suchte uns abzuschieben, mich und andere Kauflustige zu vertreiben. Als er sah, dass noch ein neuer Anwärter hinzukam, spitzte er die Ohren, und als ihm schien, dass das Geschäft zustande kommen könnte, mischte er sich frech dazwischen und tat so, als wolle er selbst das Rad erwerben. Er fragte: »Wie viel willst du dafür? Achtzehn? Bist du verrückt? Ein Bianchi, ein Super-Bianchi wurde gestern für fünfzehntausend verkauft! Du willst fünfzehntausend Lire für das bisschen Chrom? An deinem Rad taugt nur die Verchromung was, und die hält auch nur kurze Zeit, wenn man das Rad nicht an einem trockenen Ort aufheben kann und wenn man es nicht, man kann ruhig sagen, tagaus, tagein immer wieder putzt. Und du machst dir selber weis, dass das fünfzehntausend wert ist? Du wirst keinen Hund finden, der dir auch nur dreizehn dafür gibt!«

Indessen begriff ich, dass selbst ein Hund (und das heißt: selbst er!) dreizehn geben würde; und da er noch daran verdienen wollte, so bedeutete das, bei geschlossenen Augen, dass das Rad zum wenigsten sechzehntausend wert war. Da machte mir der junge Mann ein Zeichen, dass wir uns absetzen sollten und dass er meine fünfzehntausend annehme. Woraufhin mir nur noch übrig blieb, ihn aufzufordern, sein Fahrzeug zu besteigen, da ich, im Prati-Viertel wohnend, nicht imstande war, die beiden Räder allein bis dahin zu schieben. Er stieg auf und begleitete mich bis Prati. Als wir in der Via Oslavia das Haustor erreichten, das mit der Nummer 27 bezeichnet ist, machte ich halt. Nicht etwa, dass ich im Haus 27 wohne; meine Hausnummer ist vielmehr 37. Aber es war klug, dem Dieb nicht den genauen Standort anzugeben, für den das Rad bestimmt war. Ich zahlte ihm die fünfzehntausend Lire und verabschiedete mich. Ich trug das Rad auf der Schulter bis zu meinem siebten Stock hinauf. Ich schloss es in mein Atelier ein und kehrte wieder zur Porta Portese zurück. Ein Optimismus, der durchaus nicht angebracht war und mich täuschte, flüsterte mir ein, dass ich nun den Dieb meines eigenen Rades finden würde. Und so gelangte ich in Windeseile, fast ohne die Entfernung zu bemerken, wieder zur Porta Portese. Dort war, um halb elf, der Zudrang der Diebe derart, dass man zwischen Fahrrädern und Menschen keinen Durchgang mehr fand.

Mit Mühe bewegte ich mich vorwärts. Ich bemerkte unter den Kaufenden ein paar anständige Leute, doch waren sie selten wie weiße Fliegen. Sie unterschieden sich von den Dieben durch ihr bedächtiges, nutzloses, überflüssiges, naives Fragen. Ein distinguierter Herr war beispielsweise auf der Suche nach Tabak. Und er fand ihn. Er fand einen Dieb von Tabakblättern, der ihm ein Sträußchen anbot: Sie sahen aus wie Kraut von roten Rüben, das im Backofen getrocknet worden war. Vielleicht war es auch wirklich solches. Getrocknete, mit Aroma versetzte Rübenblätter, die, wie die Rezeptbücher melden, als Tabakersatz geeignet sind.

Der distinguierte Herr erkundigte sich: »Ist das denn Tabak?«

Der Dieb sah ihn an, ohne auch nur zu grinsen; wenn er im Stillen auch begriffen hatte, dass er einen wirklich anständigen Menschen vor sich hatte, das heißt, einen wirklichen Dummkopf. Ein solcher Dummkopf, dieser anständige Herr, dass er sich sogar an einen der Umstehenden wandte, um zu fragen, ob das echte Tabakblätter seien. Wovon der Dieb profitierte, indem er von dem anständigen Herrn einen Preis von siebenhundert Lire aufs Kilo verlangte, das er doch zuvor für fünfhundert angeboten hatte. Siebzig Lire forderte er für hundert Gramm. Man muss wissen, dass ein Päckchen amerikanischer Tabak, auch auf dem Schwarzmarkt, nur fünfzig Lire kostet und dabei mehr als hundert Gramm wiegt. Ich merkte, dass diejenigen, die die Preise in die Höhe treiben, gerade die anständigen Menschen mit ihrer unheilbaren Dummheit sind, indem sie mit geschlossenen Augen die Forderungen der Gauner akzeptieren.

Ich beobachtete, dass innerhalb dieser fünfhundert Meter Menschengewühl sich nicht weniger als einige fünfzig Roulette- und andere Glücksspieler befanden, mit ihren dreibeinigen Tischchen und den ausgelegten Kartons voll Nummern und Feldern. Indessen ließ ich meine Augen nach allen Seiten wandern, aber nirgendwo sah ich mein Rad zum Vorschein kommen, noch auch meinen Dieb. Ich bedachte, dass wohl der Dieb mein Rad bereits zerlegt, in einzelne Teile auseinandergenommen habe; und so prüfte ich Stück für Stück alle Felgen, alle Rahmen und bei den Händlern von Lenkstangen einen Lenker um den andern, ein Pedal nach dem andern; und einige Stunden lang war alles vergeblich.

Während ich suchte, bemerkte ich einen Dieb, der ganz ruhig inmitten der Menschenmenge ein Rad auseinanderschraubte und überall die Nummern, die Markenzeichen und die bunten Striche am Rahmen herauskratzte: Es war ein feuerrot lackiertes Fahrrad, an dem er herumschabte, hämmerte und feilte, um es zu verschandeln und zu tarnen. Und in ebendiesem Augenblick wurde die Szene durch einen dramatischen Zwischenfall unterbrochen: Englische Militärpolizisten tauchten auf, mit ihren geranienroten Mützen, ihren glatt rasierten Gesichtern, ihrem vornehm herablassenden Lächeln, ihrer herkulischen Muskulatur, ihren gigantischen Körpermassen. Sie hockten zu sechsen auf einem kleinen Militärlastwagen. Die Menschen machten ihrem Durchzug Platz. Begleitet wurden die sechs von zwei italienischen Gendarmen. Doch waren die Fremdlinge an der Porta Portese einzig in der Absicht erschienen, ihren eigenen Gegenständen nachzuspüren; wovon sich all die Diebe und Hehler sehr schnell überzeugten. Tatsächlich verhafteten die englischen Polizisten auch nur einen einzigen Mann – der zufällig mehr Pech hatte als all meine Pechvögel –, da er ein Paar amerikanische Schuhe, Militärschuhe, zum Verkauf anbot; die er vielleicht einem alliierten Soldaten entwendet hatte oder die vielleicht auch ein Geschenk eines Negersoldaten oder eines Senegalesen an sein römisches Mädchen waren, Tochter oder Frau eines Hehlers. Tatsache ist, dass sie ihn festnahmen, ihn auf den Wagen steigen ließen und sich langsam, mit freundlichem Lächeln entfernten, in Begleitung ihres in die Falle gegangenen Spatzen. Was sagten die Diebe dazu? Sie sind stoischer Natur. Echte Philosophen;

nur wissen sie es zu ihrem Glück nicht. Sie fragten einander mit trockenen Worten: »Was war los?«

»Einer verkaufte ein Paar Schuhe von den Amerikanern.«

Der durch das langsam fahrende Auto geöffnete Durchgang füllte sich sofort wieder auf, und alle setzten sich aufs Neue, mehr oder weniger ihrem Schicksal ergeben, der Gefahr aus, ins Gefängnis zu wandern. Keine unmittelbar bevorstehende, doch stets wahrscheinliche Gefahr. Wirklich – berichtete mir gestern ein Polizist – machten eines schönen Tages die Alliierten auf dem Platz bei der Porta Portese eine Razzia und fingen an, mehrere Diebe zu verhaften. Es entstand keinerlei Getümmel und Durcheinander, sondern nur ein sofortiges Verdunsten der Menschenmenge, ein unauffälliges Schmelzen, rasch, fast blitzartig; in der Zeit, in der man bei einem Gewitter den Donner widerhallen hört, war alles verschwunden. Ich hätte diesen Vorgang der Verflüchtigung zu gerne selbst mit angesehen – um etwas zu lachen zu haben. So konnte ich es mir nur ausmalen. Ich malte mir aus, wie ein jeder der Händler mit flinken Griffen sein Bündel schnürte und sich zu Rad oder zu Fuß über die Felder und in die Seitenstraßen davonmachte; sodass, um die fünftausend Diebe festzunehmen, nach meiner Berechnung zum wenigsten an die zwanzigtausend Soldaten erforderlich gewesen wären. Und selbst wenn das gelungen wäre? Wo sollte man mit den fünftausend Dieben hin? Die Gefängnisse sind bereits überfüllt. Meiner Meinung nach müssten die Diebe immer nur in kleinen Portionen festgenommen werden, eine Razzia pro Woche. Festgenommen, auf die Strafinseln verschickt, zu Zwangsarbeit herangezogen. Und umerzogen. Sofern das verfängt. Oder besser noch: auf fernen, unbewohnten Inseln ausgesetzt, damit ein Dieb den anderen bestiehlt und allesamt feststellen können, dass Stehlen auch im besten Fall für den Bestohlenen unbequem, ja lästig ist. Man müsste sie auf ihren Inseln schmoren lassen, ohne ihnen zu essen zu geben. Nackt und bloß. Vielleicht würden sie sich dann daran gewöhnen zu arbeiten! Denn arbeiten würde dann im Grunde nichts anderes heißen als stehlen. Dem Meer die Fische stehlen. Der kargen Erde ihre Kräuter, die Wurzeln ihrer Kräuter stehlen. Schließlich und endlich, was tat denn Adam? Sicherlich gab es zu seiner Zeit noch keine Käufer und keine Händler. Noch Geld, noch Geldscheine, noch Tausendlirenoten, oder wie wir das nennen wollen. Adam nahm von Eva den Apfel, und die Liebesäpfel nahm er, wo er sie fand. Er stahl. Und doch stahl er nicht, beging kein Verbrechen des Diebstahls, denn alle Dinge waren sein. Alle Dinge gehörten dem ersten Besten. Dem ersten Besten die schönsten Pfirsiche, die reifen Äpfel, die Nüsse, die süßen Feigen, die duftenden Weintrauben. Und Adam musste sich auch nicht zu Rad aufmachen, um dem Redakteur einer Zeitung unsere jüngste Story für die nächste Ausgabe zu überbringen. Adam hatte das alles nicht nötig. Doch im Übrigen stahl er, wo er etwas fand. Er begann damit, die Eva zu stehlen, und zu guter Letzt stahl er die Glückseligkeit, die Gott allen seinen unschuldigen, unbefleckten Himmelsgeschöpfen versprochen hatte. Ich behaupte nicht, dass ich allen Mut verlor, als ich keine

Spur, keinerlei Anhaltspunkt, keinen zu verfolgenden Faden entdeckte, um mein Rad wiederzufinden; doch stimmt es schon, dass ich, wenn mein Gemüt sich verdüstert, mein Bestes tue, um wieder ins Gleichgewicht zu kommen, und so beschloss ich, andere Wege einzuschlagen. Ich machte mich also daran, die Umgebung der Porta Portese zu durchstreifen. Ich traf in Richtung der Besserungsanstalt linker Hand auf zwei nebeneinanderliegende kleine Läden. Es sind beides Fahrradgeschäfte. Sie sehen aus wie zwei kleine Höhlen. Über der einen stand – unklugerweise – geschrieben: »Hier werden Fahrräder zusammengesetzt und zerlegt«, was so viel heißt wie »Hier wird den Dieben geholfen«. Im Innern sah man vier oder fünf junge Burschen, die mit dem Zusammensetzen oder Zerlegen beschäftigt waren: Zwei Zeitwörter, die zusammengenommen nichts anderes bedeuten als »umfrisieren«, »tarnen«. Umfrisieren von Fahrrädern! Ich trat ein. Die Burschen ließen sich nicht stören; sie taten, als ob nichts wäre. Ich sagte »Guten Tag«; sie gaben keine Antwort. Mit einem Blick mussten sie sich überzeugt haben, dass ich zu einer Art Überprüfung gekommen war. Die üblichen Nachforschungen, so muss es wohl sein, wie sie arme Bestohlene vornehmen.

Ruhe gegen Ruhe, Gleichgültigkeit gegen Gleichgültigkeit: Ich untersuchte und prüfte alles genau. Der eine lackierte mit Kaltlack ein blitzend neues Rad, das, bisher vernickelt, jetzt die blassere Farbe des Lackanstrichs annahm. Ein anderer musste sich etwas mehr plagen; raten Sie, womit? Er musste vom Rohr eines Rahmens eine Beule entfernen. Wie er das machte? Oh, wie schlau sind doch diese Tarnkünstler, diese Frisierhelden! Sie können sich das gar nicht im Einzelnen ausmalen; ich will Ihnen nur zwei Methoden andeuten. Es wurde etwas Zinn auf die eine Einbeulung aufgetragen, um die Vertiefung aufzufüllen. Dann mit der Feile darüber. Da sich am Rahmen noch der Zahn befand, der die Luftpumpe festklemmte, entfernte der Bursche ihn mit einem kühnen Hammerschlag und feilte dann so lange, bis an dem Rahmen jede Spur des Pumpenhalters verschwunden war. Einer der anderen jungen Männer nahm die Schutzbleche von einem der Räder und ersetzte sie durch ein Paar völlig andere. Und ein Vierter war sogar dabei, über dem Feuer eine Lenkstange zu biegen. Eine veraltete Lenkstange, die so krumm war, dass sie aussah wie das Gehörn eines Ochsen aus den Maremmen. Er sägte an den beiden äußersten Enden je ein Stück ab und verwandelte sie in eine charakterlose, unbedeutende, gewöhnliche Lenkstange. Nicht nur so was wird gemacht: Sogar die Schläuche werden verändert. Alte Flicken werden abgerissen und durch anders geformte ersetzt. Aus einem Dynamo und einem Scheinwerfer der gleichen Marke werden zwei gemacht: Der Scheinwerfer einer Marke und der Dynamo einer anderen werden zusammengekoppelt, und umgekehrt. Die eingepressten Seriennummern werden ausgefeilt oder mit dem schon erwähnten Zinn ausgefüllt; die Rahmen werden entnummert. Am schwierigsten ist es, die Reifen unkenntlich zu machen; doch auch darauf verstehen sie sich. Denn sie halten einen Vorrat an alten Reifen, Reifen von vor zehn Jahren, und die werden wieder in Gebrauch genommen und dafür die eben erst entfernten Reifen im Räubermagazin abgelagert. Was die Pedale betrifft, so gibt es welche, die sehr leicht unkenntlich zu machen sind: diejenigen, die teils aus Metall und teils aus Gummi bestehen. Bei den anderen aus gezahntem Metall feilen sie die Zacken ab oder feilen im Gegenteil eine Reihe neuer Zacken dazwischen. Und dann gehen Sie hin und versuchen, selbst wenn Sie sehr tüchtig sind, ein frisch lackiertes, an den Pedalen verändertes Rad mit neuer Lenkstange wiederzuerkennen!

In der Via della Botteghella habe ich einer anderen Serie von Tarnmaßnahmen zugesehen. Dort traf ich auf einen Fahrradhändler, der so frech war, dass er sich fast auf mich gestürzt hätte. Ich bat um Erlaubnis, seinen Laden betreten zu dürfen. Ich gab ihm auch meinen Grund an. Ich erzählte ihm sogar, dass mir mein Rad gestohlen sei und dass ich zu ihm käme – wie auch schon zu anderen Fahrradhändlern –, um ihm die Seriennummer meines Rades anzugeben: damit er den Dieb festhalten könnte. Das heißt, dass er, als ehrlicher Fahrradhändler, mein Fahrzeug, falls es bei ihm auftauchte, beschlagnahmen sollte; oder den Dieb festhalten, falls der es zu ihm bringen sollte, um es tarnen zu lassen. »Wie blöd wir sind«, gab er mir zur Antwort. Und dann: »Gut, gut, Sie können hereinkommen, das ist Ihr Recht; aber Ihr Rad«, mein himmelblaues, »lassen Sie draußen. Verstanden? Mein Laden ist sehr eng. Ihr Rad nimmt hier zu viel Platz weg. Es stört mich bei der Arbeit.«

Draußen vor dem Laden lungerten aber vier oder fünf Burschen herum, mit Diebsgesichtern, die wenig einladend waren. Was war zu tun? Da der Händler nicht wollte, dass ich mit dem Rad bei ihm einträte, bat ich in der danebenliegenden Osteria, man möge für ein paar Minuten auf mein Rad achtgeben. Der Wirt weigerte sich. Ich ging etwas weiter, bis ich eine uralte Frau in einer Färberei fand und sie so lange bat – Frauen sind bekanntlich ehrlicher, ich wollte sagen, weniger diebisch veranlagt als Männer –, bis sie einwilligte. Ich kehrte zu meinem Fahrradhändler zurück. Da geriet er vollends aus dem Häuschen.

»Wollen Sie vielleicht behaupten«, begann er laut zu schreien, »dass ich dem Diebsvolk die Stange halte? Der Dieb sind Sie selbst! Ich kenne Sie nicht. Heraus mit den Papieren! Zeigen Sie mir Ihren Ausweis!« Ich zeigte ihm mit der größten Höflichkeit meine Kennkarte. Das vermochte jedoch durchaus nicht, ihn zu beruhigen. In diesem Augenblick ging ein Schutzmann vorüber. Ich hatte die unglückliche Idee, ihn zu meiner Unterstützung herbeizuwinken. Der Schutzmann entschuldigte sich, er sei außer Dienst.

Er gehe hier zu seinem Vergnügen spazieren und sei in Urlaub. Jedenfalls wollte er mir nicht helfen. Und das ist das Übel. Das traurig stimmende Übel! Der Grund, weshalb es mir diesmal nicht gelingen wird, mein Rad wiederzubekommen. Die Polizei, von den anständigen Bürgern bezahlt, in schwarzen Stiefeln, in Jacken aus schwarzem Satin, mit hell- oder dunkelroten Streifen, alles zulasten des armen Fiskus – die Polizei, bezahlt von uns armen, anständigen Menschen, beschäftigt sich mit allem und jedem, aber beileibe nicht mit den Dieben. Die Aufgabe der Polizei besteht – in diesen widrigen Zeiten – darin, sich etwas zu essen zu verschaffen, denn es ist nur zu wahr, dass unsere Regierung niemals die Beamten ausreichend bezahlt, die sie für die öffentliche Ordnung und die Bekämpfung oder besser: die Verhinderung von Verbrechen angestellt hat. Inzwischen begann mein Fahrradhändler, nur noch weiter aufgebracht durch das, was er »eine willkürliche und dumme Beleidigung« nannte, mich mit seinen schönsten Formulierungen zu bedenken.

Zunächst versuchte ich, ihn zu beruhigen, ihn freundlicher zu stimmen und dergleichen, schließlich fing auch ich an, mich aufzuregen, leider jedoch ohne das Ausmaß seiner vulgären Rhetorik zu erreichen. Ich sagte etwa: »Weshalb regen Sie sich denn auf, mein Bester? Habe ich vielleicht mit Steinen nach Ihnen geworfen? Der Bestohlene bin ich, und nicht Sie! Sie als der anständige Mann, der Sie sind, könnten versuchen, mir zu helfen, mein Rad wiederzubekommen. Sie müssten mir helfen, da Sie ein anständiger Mann sind.« Er geriet in schreckliche Wut: »Hoho, Mann hin, Mann her; du hast Lust, anzuzweifeln, dass ich ein anständiger Mensch bin? Das will ich dir beweisen!« Und es brauste ein Sturzbach ausgesuchter Beleidigungen, römische Leckerbissen, über mich hin. Ich hatte gut reden, »Ruhe, Ruhe, bester Mann …«; um ihn zu beruhigen, war das Eingreifen einiger Passanten und der Hausmeister der Nachbarschaft vonnöten; andernfalls, ich will nicht gerade behaupten, dass er mich umgelegt hätte, aber sicher wäre ich Gefahr gelaufen, ein paar Fausthiebe abzubekommen, oder, was mir gleicherweise widersteht, ich hätte ihm meinerseits eines versetzen müssen: einen einzigen, aber wohlgezielten Schlag.

Dieser Mann gehörte zu jener Sorte von Fahrradtarnern, die nicht belästigt sein wollen. Und im Übrigen zeichnen die Römer sich dadurch aus, dass sie recht haben wollen, besonders dann, wenn sie im Unrecht sind und wissen, dass sie es sind. Sie stehen an Gangstertum den Neapolitanern nicht nach; doch während diese sich pathetisch hinterhältig, lächelnd geben, verzichten die römischen Gauner auf alles Theater und werden wütend wie die Büffel vom Tiberstrand.

Ich holte von der alten Färbersfrau mein Rad wieder ab und fuhr abermals zur Porta Portese hinaus. Unter den fünfhundert gestohlenen Rädern hatten manche eine gewisse Ähnlichkeit mit dem meinen, waren aus Aluminium, wie das meine; ich untersuchte sie Stück für Stück, so gut ich konnte; musste mich jedoch überzeugen, dass meines nicht darunter war. Da gingen meine Gedanken zurück zu der Szene des Diebstahls. Zu der halben Gewaltanwendung, um mich zu berauben, mir das Fahrrad unter meinen Augen wegzustehlen. Ich sah deutlich die Personen wieder, die auf dem kleinen Platz herumstanden, dessen Wurmfortsatz die Via dei Baullari ist. Was waren das für Leute? Fuhrleute, Karrenschieber, Gepäckträger, Dienstmänner. Mit einem Wort: Facchini. Reich gewordene Facchini? Reich gewordene Facchini, denn in Italien hat sich, leider, die eine Demagogie über die andere geschichtet, und alle haben recht bekommen: alle diejenigen, die in Wirklichkeit unrecht haben, wie es seinerzeit der Fall war bei jenen Gepäckträgern, die fünfundzwanzig Lire verlangten für jeden noch so winzigen Koffer, den sie aus dem Innern eines Bahnhofs bis vor das Gebäude transportierten, nicht etwa mit der Hand trugen, sondern aufgeschichtet zu hohen Koffergebirgen auf einem Wägelchen mit eleganten gummibereiften Rädern. Ich befürchtete also, dass mein Fahrrad dieses Ende genommen hatte: der Rahmen an der Porta Portese oder auf der Piazza del Monte; die Räder – ach, diese schönen Räder! – an irgendeinem Handwagen eines ehemaligen Limonadenverkäufers am Hauptbahnhof Termini oder dem einer Gepäckträgergenossenschaft, die ihre Fahrzeuge mit Gummibereifung ausgestattet hat.

Vier, fünf Wagen von Fuhrleuten, mit vier, fünf schweren Pferden bespannt – schöne Pferde, wie ich bemerkte; Pferde, die zur Zeit der Flucht Badoglios an der Rennbahn Tor di Quinto gestohlen wurden, oder noch wahrscheinlicher aus irgendeiner Artilleriekaserne –, stehen vom frühen Morgen um sechs bis abends zur Dämmerung auf der kleinen Piazza bei der Via dei Baullari. Es ist die Piazzetta del Teatro di Pompeo. In jedem der Wagen liegen drei, vier Facchini, junge und alte, sie liegen ausgestreckt und rauchen, scheinen mehr oder weniger glücklich. Einer von diesen ähnelt dem Dieb meines Fahrrads. Ich erinnere mich genau an die Visage des Diebes! Haha! Und ob ich die genau gesehen habe! Ich sagte gerade zu dem Händler, den ich nach der schwarzen Schuhcreme fragte: »Ich will eben schnell mein Rad anschließen!« Es war Sache eines Augenblicks, dass der Dieb, gerade während ich ihm entgegenlief, mit wohlberechnetem

Sprung auf das Rad zu sitzen kam und davonraste, während drei oder vier Schmieregehilfen, »Pfähle« zu Rad, seine Flucht erleichterten und zwei andere zu Fuß mich aufhielten und mir zuredeten, keinen Lärm zu schlagen, da, ihrer Meinung nach, die »Pfähle«, die dem Dieb nachsetzten, ihm nicht nachführen, um ihm zu helfen, sondern um ihn aufzuhalten und ihm das Rad abzunehmen. Von den Karrenmenschen, die den Vorgang mit angesehen hatten, rührte sich keiner. Der eine, der sich zu viel gerührt hatte, war eben der Dieb, es war wahrscheinlich ein jugendlicher Kumpan von denen, der Sohn eines der Facchini auf den Karren.

Denn einer von den Karrenmenschen, der von untersetzter Statur, mit der Trompetennase und den stechenden Augen, die zu dicht beieinanderstanden, sah dem jungen Dieb ähnlich, wie nur ein Vater seinem Sohn ähneln kann. Der war es! Die sinds gewesen!, ging es mir im Kopf herum. Es stimmt schon, der Alte war zudringlich, er kam zu mir her und war der Einzige von den Facchini – während die anderen in göttlich heiterer Ruhe verharrten –, der nach meinem Versuch, den Dieb und seine Helfer zu verfolgen, mich fragte, als Einziger mich fragte, ob man den Dieb gefasst habe oder in welcher Richtung er sich hatte davonmachen können.

Wenn In-den-Augen-der-Menschen-Lesen alles oder doch jedenfalls vieles klarmacht, wie ich seit Langem überzeugt bin, seit ich überhaupt Erfahrung mit Menschen habe, so kann ich sagen, dass ich in den Augen des Vaters gelesen habe, dass sein Sohn es war, der mich bestohlen hatte. Seine Augen zeigten eine erzwungene

Ruhe; sie waren unruhig. Sie blickten zu Boden wie die Augen von Schuldbewussten. Er stand an seinen Karren gelehnt; seine Stellung – die Ellbogen an den Wagen gestützt, die Hand gegen die Wange – war gekünstelt, berechnet, sie sollte natürlich wirken; aber sie war nicht natürlich. All dies fiel mir wieder ein, während ich, wie auf Posten, am Zugang zur Brücke stand und versuchte, die Menschen zu beobachten, die von der Porta Portese herkamen. Es war jetzt fast halb zwei. Mich plagte der Hunger. Ich musste meinem Magen Gewalt antun, um noch eine weitere halbe Stunde auszuharren und weiter zu beobachten, Dieb um Dieb, Fahrrad um Fahrrad, alles, was den Platz der Porta Portese verließ. Trotz aller Bemühungen fand ich nicht die leiseste Spur meines Rades.

So ist es also notwendig, musste ich mir selbst sagen, dass ich meine Nachforschungen anders anpackte. Aber wie, ohne die Polizei in Anspruch zu nehmen? Der Polizei wäre es ein Leichtes, die Facchini der Via dei Baullari vorzuladen und sie einzeln, Mann für Mann, entsprechend zu verhören. Dem einen zu verstehen zu geben, dass man bereits wisse, wer der Dieb sei. Den Nächsten zu bedrohen. Leider braucht es auch Drohungen, um die Wahrheit aus der Tiefe eines Brunnenschachts ans Licht zu ziehen. Drohen ist erlaubt. Quälen nicht. Schlagen erst recht nicht. Aber vor allem muss man es verstehen, falsche Zeugen zu verwirren, wie auch diejenigen, die sich schon miteinander über ihre Aussage verständigt haben oder die verabredet haben, überhaupt nichts auszusagen. Was die Facchini angeht, so sind sie Leute, die viel häufiger miteinander Streit haben als andere Menschen. Schweigepflicht und Solidarität sind starke Fesseln, auch bei ihnen; doch genügt eine Unsicherheit in der Stimme, eine etwas unklare, gewundene oder schwerfällige Antwort! Oh, ich möchte einer von der Polizei sein. Durch den leisesten Widerspruch, in den sie verfallen können, wenn sie schuldig sind oder Mitwisser, kann man aus ein paar Personen, die über ein und dieselbe Tatsache aussagen müssen, etwas herausholen. In meinem Falle: Was weiß ich, ob jener Facchino – von dem ich annehme, dass er der Vater meines Diebes ist – es auch wirklich ist? Wenn er es ist, braucht man ihn nur auszufragen, wie viele Söhne er hat, und nachzuprüfen, ob er auch jenen mit genannt hat, der seine einundzwanzig Jahre haben mag und den ich mein Rad habe stehlen sehen. Es ist sehr leicht, diesen Sohn vorzuladen, wenn er einen solchen von einundzwanzig Jahren hat. Außerdem hatte der Dieb sein Haar mit der Maultierschere geschoren. Eines von beiden: Entweder er ist erst kürzlich aus dem Gefängnis gekommen – denn dort werden die Sträflinge mit solchen Apparaten geschoren –, oder er hat sich die Haare von einem anderen Facchino, der den Friseur ersetzen musste, mit jener Maschine schneiden lassen, die ein Pferdekarren-Facchino für seine Tiere im Stall hat: was sich in einer Zeit leicht erklärt, wo ein Haarschnitt so viel kostet wie früher vier Suppenhühner oder drei bis vier Kilo Ochsenfleisch. Was die Physiognomie des Diebes anlangt, so habe ich zwar nie sehr viel von Anthropometrie gehalten, trotzdem: Weshalb rief ich denn, als ich ihn seine Hände nach der Lenkstange meines

Rades ausstrecken sah, sofort: »Dieses Gaunergesicht« oder »Das Gesicht dort gefällt mir nicht«? Es war ein sehr charakteristisches, ja ein klassisches Diebsgesicht: stechende Äuglein, aufgeblähte Nase, nach Diebesart nie ordentlich geputzt, verschwommene Linien, die Augen mit einem Ausdruck wie bei Schildkröten oder Vipern.

Wenn ich an diesem zweiten Tag meiner Nachforschungen an all das zurückdenke, was ich erzählt habe, so habe ich übrigens eine Tatsache nicht erwähnt, die nicht nur der farbigen Schilderung wegen Beachtung verdient. Unter den Lumpenverkäufern und Hehlern und Dieben vor der Porta Portese befand sich auch ein Volksschullehrer. Wahrscheinlich war er politisch belastet und daher entlassen worden. Sein Gesicht war nicht das eines anständigen Menschen, es war das eines Geprügelten. Er verkaufte Schreibfedern, Füllhalter, Radiergummis, Hefte, Kanzleipapier. Lauter irgendwo entwendete Sachen. So wie er jetzt auf der Straße lag, stellte der arme Lehrer genau den Typ dar, der zur Zeit des Faschismus die untersten Parteiämter innehatte, irgendeinen lächerlichen Posten, mit dem man sich dicketun konnte. Vor allem aufdringlich schwatzen, ohne dass jemand ernstlich zuhörte. Bestimmt kein Enttäuschter, bestimmt keiner, der ein Opfer ehrlicher Überzeugung geworden war; denn dann hätte er nicht die Anlage zum Stehlen gehabt, die er hier öffentlich bekannte. Nichts als ein Großsprecher, ein Schwätzer, ein Quartalsredner. Einer von denen, die von ihrer Ortsgruppe der Partei telefonisch Ansprachen vorgekaut bekamen. Ein Artikelmacher, der in weiß Gott welcher Dorfzeitung der Partei seinen Text heruntergesudelt hatte. Und der wie ein Marder sich in den Schlingen seiner eigenen Artikel gefangen hatte. Worte vergehen, verwehen ja wirklich; Papier bleibt. Wehe denen, die schreiben! Ich rate allen falschen Helden, den politischen Abenteurern aller Zeiten und aller Bekenntnisse, zu tun, was immer sie wollen, einzuschüchtern, zu drohen, zu peinigen, zu sprechen, wie es ihnen beliebt, aber niemals eine Zeile Geschriebenes zu hinterlassen. Zehn, zwanzig rachsüchtige Personen werden dieses völlig bedeutungslose, kaum wahrnehmbare Zahnrädchen des Parteigetriebes denunziert haben; und jetzt hat er, an der Porta Portese, wie alle anderen, wie die Diebe und die Gestrauchelten, seine schmutzige Decke auf der ausgedörrten Erde ausgebreitet und verkauft dort seine zusammengestohlenen Siebensachen: ein armer Teufel im Grunde, der zwei oder drei schuldlosen Kreaturen zu essen geben muss.

II

In der Klemme zwischen den
Messerstechern von Trastevere,
Roms edlem Volk –
und wie die Mädchen von
Trastevere zur Erhaltung
echten Römertums beitragen.
Fahrraddiebe und kein Ende.

Am Morgen des dritten Tages meiner Nachforschungen erhob ich mich, man kann wohl sagen, vor Morgengrauen. Denn da ich am Tag zuvor beschlossen hatte, mich auf den neuen Pfad zu begeben, hatte ich es eilig, vor sechs Uhr in der Via dei Baullari zu sein, auf dem kleinen Platz beim Theater des Pompejus, denn man hatte mir gesagt, dass die Facchini in ihren Maultierkarren gegen sechs Uhr dort aufzuziehen pflegen. Ich hatte mir Folgendes überlegt: Da die Fuhrleute und Dienstmänner mit angesehen hatten, wie mein Rad gestohlen wurde, und auch gehört haben mussten, wie ich rief: »Haltet ihn! Haltet ihn! Ein Dieb!«, so hatten sie sicherlich dem Dieb nachgeschaut, als er davonsprang und die Schmieresteher so getan hatten, als wollten sie ihn einholen. Wenn der Dieb sich häufiger in dieser Gegend sehen ließ, dann kannten sie ihn und mussten mir also leicht nützliche Mitteilungen über ihn machen können.

Andererseits argwöhnte ich, dass der zwanzigjährige Dieb irgendwie zu den Facchini gehörte. Vielleicht war er ein Knecht, ein Lehrling. Ein Weinhändler hatte mir tags zuvor die »Ehrlichkeit« dieser Karrenbesitzer geschildert und auch berichtet, dass die meisten Berufsdiebe seien und fast alle in der Gegend zwischen der Via della Scala, der Via del Mattonato und dem Vicolo del Piede wohnten.

Um sechs Uhr war ich bereits in der Via dei Baullari, doch augenscheinlich waren die Facchini noch in ihren fernen Ställen. Ich erwog, mit dem Rad in die Via della Scala zu fahren; diese ist in Trastevere, dem römischen Arbeiterviertel auf dem rechten Tiberufer, in der Nähe des Ponte Sisto neben der Straße von Raffaels Fornarina. Man sieht, dass Raffael ein zu jugendliches Dichtergemüt war, um nicht bei seinen zärtlichen Unternehmungen in ein Huren- und Diebesnest zu geraten! Hier sind die engen Gassen, in denen man in der Schwarzmarktzeit – in der wir uns immer noch befinden – ganz schamlos und offen die Kartoffeln zentnerweise kaufen konnte. Schon am frühen Morgen drängten sich vor den schmierigen Höhlen der Händler keifende Scharen struppiger Weiber, unter die sich auch ehrliche Hausfrauen aus anderen Stadtgegenden gemischt hatten. Via della Scala, sagte ich, und Via Benedetta; statt »Via Maledetta«, wie man diese Letztere besser nennen müsste. Und jetzt bin ich in der Via del Mattonato.

Die Via del Mattonato ist eine stille, enge Gasse, an der Flanke des Gianicolo. Hier befinden sich Ställe für die Tiere der Fuhrleute, der Facchini, weite Gänge, Remisen, die die Wagen und Karren beherbergen. Die Straße riecht nach Heu, nach Unrat, nach Pferdeurin. Unter dem Bogen eines der Mauergänge standen fünf junge Männer. Scherzend, spielend, wie es Diebe und Verbrecher immer tun. Sie lachen in alle Ewigkeit. Sie haben dauernd etwas zu lachen! Aber ihre Heiterkeit hat etwas Gezwungenes, es ist ein Witzemachen unter Zuchthäuslern; sie hacken aufeinander los wie die Hähne oder Vipern. Sie beißen sich ununterbrochen mit Worten; sie geben Proben der unflätigsten Hiebe und eindeutigsten Erwiderungen. Sie tun das in aller Ruhe, wie wenn nichts wäre, im Eingang ihrer Höhlengänge stehend, vor den Augen ihrer Frauen und Kinder. Die Gauner erkannten mich sofort und begannen, ihre Witze über mich zu machen. Einer von ihnen, frecher noch als die anderen, trat vor und fragte: »Sor maè«, Meister, »wohin so eilig in aller Früh?« Sor maè, die römische Aussprache von »Signor Maestro«, sagen sie zu jedem, der ihnen unter die Nase kommt; entweder weil sie argwöhnen, dass man sie aufstochern will, oder weil sie in dem Fremden einen Menschen anerkennen, der anders ist als sie, irgendwie unerreichbar. Ich antwortete, dass ich auf der Suche nach einem Fahrrad sei, das mir vor zwei Tagen gestohlen worden wäre, in der Via dei Baullari. Sagte einer höhnisch: »Und nach zwei Tagen bist du immer noch dabei, es zu suchen? Du hast es noch nicht wiedergefunden?«

Und die anderen, die mich jetzt alle wie die Wespen umkreisten: »Jeder kommt hierher, wenn er etwas

Gestohlenes sucht; was sollen wir denn sein? Sind wir vielleicht Diebe?«

»Mir fällt nicht im Traum ein, das zu behaupten«, sagte ich ganz friedfertig, »aber ich möchte sehen, was ihr tätet, wenn man euch als armen Teufeln, als armseligen Angestellten mit einem Gehalt, das nicht ausreicht, um vierzehn Tage des Monats zu leben, wolltet ihr euch auch bloß von Brot und Kräutern ernähren – wenn euch ein Wertgegenstand von gut und gerne fünfzehntausend Lire abhandenkommt!«

Antwortete einer von ihnen: »Sor maè, predige über ein anderes Thema, bitte sehr!«

Und bei dieser Herausforderung trat ein Dritter aus ihrer Mitte vor, mit einem breitkrempigen Hut, wie man sie in Brasilien trägt, mit kegelförmiger Kappe; einer, der sich als der Obergauner gebärdete, obgleich er der Jüngste unter ihnen war, ein Diebsmeister: das heißt, einer der vielen ehemaligen Milizler, der mich jetzt darauf aufmerksam machte, Trastevere sei »Trastevere, und das eigentliche Rom ist Trastevere«. Und, mit einem Wort, alle diejenigen seien »arme Tröpfe, die das großartige Trastevere nicht entsprechend einschätzen«. Wie man sieht, stank der Gute arg nach altem Römer und nach neuem Faschist. Gäbe es noch einen Faschismus, dann wäre mein Held gewiss der Sklavenhalter, der Henker seiner Ortsgruppe geworden.

Meine fünf Trasteveriner taten schrecklich aufgebracht gegen mich. Obgleich sie, als ich sie traf, untereinander faule Witze gemacht hatten, erwiesen sie sich jetzt, um sieben Uhr morgens, schon als mächtig aufgeregt. Die vier oder fünf jungen Männer begannen, mir zu drohen, wobei aber der Ausgangspunkt nicht das war, womit ich sie provoziert hatte, sondern ihre Selbstprovokation über das Thema des »edlen Volks von Trastevere«. Ein edler Abschaum des Volkes, der seit den Zeiten des Marius und Sulla immer wieder in bunter Folge durch tausend gleichlaufende demagogische Einwirkungen aufgerührt wird. Wobei ich voraussehe, dass ich in diesem Punkt unter den wenigen Lesern dieser »Diebsgeschichte« auch einen Kritiker, einen Zensor, einen giftigen Opponenten meiner vorgebrachten Wahrheit bekommen werde. Seis drum! Die ehrlichen anständigen Trasteveriner sollen in mir keinen Verleumder sehen, sondern einen Mann, der niemals Haare auf der Zunge hatte und der stets zwischen anständigen Menschen und Dieben einen Unterschied gemacht hat. Und diese Letzteren waren im Begriff, mir zu Leibe zu rücken.

Sie suchen in solchen Fällen zunächst einmal zu scherzen, indem sie die Personen, die sie beleidigen oder niederschlagen wollen, am Rockkragen fassen; wenn sie aber feststellen, dass der Gegner standhält und sich nicht aufregt und, im Gegenteil, nicht reagiert, ihnen einfach keine Beachtung schenkt, dann gehen sie sozusagen zum zweiten Akt der Pantomime über: der darin besteht, dass sie mit den Händen vor dem Gesicht des »Meisters« herumfuchteln. Wenn der Meister darüber sich aufregen würde, wäre es aus mit ihm. Sie sind Verbrecher, die imstande sind, den Widersacher zu viert zu übernehmen, zwei an den Armen, zwei an den Beinen, und ihn in ihre Höhle zu schleppen, um ihn zu verprügeln und auszurauben, unter Umständen auch ihn totzuschlagen.

Also begann ich, über das edle Trastevere zu reden, und ich sagte ihnen, dass ich Maler sei. Das besänftigte sie zwar nicht völlig, führte aber doch dazu, dass sie sich ein klein wenig beruhigten. Währenddessen kam über eine wacklige Treppe, die aus der Höhle auf die Straße führte, eine hutzelige Alte herab. Ein verrunzeltes altes Weib, eine wahre Hexe. Das Gelb ihrer Runzeln gab der Farbe bestimmter Paprikaschoten oder überreifer Kürbisse nichts nach. Ihr Blick war durchdringend, lebhafter, als es ihrem Alter zukam; sie war ein hinfälliges altes Weib, sie näherte sich sichtbar der anderen Welt, doch ihre Augen bewegten sich mit großer Gewandtheit, ihr Blick war aufnahmefähig wie der eines Gauklers oder eines Falschspielers. Trotzdem entnahm ich dem Ausdruck dieser Augen etwas wie lebhafte Überraschung; die sicherlich durch meine Gegenwart verursacht war. Die Alte mischte sich in meiner Anwesenheit nicht ins Gespräch der jungen Herren. Sie rief einen beiseite und fragte ihn laut irgendetwas Nebensächliches; doch mit leiser Stimme hörte ich sie sich erkundigen, ob ich ein Polizeibeamter sei. »Polizisten kommen nicht bis zu uns her!«, schien mir der junge Mann erwidert zu haben.

Die fünf redeten immer noch über Trastevere und setzten ihre Angebereien fort. Einer zog aus der Brieftasche ein paar Tausendernoten hervor. Ein anderer, der in letzter Zeit nicht gestohlen zu haben schien, konnte nur einen Jagdschein vorweisen, besser gesagt, den Einzahlungsabschnitt einer Postanweisung über die entsprechende Gebühr; eine Gebühr, die man gleichzeitig mit dem Gesuch um Ausstellung eines Jagderlaubnisscheins einzahlen muss. Er zeigte mir das, als wäre es ein Talisman oder ein Strafregisterauszug, der keine Vorstrafen ausweist; vorgezeigt aber von einem Mann, der mindestens seine zehn Mal im Gefängnis gesessen hat. Wie stellt es so einer bloß an – fragte ich mich –, bei so vielen Vorstrafen einen Jagdschein zu bekommen? Ich gab mir schnell selbst eine Erklärung, und diese Erklärung besteht darin, dass die neue politische Richtung in ihren Reihen auch die übelsten Elemente des Faschismus zugelassen hat, sodass es heutzutage genügt, sich im Justizpalast einzufinden und zu sagen, dass man dieser oder jener Partei angehöre, und den Mitgliedsschein vorzuweisen, um einen vollkommen sauberen Strafregisterauszug zu bekommen, auch wenn das Register selbst ganz etwas anderes aussagt.

Der Gauner begann, über Gewehre zu sprechen. Zuerst behauptete er, mindestens zehn zu besitzen. Dann steckte er zurück, und da er seine blitzartigen Widersprüche nicht bemerkte, so erzählte er schließlich, dass er nur eines besitze, und das habe einen beschädigten »Griff«. Er meinte den Schaft. Ein Gewehr, das in einem der Zwischenfälle beim Sturz Mussolinis am 25. Juli 1943 oder während der Flucht Badoglios entwendet worden war oder bei der Rückkehr der Deutschen oder beim Abzug der Deutschen. Anfangs hatte der junge Mann behauptet, ein großer Jäger zu sein, dann jedoch fragte er mich, ob der zerbrochene Schaft eines Gewehrs repariert werden könne; was so viel bedeutet, als dass er niemals ein Jagdgewehr in der Hand gehabt hatte. Schließlich verabschiedete ich mich von meinen liebenswürdigen Freunden. Ehe ich ging, versuchten sie, das Gespräch auf Frauen zu bringen. Sie taten das, um zu sehen, ob sie mir etwas verkuppeln und mir Geld aus der Tasche locken könnten. Doch wenn ich auch viele Geschichten von schönen, lieben, von mir erfundenen Frauen erzählt habe, so bewahrte ich jetzt doch eine Unbeweglichkeit wie ein Tauber auf Fragen, die ihn in Wirklichkeit nicht interessieren.

Die Diebe hatten mich eingehend geprüft. Und ich machte mir klar, dass sie bereits seit zwei Tagen innerhalb ihrer Banden, in ihren Cafés, in ihren Weinkneipen über mich gesprochen hatten. Unter den Dieben gibt es auch literaten- und malerartige Typen, und diese mochten sie über mich unterrichtet haben; besonders ein gewisser Furletti, ein schlechter Fälscher von alten Bildern, ein alter Mann, der überall zaghaft und unterwürfig umherschleicht und sehr bescheiden tut, der aber, so gut es ihm gelingen will, einige der bekanntesten Maler unseres 19. Jahrhunderts von Irolli bis Modigliani fälscht und in den Handel bringt. Er lebt einträchtig mit den Dieben Roms. Ich begriff, dass er den Dieben über mich auch eine Lüge berichtet haben musste, dass ich nämlich Faschist gewesen sei. Weshalb hatte er das behauptet? Weil er einmal sich zu einer Ausstellung mit einem Bild angemeldet hatte, das ein »nachgeahmtes echtes« war. Das war das Beste, was man davon sagen konnte. Wenn ich sagen würde, »eine echte Fälschung«, wäre es dasselbe. Er hatte also den modernen deutschen Maler Carl Hofer nachgemacht, aber statt den gefälschten Hofer auch mit der gefälschten Signatur Hofers zu versehen, hatte er selbst signiert. Ich schrieb damals für die Zeitschrift *Quadrivio.* Und ich warnte den alten Mann, er solle nicht mit den Heiligen seinen Scherz treiben und lieber die Fälschungen als Fälschungen ausgeben. Furletti hatte geschwiegen. Er rührte sich nicht. Er machte es wie alle von Kritikern angegriffenen Maler. Er brütete Rache. Er antwortete nicht. Da er nichts zu erwidern hatte, sann er auf Rache und speicherte seinen Hass und Groll gegen mich auf. Und bereits in den Tagen des Staatsstreichs vom 25. Juli schrie er auf den Gassen aus – ich befand mich in einer Kundgebung, um meiner Freude über den Sturz des Faschismus Ausdruck zu geben –, dass ich Faschist gewesen sei. Öffne deinen Rachen, Hölle! Die Menge war drauf und dran, mich zu lynchen! Zum Glück waren ein paar Freunde von mir anwesend, die mich kannten und mich verteidigten, indem sie laut brüllten: »Nein, das ist nicht wahr! Das Gegenteil ist wahr. Er war in der Verbannung wegen Antifaschismus!« Und außerdem trug ich in meiner Tasche meinen alten roten Ausweis bei mir, der mich als Angehörigen der Strafkolonie Montefusco auswies; und so konnte ich meine Haut retten. Ja, meinem Gegner wäre es beinahe übel bekommen; es stimmte zwar, dass ich im *Quadrivio* geschrieben hatte, aber das war eine literarische Zeitschrift, und ich hatte immer nur über Kunst und Literatur geschrieben.

Doch will ich auf mein Thema zurückkommen, das den Dieben gewidmet ist und dem menschlichen Abschaum, dem Bodensatz der Hefe, der in Rom von den Zeiten des Marius und Sulla bis zu denen Mussolinis der gleiche blieb. Und leider auch heute noch vorhanden ist.

Als ich durch die Via della Scala zurückfuhr, bemerkte ich in einer speckigen Cafébar einen Mann, der ein Aluminium-Fahrrad bei sich hatte, das meinem ganz ähnlich sah. Mir machte er den Eindruck, als sei er auch ein Dieb, und wirklich, ich hatte mich nicht getäuscht. Er stand dort wie in einer Zweigstelle der Piazza del Monte. Ich ging auf ihn zu. Ich sah mir sein Fahrrad näher an, weil es aussah wie meines.

»Wollen Sie es ansehen?«, fragte er, so als wolle er fragen: Weshalb denn?

Und ich: »Verkaufen Sie es?«

»Zwölf Scheine!«, erwiderte er.

Wenn er grinste, sah mein Mann aus wie ein alter römischer Kaiser vom hysterischen, größenwahnsinnigen, gelbsüchtigen und, wie Julius Caesar, an Epilepsie leidenden Typ. Und er sprach stoßweise, genau wie diese Kaiser. Und er hatte »zwölf Scheine« gesagt, in der gleichen Tonart wie Caligula, als er die zwölf gebratenen Papageienzungen verlangte. Es wäre gefährlich gewesen, ihn zum Besten zu haben. So antwortete ich: »Mir ist heute Morgen ein anderes Rad angeboten worden, das fast genauso ist wie dieses. Ich will gerade hinfahren, um es anzusehen. Wenn aus dem Handel nichts wird, komme ich zu Ihnen!«

Der Dieb, schlauer als ich, durchschaute mein Ausweichen. Augenscheinlich hatte man ihn, durch ein paar andere Straßen von der Via del Mattonato – wo, wie gesagt, ein Schlupfwinkel für gestohlene Fahrräder ist – losgeschickt, mich zu überholen und sich vor mir an der Ecke der schmalen Gasse aufzubauen, wo ich vorbeikommen musste; eben an der Ecke, an der sich das schmierige Café befand.

Er war von den Dieben ausgesandt worden, um zu sehen, ob ich ein Fahrrad kaufen wollte, das ungefähr so aussähe wie das, welches sie mir gestohlen hatten. Denn wer gewohnt ist, Schuhe mit eckiger Spitze zu tragen, sucht, wenn er ein Paar eingebüßt oder abgetragen hat, wieder ein solches Paar mit eckiger Spitze zu bekommen; und ebenso wer ein Aluminium-Fahrrad verloren hat, der wünscht wahrscheinlich wieder eines aus Aluminium zu erwerben, und wenn das bisherige Rad einen Rennlenker hatte, so wird die Vorliebe des Bestohlenen wieder auf einen Rennlenker aus sein. Aber diese Begegnung bedeutete, dass die Diebe mehrere Lager ganz in der Nähe der Via del Mattonato hatten. Und sie bedeutete, dass sie hofften, ich würde, wenn ich ein dem gestohlenen einigermaßen gleichendes Rad gefunden, den Wegezoll der zwölf Tausenderscheine bezahlen und, erst einmal wieder im Besitz eines Rades, mich zufriedengeben. Es bedeutete schließlich, dass die Diebe auf mich aufmerksam geworden und alarmiert waren. Alarmiert, weil im Allgemeinen, und in Rom insbesondere, die Bestohlenen sich mit dem Verlust ihres Rades abfinden, während ich nicht geneigt zu sein schien, die Sache laufen zu lassen. Viele sind es in Rom, die ihr Rad von anderen Beinen treten lassen. Sie verschwenden keine Zeit damit, es aufzuspüren. Zeit ist Geld, im heutigen Rom genau wie in London. Und vielleicht kann nur ich in meiner Eigenschaft als philosophischer Künstler mir den Luxus, das besondere Vergnügen erlauben, mich in einen Polizisten und Detektiv zu verwandeln, der Tage und Tage einem gestohlenen Fahrrad nachspürt. Ich lasse die Sache nicht laufen, weil ich letzten Endes auch das Wiederfinden abhandengekommener Gegenstände als eine Kunst ansehe.

Es ist eine Kunst, und was für eine! Mindestens ist es ein Sport. Ein äußerst subtiler Sport. Es sind die Diebe, die ihr trauriges Handwerk nicht als Sport gelten lassen. Sie haben Angst vor denen, die sich an ihre Fersen heften. Sie sprießen und gedeihen nur, weil niemand sie hindert. Der Mensch ist im Übrigen von Natur aus diebisch veranlagt. Es gibt politische Theorien, die den Diebstahl zulassen. Selbst der heilige Franziskus deutet das in seiner Regel an: Man darf, sagt er, wenn man über die Felder geht, von einem Baum so viele Feigen und so viele Trauben nehmen, wie man in seinem Bündel tragen kann. Sankt Franziskus gibt auch die Masse des Bündels an: Es darf nicht die einer eingeschlagenen Schürze übersteigen. Aber das ist schon eine ganze Menge! Heutzutage stellt eine Schürze voll Feigen und so weiter ein kleines Vermögen dar von etwa sechshundert Lire, denn frische Feigen kosten sechzig Lire das Kilo. Dem heiligen Franziskus zufolge darf man also stehlen bis zum Betrag von sechshundert Lire. Stehlen demjenigen, der wenigstens sechshunderttausend Lire besitzt, nicht jedoch einem armseligen Poeten! Jedenfalls lässt es auch der heilige Franz nicht zu, dass man ein Fahrrad im Wert von fünfzehntausend Lire stiehlt. Ich weiß nicht, ob das Herr X. zulässt oder billigt, der zur Zeit des Faschismus still und ruhig nicht nur in Russland sich aufhielt, sondern in Russland unter einem falschen Namen. Ich für mein Teil hätte jedenfalls, an seiner Stelle, nie und nimmer die Erlaubnis gegeben, dass eine riesige rote Fahne mit Hammer und Sichel – nun, wo denkt ihr, dass sie wehte? Vielleicht auf Sankt-Peter? Vielleicht auf dem Quirinal? Vielleicht auf der Engelsburg? O nein! Wenn sie dort wehte, würde auch ich in die Hände klatschen wie ein Pelikan; welch drolliger Vogel sich mit dem Schnabel an die Brust schlägt, »mea culpa, mea culpa, mea maxima culpa!«, und dann seine Adern anzapft und sein Blut spritzen lässt, damit seine entartete Nachkommenschaft davon essen und trinken kann. Das Schlimme ist jedoch, dass man die rote Fahne mit Hammer und Sichel – nun, was meint ihr, wo hat wehen lassen? Auf der Piazza del Monte! Dem klassischen Platz der Diebe! Dort befindet sich, nur zwanzig Schritt abseits, ein Versammlungsort der Partei. Sehen die Parteigetreuen diese sanften Mörder, diese lieben Diebe, die Tag für Tag sich auf dem kleinen Platz versammeln, um die von den Dieben selbst gestohlenen Dinge zu verhökern? Nein? Oh, dann lebt wohl, ihr fernen Blicke auf die Sonne der Zukunft!

Mit solchen Gedanken im Kopf hatte ich mein Rad bestiegen, war über den Ponte Garibaldi gefahren und befand mich jetzt wieder auf der linken Tiberseite, jene lange schattige Straße durchfahrend, die auf die Piazza del Monte mündet. Ich wollte zur Via dei Baullari und nur einen kurzen Blick auf die Piazza del Monte werfen. Während ich eine dunkle, von vielen Menschen angefüllte Straße überquerte, sah ich, wie plötzlich ein Menschenauflauf sich bildete. Kurz gesagt, es handelte sich um Folgendes (wie ich im Gedränge den widersprechenden Meinungen, dem Geschrei, den drohenden Zurufen entnehmen konnte): Ein kleines Mädchen, nicht älter als neun Jahre, hat eine Handtasche gestohlen, einer älteren Dame, hager, in Trauerkleidung und begleitet von einem Mann in meinem Alter. Der Diebstahl war in der Kirche geschehen; in jener Kirche, die halbwegs in der engen schlauchartigen Gasse liegt. Die beiden, ein Ehepaar, hatten vielleicht, sogar sicher, die Kirche betreten, um eine Gnade zu erflehen oder für ihren armen toten Sohn zu beten. Vielleicht handelte es sich um einen im Krieg gefallenen Sohn. Ich weiß das nicht genau; fest steht nur, dass, als sie ins Gebet versunken waren oder vielleicht als beide, um inniger zu beten, den Kopf zwischen die Hände neigten – wie die Pinguine –, ein kleines Mädchen, ein Zigeunerkind, sich geschickt an sie herangemacht und sie bestohlen hatte. Die Frau hatte den Diebstahl sofort bemerkt und war dem Mädchen durch die Kirche nachgelaufen, hatte es eingeholt und es am Arm ergriffen; während die Mutter höchstwahrscheinlich auf der Kirchentreppe wartete, um dem Mädchen das Diebesgut abzunehmen und sich aus dem Staub zu machen. Denn so machen es viele Diebe: Sie schicken ihre Kinder aus. Sie fangen so zwei Fische mit einem Köder: Sie bringen den Kindern bei, zu rauben und zu stehlen, und umgehen gleichzeitig die Gefahr, die erwachsenen Dieben droht, wenn sie auf frischer Tat ertappt werden. Die Unschuld ihres Alters entschuldigt die Kinder; von einem Mädchen, das gestohlen hat, lässt sich behaupten: »Sie hat es nicht absichtlich getan!«, oder: »Sie wusste es nicht«, oder:

»Sie dachte sich nichts dabei!«, oder: »Das arme Kind, es hatte Hunger, es dachte, dass in der Tasche Obst wäre!«, und dergleichen. Das kleine Mädchen hatte zu schreien begonnen. Und es schrie immer weiter, ganz ohne Notwendigkeit, während die alte Dame bleich, in Trauer, mager, die wie eine gebildete und kluge Person aussah, keine andere Absicht zu haben schien, als sich, wie sie sagte, die Tasche wiedergeben zu lassen und einen Gegenstand, der sich in der Tasche befunden hatte; einen Wertgegenstand, der sich aber nicht mehr in der Tasche befand. Nun, könnt ihr es glauben? Ihr könntet es nur glauben, wenn ihr zu jenen Römern gehörtet, die, weil sie in Rom leben, der Meinung sind, ihnen sei alles erlaubt, und besonders sei ihnen erlaubt zu stehlen. Also: Eine ganze Versammlung von Menschen, zwanzig, dreißig, fünfzig Personen kommen aus ihren Läden heraus, laufen aus anderen Straßen herzu, besonders von der Piazza del Monte herüber – und was meint ihr, weshalb? Um auf die arme alte Dame loszufahren, die bestohlen worden war, und gegen den Mann, der sie zu schützen suchte. Ich beobachtete eine junge dicke pausbäckige Frau, à la Guido Reni, wenn nicht schlimmer, doch jedenfalls nicht dicker, die wohl in einem Freudenhaus arbeitete oder wenigstens dieser Tätigkeit würdig gewesen wäre; sie war richtig erbost auf die alte Dame, sie schrie, dass sie das Mädchen sofort loslassen solle; nicht anfassen, ihr nichts zuleide tun! Aber, wie ich wiederhole: Das »etwas zuleide tun« war nur Vorwand und Lüge. Niemand tat ihm etwas; das Kind selbst schrie völlig grundlos; höchstens mit der Absicht, Leute zu seinem Schutz heranzulocken, oder um zu versuchen, sich aus dem Staube zu machen, indem es die alte Dame einschüchterte durch sein eingeübtes »zu Hilfe«-Schreien, ganz wie eine Erwachsene, und indem es sich als Misshandelte hinstellte. Die Wahrheit zu sagen, gaben nicht alle der bestohlenen Frau unrecht; im Gegenteil, unter den wohl fünfzig herbeigelaufenen Personen fanden sich drei oder vier, die gegen die Diebe zu protestieren begannen, gegen die Mütter, die ihre Kinder zum Stehlen anstiften und so weiter. Die drei oder vier Personen behaupteten mit lauter Stimme, dass die bestohlene Frau völlig recht habe, wenn sie den zuvor in ihrer Tasche befindlichen Wertgegenstand wiederhaben wolle. Die alte Frau sagte zu dem Mädchen: »Sag mir doch, ich bitte dich, wo hast du ihn hingetan, wem hast du meinen goldenen Ring gegeben? Der Ring war eine Erinnerung an meinen im Krieg gefallenen Sohn! Gib mir den Ring doch wieder! Wem hast du ihn gegeben? Deiner Mutter?«

Und sie begann wieder in aller Ruhe, zu den Umstehenden gewendet: »Ich will ja dem Mädchen gar nichts tun und werde sie sofort loslassen.«

»Nein, lass sie sofort los! Feiges Biest, du scheußliche Spinne!«, so riefen die Leute. Andere breitspurige Weiber schrien, was jetzt das übliche Sprüchlein geworden ist: »Gebts diesem Faschisten, zeigts dem Faschistenweib!« Ein seltsamer Spruch fürwahr, denn dieselben, die heute so schreien – ich schwöre es bei meinem Haupte, ich schwöre es bei meinen guten Augen, meinen gesunden Ohren, meinem guten Gedächtnis, es sind dieselben Männer und dieselben Weiber, die bei den Versammlungen und den faschistischen Umzügen ihre Mäuler voll nahmen mit »A noi!«, mit »Eiah!«, mit »Wir wollen den totalen Krieg!«, mit »Viva il Duce«. Oder das skandierte »Du-ce! Du-ce! Du-ce!«, im Takt, minutenlang – bis zu einer Viertelstunde –, solange Luft in den Kehlen war und die Stimmen in der Lage, sich heiser zu brüllen. Ja, damals wurde der Plebs reichliches Essen von dem Tyrannen versprochen. Das uralte Versprechen von »panem et circenses«, von Brot und Spielen: die einzigen Dinge, für die die Massen empfänglich sind. Nicht dass dieses kein gerechtes Begehren wäre; aber es liegt auf der Hand, dass, um Vergnügungen zu veranstalten, man diese vorbereiten muss und dass die Vorbereitung, der Preis für jedes Vergnügen, in harter Arbeit besteht. Und dass, anders ausgedrückt, Freude nur die Belohnung für eine rechtschaffene, ehrlich vollbrachte Arbeit sein kann und sein darf. Arbeit, jawohl, aber nicht Arbeit, die ein armseliger Kolonialer für den schlauen Kolonisator vollbringt, der davon die Früchte genießt; denn jeder Europäer, sei er arm oder reich, möchte den Schlauen spielen; genießen, ohne zu arbeiten; essen ja, aber arbeiten nein. Von den Einkünften leben, die die Kolonien abwerfen. Darin besteht die Unmoral der Europäer, vom ersten bis zum letzten Kolonisator und Imperialisten, sei er Russe, Japaner, Franzose, Engländer oder auch Italiener.

Auf der Piazza del Monte näherte ich mich zwei Mädchen, die gleichfalls gestohlene Ware veräußerten. Sie verkauften, im Auftrag eines Eisenwarenhändlers, der selbst nicht den Mut hatte, auf dem Schwarzmarkt zu erscheinen, Sperrschlösser für Fahrräder; jene Sorte in Form eines Hufeisens, wie man sie in Rom nur noch in wenigen Geschäften bekommen kann. Ich hatte mir selbst vor ein paar Tagen eines gekauft. Neunzig Lire musste ich dafür bezahlen, das war bereits reiner Schwarzmarktpreis; der wirkliche Wert war noch vor einem Jahr nicht höher als drei Lire. Eines der beiden Mädchen verlangte einhundertundneunzig Lire von mir, das andere sogar zweihundertundneunzig. »Entscheidet euch!«, sagte ich lächelnd. Aber sie nahmen meine Bemerkung übel und begannen zu maulen: »Gebt uns halt zu essen! Verschafft uns Arbeit!«

»Wer, ich?«, erwiderte ich ruhig. »Bin ich etwa die Regierung? Oder was glaubt ihr, was ich verdiene? Ich verdiene so gut, dass ich jeden Monat aus meiner Tasche viertausend Lire zusetze, obwohl ich mich vom frühen Morgen bis zum Abend redlich plagen muss.«

»Sie Glücklicher, dass Sie umsonst arbeiten können!«, antworteten sie. Sie hatten das Rätsel des »Zusetzens trotz Arbeit« im Fluge durchschaut, meinten aber kurz und bündig: »Uns liegt das nicht, mit Verlust zu arbeiten. Sie Glücklicher, dass Sie etwas zuzusetzen haben!« Indessen zerrte die eine sich eine Handvoll Tausendlirenoten aus dem Busen; es müssen an die vierzig Stück gewesen sein. Als sie sich die schmutzige Bluse aufknöpfte, um das Geld hervorzuholen, sah ich, dass sie unter der Bluse ein sehr schönes Unterkleid trug, aus rosa Seide mit helleren Spitzen besetzt, ein so schönes Stück, dass ich mir so eins als Geschenk für meine geduldige Anita gewünscht hätte; welch Letztere stattdessen gezwungen ist, ein

Unterkleid zu tragen, das sie sich aus Resten von Vorhangstoffen zusammengenäht hat. Da wir nichts mehr auszugeben haben und uns herzlich einschränken mussten, trage ich zum Beispiel Schuhe mit Flicken und Nähten, die ich selbst angebracht habe. Aus dem neuen funkelnden Unterkleid des geschäftstüchtigen Mädchens stiegen zwei sich widersprechende Düfte auf: einer nach ungewaschenem Fleisch und ein anderer von einer kostbaren Essenz, einem Nuttenparfum; »aha!«, sagte ich bei mir selbst, »das sind Siegerbräute«. Und ich erriet, wie sie alle beide des Morgens bis gegen halb eins auf der Piazza del Monte stehen und, um die Leute zu täuschen, Fahrradschlösser feilbieten, die in den Geschäften zehnmal weniger kosten; wie sie dann, um halb eins, nach Hause gehen, essen, und besser essen als ich, sich drei oder vier Stunden schlafen legen oder in einem der vielen Wochenblätter und Illustrierten lesen, die zum Ergötzen der menschlichen Dummheit geschaffen wurden, und wie sie sich dann zurechtmachen, Brillantine über die Läuseeier schmieren, jene Läuseeier, die sich mit Vorliebe seitlich des Halses unter den Ohren ansiedeln: und wie sie dann alle beide gegen Abend schließlich ausgehen, um die Stunde, wenn im September der schöne römische Mond aufsteigt, und sich amerikanische Soldaten suchen, um mit diesen zu trinken und neue reine Römer in die Welt zu setzen, Römer, so rein wie Romulus und Remus; Söhne der Rhea Sylvia und der Alliierten von damals. Manche dieser Mädchen möchte ich wirklich fragen, ob ihr spitz gewölbter Bauch einen englisch-deutschen Sprössling beherbergt; vielleicht müsste ich richtiger sagen: einen deutsch-anglikanischen Spross, denn schließlich sind die Deutschen zuerst durchgezogen. War doch beim Wechsel aus einer Hand in die andere, von einem Heer, einer Armee zur anderen der Fall nicht selten, dass der Amerikaner in ein Gefäß schöpfte, das noch von deutscher Flüssigkeit feucht war. Ein Glück, dass die Natur nichts verwechselt. Im Übrigen ist es besser, dass Deutsche oder Amerikaner geboren werden als uralte römische Bastarde aus dem Blute der Borgia oder dem der Farnes und so weiter und so weiter (die und so weiter könnte man hier nicht in zehn Tagen geschichtlicher Lektüre aufzählen).

Auf der Piazza del Monte traf ich dieselben Diebe wie am Tage zuvor. Ich begab mich eilends in die Via dei Baullari. Die Information, dass die Fuhrleute um sieben Uhr oder schon um sechs, wie ich oben sagte, aufziehen, war falsch. Sie kommen in Wirklichkeit nicht vor acht, der Stunde der Angestellten, denn in Rom findet alles mit mindestens einer halben Stunde Verspätung statt. Dann ziehen einige dieser Facchini mit ihren Wagen zu irgendeiner Dienstleistung; andere bleiben und rühren sich nicht, sie lachen hämisch, rauchen und halten die Leute zum Narren. Für uns Intellektuelle war die Brotration, und ist es noch immer – ob unter den Deutschen oder den Amerikanern, gilt gleich –, die niedrigste. Die Facchini hingegen, die ganz augenscheinlich sich weniger oder doch fröhlicher plagen als wir, und mit weniger Melancholie als Angestellte, bekommen die höchste Ration. Und auch das ist eine Bestätigung der Demagogie! Ja, es ist herrlich, diesen Fall von zweiseitiger oder dreiseitiger Demagogie ins Auge zu fassen: Es ist das nämliche demagogische Kriterium, das zuerst die Faschisten anwandten, das dann die Deutschen beibehielten und das schließlich die Amerikaner bestätigten. Ich hätte demzufolge – nach dem Kriterium der einen wie nach dem der anderen –, da ich mir den ganzen Tag an meinem Tisch das Gehirn zermartere, einen geringeren Kalorienbedarf als die Fuhrleute, die sich in der Sonne aufhalten und daher mehr benötigen! Ich, der ich nichts verdiene, weil ich ein Geistesarbeiter bin – haben Sie das beachtet? Die Intellektuellen sind aus jedem politischen Programm, aus jeder politischen Rede ausgeschlossen! –, ich muss die kleinste Ration haben; aber diejenigen, die Dienstleute spielen und die so viele Gelegenheiten ausnützen können (heute, wo ein Transport Gold wert ist), sie, die Einnahmen haben, dass ihnen das Geld zum Schlund heraushängt, sie müssen in den Genuss erhöhter Rationen gesetzt werden! Das ist keine Demokratie! Das ist eine Komödie, eine Clownerie wie im Zirkus! Eine Farce, die die Demokratie lächerlich macht! Wir müssen abwarten, ob die Dinge in dieser Weise weitertreiben können.

Um auf der Piazza del Teatro di Pompeo nicht stocksteif herumzustehen wie der erstbeste Trottel, unter den Blicken nicht nur der herumlungernden Diebe, sondern auch der anderen vorübergehenden Leute, begann ich, mich mit einem Buchhändler zu unterhalten. Mit einem jener Buchhändler, alten Halsabschneidern, die ihre Bücher von liederlichen Studenten oder den

Erben alter trübselig unverheirateter Professoren oder Pensionsinhaberinnen erwerben, Detektivromane, die das letzte Glücksritter-Pärchen auf dem Nachttisch zurückgelassen hat, oder gewisse andere Groschenromane als Hinterlassenschaft junger Flitterwöchner. Halsabschneider, Wucherer, die die Bücher für zehn Lire ankaufen und für hundert weitergeben. Aber das sind die Leute, die in Rom zu Geld kommen! In Rom gewinnt man nichts mit Leistung und Begabung, man kommt nur zu was durch Gaunerei und Betrug. Wie es im Übrigen heutzutage in aller Welt der Fall ist. Es dreht sich alles nur darum, den Punkt zu finden, wo man den Hebel ansetzen kann, um zu wuchern und zu spekulieren! Und in Rom kann dieser Hebel auch darin bestehen, alte Bücher aufzukaufen und sie weiterzuveräußern, alte Bücher, wobei, wohlverstanden, es sogar Lumpenhändler sind, die unvermittelt den Beruf wechseln und sich dem Antiquariat mit Büchern ergeben. Der Buchhändler kannte mich. Und ich kannte ihn auch. Ich kannte ihn als einen schamlosen, betrügerischen Menschen, einen unverbesserlichen Halsabschneider. Das Erste, was er tut, wenn jemand sich seiner Bude nähert, ist, den Kunden abzuschrecken oder doch ihn beinahe abzuschrecken, indem er unfehlbar die Antwort gibt: »Das habe ich nicht mehr!« Das heißt, dass er das Buch zwar hatte, nach dem der Kunde fragt, dass er es aber bereits verkauft hat. Auf weitere Fragen antwortet er überhaupt nicht.

Er rührt sich nur noch auf die Frage: »Was kostet das?« Und dann ist die Antwort: Es kostet ein Vermögen.

Ich zögerte deshalb, mich seinen Büchern zu nähern. Doch musste ich stehen bleiben. So ging ich zu ihm hin, um mit ihm zu reden. Er – das war doch natürlich! – wusste bereits vom Diebstahl meines Rades. Er fragte: »Was Neues?« Nach einigem Geplänkel von Fragen und Antworten hin und her unterbreitete ich ihm die Bitte, mir einen Rat zu geben, mir in aller Freundschaft und Verschwiegenheit eine Auskunft über die Ehrlichkeit der Facchini zu geben. Er erwiderte, dass er mir nichts darüber zu sagen wisse. Da blieb mir nichts anderes übrig, als mich als »micco«, als naiven Blödling zu geben, wie in Rom jeder angesehen wird, der erzählt, dass man ihn ausgeplündert oder beraubt hat. Ich versuchte, so glimpflich wie möglich davonzukommen. Aber der Buchhändler – der doch eben erst so getan hatte, als wisse er nichts von dem Diebstahl – unterbrach mich in meinem Bericht: »Und warum haben Sie das Rad außerhalb des Ladens stehen lassen?«

»Was denn, zum Teufel?«, antwortete ich. »Der Laden, das kleine Lädchen, das Sie dort drüben sehen, ist zu eng. Und ich hatte kaum Zeit genug, das Rad an die Hausecke zu lehnen und mich umzudrehen, um zu fragen, ob es Schuhcreme gäbe, als der Dieb schon …«

»Das ist doch eine ganz natürliche Sache«, meinte tapfer mein Bücherverkäufer. Und ich:

»Sie Glücklicher, dem man noch nie was gestohlen hat!«

»Ich? Mir?«, machte er, in seinem Halsabschneidergemüt getroffen. »Mich bestiehlt alle Welt. Von den ehrlichen Kunden angefangen, welch ehrliche Kunden häufig ein Buch zwischen Hemd und Weste verschwinden lassen oder unten in den Hosen, in eigens am Gürtel angebrachten Taschen, die man von außen nicht sehen kann, bis zu den Dieben in der Nacht: Ein paar von denen stahlen mir erst vor vierzehn Tagen zwei Holzkisten; die Bücher, die darin waren, ließen sie stehen.«

Ich war völlig im Bilde. Die Diebe Roms haben tatsächlich kaum Neigung, Bücher zu stehlen. Krasse Ignoranten, die sie sind, fühlen sie sich außerordentlich wohl in der Annahme, dass die Bücher Dinge enthalten, die, weil man sie nicht essen kann, zu nichts nütze sind. Der Bücherhändler erzählte mir, dass in dem gleichen Geschäft für Schustereibedarf in der Nacht nach dem Diebstahl meines Rades zwei Kisten voll Wäsche und ein Autoreifen gestohlen wurden. Die beiden Kisten gehörten jedoch nicht dem Eigentümer des Ladens, sondern einem Flüchtling, einem Ausgebombten, der drei Tage zuvor Rom verlassen hatte. Man beachte: Dem Buchhändler stehlen sie nicht Bücher, sondern leere Kisten, dem Schuhmacher stehlen sie nicht etwa aus dem hundert Schritt vom Laden entfernten Lagerraum Schuhe, sondern sie stehlen Wäschekisten, die dem Bestohlenen gar nicht gehören. Darf man folglich nicht annehmen, dass Händler und Diebe einander recht genau kennen? Oder zumindest, dass sie sich kennen und einander in ihren sozusagen gegenseitigen Interessen nicht verletzen? Wie wäre denn sonst auch dieses lange, dieses ewige Zusammenleben von Pseudo-Ehrenmännern mit einer Diebesbande möglich, auf diesem zusammengedrängten kleinen Platz, dem der freundlich nachsichtige Pompejus seinen Namen geliehen hat? Und man darf auch annehmen, dass die sieben, acht oder zehn Händler und Geschäftsleute am Platz alle Mitglieder der Räuberbande genauestens kennen. Und dass die Diebe alle bestehlen, nur nicht diese. Wechselseitiges Einverständnis, so skandalös wie nur irgendetwas!

Während mir solche Gedanken durch den Kopf gingen, gewann ich die Gewissheit, dass der Bücherverkäufer, wenn er gewollt hätte, mir schon hätte Auskunft geben können, wo ich den Räuber meines Fahrrads aufspüren konnte. Ich hatte zwar vermutet, dass ich ihn auf diesem Platz, unter den Facchini und Fuhrleuten, entdecken würde, doch Tatsache ist, dass ich ihn entweder nicht sah oder dass er nicht hier war. Ich machte mir abermals ganz klar, was ich von seinem Aussehen und seinen besonderen Kennzeichen kannte. Ich sah ihn wie leibhaft vor meinen Augen stehen. Ein gelb-grünliches Gesicht, zwei stechende, eng, allzu eng zusammenstehende Augen, die breite fleischige Bocksnase; und als besonders auffallend an seiner Kleidung die Ringelsöckchen aus weißer Wolle, die Sandalen, die aus Stoffgürteln der faschistischen Miliz oder der Lodenuniform des Heeres gefertigt waren.

Um den Bücherverkäufer zum Sprechen zu bringen und mir die Zeit zu vertreiben, begann ich eine Unterhaltung über Politik. Der Bücherhändler war ganz »berauscht«, das heißt leidenschaftlich an Politik interessiert. Und da ich zwar wenig davon weiß, aber doch immerhin etwas, so hörte er mir wohlgefällig zu. Im

Verlaufe des Gesprächs bedeutete ich ihm meine Zweifel über die Beständigkeit der Währung. Unsere Verschuldung – sagte ich – muss sehr viel höher sein als sechshundert Milliarden, das heißt fünfzehntausend Lire pro Kopf oder eintausendfünfhundert an jährlichen Zinsen, die jeder Bürger erlegen müsste. Das wäre ja eine Kleinigkeit. Stattdessen wird die Währung ins Rutschen geraten, wie es seinerzeit nach dem Ersten Weltkrieg in Österreich und in Deutschland geschah. Die Währung wird ganz plötzlich zusammenbrechen, oder jedenfalls innerhalb einer sehr kurzen Zeitspanne. Damals in Deutschland geschah das binnen vierzehn Tagen. Ich befand mich gerade im südlichen Österreich in Seebach am See, bei Klagenfurt. Ich erinnere mich – so erzählte ich weiter –, dass ich eines schönen Tages an den Balkonen eine neue Flagge hängen sah, die anders war als die bisherige. Und fast zur gleichen Zeit wie die neue Fahne sah ich ein paar Kinder, die aus dem obersten Stockwerk eines Häuserblocks mit vollen Händen Papiermark, oder Kronen, wie es in Österreich hieß, zu anderen Kindern hinabwarfen, die auf der Straße lärmten. Da die Mark oder vielmehr die Krone ihre Gültigkeit verloren hatte, blieb denen, die viele davon besaßen, nichts anderes übrig als der – bittersüße – Spaß, sie den Kindern zu schenken, die damit spielen mochten wie mit Papierchen, in die die Karamellen eingewickelt werden. Die Papierkronen flatterten durch die Luft, mit ihren schönen bunten Farben, grün, rosa, bläulich, mit weißen Tupfen! Da fühlte sich mein Bücherhändler, der Halsabschneider, im Hauptnerv seines schmutzigen Geizes getroffen –

ihr müsst stets nach dem Nerv zielen, wenn ihr wollt, dass eine Person, auch die bösartigste, euch antworten soll –, und er überschüttete mich förmlich mit Fragen. Und ich gab ihm bereitwilligst auf jede Frage Antwort. Und währenddessen geschah der große Schlag!

Denn jetzt sehe ich auf einmal den Dieb meines Fahrrads. Ja, dort sehe ich ihn wieder, dort ist er! Gerade eben aus einer Seitengasse aufgetaucht. Er hat sich unter ein Grüppchen sauberer Jüngelchen gemischt. Eine Gruppe, die ich schon im Auge hatte, während ich mich mit dem Buchhändler unterhielt. Und ob ich ihn wiedererkenne! Und auch der Dieb sieht mich und erkennt mich wieder, aber er tut, als wäre nichts. Mit den Händen in den Hosentaschen wühlend, spricht er angelegentlich mit seinen Kumpanen. Neben ihm steht sein Bruder. Wer mir gesagt hat, dass das sein Bruder ist? Niemand, aber die beiden sehen sich ähnlich; nur dass der Bruder etwa fünf Jahre älter ist und anders gekleidet. Aber er ist von der gleichen schmächtigen Statur. Was kann ich tun? Ich gehe mit mir selbst zurate. Dann frage ich meinen Buchhändler: »Bitt schön, wissen Sie nicht, wie der junge Mann dort heißt?«

»Welcher?«

Der Buchhändler stellt sich, als ob er ihn nicht wiedererkennen könne. Er wird zugeknöpft, um meiner Frage auszuweichen. Aber die Frage nagelt ihn fest. Wenn er mir antwortet, dass er ihn nicht kennt, dann kann ich leicht andere Leute nach dem Namen des Diebes fragen; einer davon, und vielleicht sogar der Verkäufer von Schuhmacherbedarf, wird mir, wenn er ein Ehrenmann ist, den Vor- und Familiennamen mitteilen. Endlich entschließt sich mein Partner zur Antwort: Er glaube, dass der sich Pappa nennt. Und ich: »Und der andere dort, das ist sein Bruder?«

»Stimmt. Genau. Wie haben Sie das erraten?« Und ich: »Sind das ehrliche Leute?«

»Was für eine Frage!?«, antwortet spöttisch und gelangweilt mein Bücherhändler. Und, um die beiden zu rechtfertigen: »Sie haben das kleine Möbelgeschäft, dort drüben, sehen Sie, dort.«

Die Gruppe von Dieben stand in der Tat vor dem Eingang eines kleinen Ladens. Einer tat so, als erzähle er den anderen lustige Dinge. Der Räuber selbst, der Pappa, stand mit den Händen in den Hosentaschen und verhielt sich still. Er blickte, sich dumm stellend, seinem Bruder in die Augen. Der Bruder schaute ihm in die Augen. Sie verständigten sich durch Blicke. Aber was war meinerseits zu tun? Nichts! Denn es war niemand von der Polizei auf der Piazzetta. Zu anderer Zeit, bei anderer Gelegenheit, hätte ich einfach gerufen: »Al ladro! Haltet den Dieb!« Aber hier konnte ich das nicht. Ich hatte bereits – und zu meinem Glück!, ich werde später den Sinn dieser Behauptung erklären – die schandbare Szene mit der alten Dame und dem Herrn, die man in der Kirche bestohlen hatte, mit angesehen und wie die Leute alle sich gegen die beiden gestellt hatten: nicht gegen die Mutter des diebischen Kindes, sondern gegen die beiden harmlosen Bürger! Und also war es nicht ratsam, wenn man sich als anständiger Mensch zu erkennen gab.

In diesem Augenblick kamen eine Frau und ein Mann, laut miteinander streitend, vorbei. Die Frau war ein hageres, unter die Räder gekommenes junges Mädchen, eine von denen, unter deren Röcken man versengte, schmutzige, behaarte, doch nicht hässliche Beine vermutet, während vom Unterleib der Eiter der Krankheit herabtropft. Was ihren Begleiter anlangt, den die Besessene aufs Korn genommen hatte, so suchte er, seinen geraden Weg zu gehen. Er lächelte vor sich hin, es war eine Grimasse von Lächeln, um sich, so gut es gehen mochte, den Böllerschüssen der Jungfrau zu entziehen; welche hinter ihm drein schrie: »Ah magnaccia! Ah, du Lump! Das werde ich deiner Frau erzählen! Sie soll nur zu mir kommen, deine Frau, ich werde ihr schöne Sachen erzählen!«

Da machte sich mein Dieb die Verwirrung zunutze, und ein Gleiches taten die anderen Burschen der Räuberbande, um sich aus dem Staube zu machen und sich unter die Menge zu mischen, die zusammenzulaufen begann. Ich schwang mich auf mein Rad, hielt mich im Kielwasser der Menge und ließ, wenn auch mit Mühe, den Dieb meines Fahrrads nicht aus dem Auge. Pappa bemerkte, wie ich ihm immer noch auf der Spur blieb, und so wandte er sich mit ein paar Worten und Anweisungen an einen seiner Genossen aus der Diebesbande, der zuvor ebenfalls vor dem Laden alter Möbel gestanden hatte. Er führte ein Rad an der Hand, dessen hinteres Schutzblech hellblau lackiert war.

Unter den beiden Möglichkeiten, den Pappa zu verfolgen und dem neuen Dieb nachzufahren, der inzwischen ebenfalls aufs Rad gestiegen war, wählte ich die zweite, den neuen Dieb. Und wirklich, ich tat gut daran. Ich tat gut daran, denn ich wusste doch bereits, dass mein Dieb »Pappa« hieß und dass er an der Piazza einen kleinen Laden hatte; ich wusste auch, dass er einen Bruder hatte, der ihm ähnlich sah. Und ich wusste, dass ich mich nicht an die abwesende Polizei wenden konnte. Denn abwesend ist sie in ganz Rom, wie ich später im Einzelnen dartun werde. Mir blieb keine andere Wahl, als einer inneren Stimme zu folgen, die mir riet, dem zweiten Dieb nachzufahren. Ich fuhr ihm nach in der Hoffnung, er werde nicht bemerken, dass ich ihm folgte, und es könne mir so gelingen, ihm, wenn ich Glück hatte, bis zum Versteck der gestohlenen Fahrräder das Geleit zu geben. Ein wahrhaft großes – aber nicht erhofftes – Glück wäre es gewesen, wenn der Dieb bis zum Versteck fahren und mein Rad herausholen würde, um es anderswo unterzubringen. Oder wenn es mir jedenfalls gelingen möchte, den Schlupfwinkel dieser Räuberbande festzustellen. In einem solchen Fall hätte ich mir Mut gemacht, und auf die Gefahr hin, einen Messerstich abzubekommen, hätte ich zu schreien begonnen, nachdem ich das Versteck festgestellt hätte, damit Leute herbeilaufen möchten und dass dabei auch ein Polizist sich einstellen könnte. Ich hatte ein Messer in der Tasche. Und ich hatte in der Brieftasche die Bescheinigung über den Erwerb und die Bezahlung des Fahrrads, das mir von Pappa gestohlen worden war. Mit dieser Quittung würde ich jeden Augenblick nachweisen können, dass das Fahrrad mir gehörte. Auf meinen Lärm hin würden die Leute zusammenlaufen, und dann müsste man abwarten, was weiter geschehen würde.

Der Dieb nahm seinen Weg über den Platz vor dem Palazzo della Cancelleria. Er überquerte den Corso Vittorio Emanuele und bog in die Via dei Leutari ein, und von dort, langsam tretend und ohne sich umzusehen – denn er hatte noch nicht bemerkt, dass ich hinter ihm her war –, fuhr er ein Stück durch die Via del Governo Vecchio, überquerte dann die Piazzetta di Monte Giordano. An der Stelle jedoch, wo man zur Via del Panico abbiegt, machte er halt und tat so, als sei an dem Rad plötzlich irgendetwas nicht in Ordnung; er versuchte, mit der Hand die Kette weiterzubewegen; er blickte um sich und stellte fest, dass ich ihn verfolgte. Im Übrigen hätte er es ja doch gemerkt, wenn er dort, wohin er fuhr, anhalten würde. Ich bremste, ohne vorbeizufahren, bog in die Via della Campanella ein, wendete und kehrte zurück, und so war ich geschickt abermals hinter dem Dieb, dem Freund meines Pappa.

Er blieb jetzt am Ende der Via del Panico stehen, wo sich an einer Ecke linker Hand eine kleine Stehbar befindet. Er ging an den öffentlichen Fernsprecher und versuchte zu telefonieren. Aber es gelang ihm nicht, vielleicht war der Apparat beschädigt. Inzwischen stellte ich mich, als ob ich die gerösteten Kastanien anschaute, die ein Maronimann aus der heißen Asche hervorholte. Ich kaufte drei; sie kosteten drei Lire. Dabei beobachtete ich immer den Dieb, der im Innern der Bar gegen mich hin Zeichen der Ungeduld machte, während er anderen seiner Genossen zunickte. Er deutete nicht so sehr auf mich, als dass er bald dem einen und bald dem anderen ein Wort hinwarf. Ich bemerkte indessen, dass der Dieb sein Rad draußen vor der Bar abgestellt hatte, in der verlassenen Straße, in sorgloser Gewissheit, dass es ihm niemand stehlen werde. Und um nicht aufzufallen oder um dem Dieb keinen Anlass zu geben, sich auf mich zu stürzen, ging ich mir eine Zeitung kaufen und tat, als vertiefte ich mich in die Lektüre. Ich hatte die *Vedetta Repubblicana* gekauft. In diesem Blatt hatte ich schon früher ein paar Artikel untergebracht, zwei kurze und einen längeren. Ein weiterer Artikel von mir war auf der Redaktion geblieben; und gerade heute hatte ihn das Blatt gebracht. Doch merkte der Dieb, dass ich gar nicht las, sondern nur so tat. Und im Übrigen war jedes Manöver von meiner Seite jetzt doch überflüssig geworden.

Der Dieb hatte bemerkt, dass ich ihn verfolgte, und konnte also jetzt nicht zu seinem Versteck fahren und das Rad hervorholen. Ich hatte den Eindruck, dass das Versteck ganz in der Nähe sein müsse und dass mein Rad sich ganz hinten in dem Versteck befinde. Vielleicht war dieses das Hinterzimmer eines Ladens oder ein geheimer Lagerraum eines Fahrradhändlers. Diese Letzteren behaupten zwar, dass sie kein gestohlenes Gut annehmen, aber das machen sie einem nur weis, während sie so viel davon einsammeln wie sie nur können. Während ich diese Wahrscheinlichkeit erwog, stieg mein Dieb wieder aufs Rad und fuhr in eine der Seitengassen der Via del Panico, ein einsames platzartiges Stück Straße, wo sich früher die schäbigsten Freudenhäuser Roms befunden hatten; wo auch die Passanten, die am wenigsten an Venusfreuden dachten, die Frauen bemerken mussten, deren nackte Busen auf den Gesimsen der engen Fensterchen zur Schau gestellt waren; die grünen beweglichen Holzgitter waren ständig halb aufgezogen, und die Brüste wurden dargeboten, wie qualliger Sauerteig anzusehen; wie verdorbener Sauerteig; gelblich, verschrumpelt, so lagen sie auf den verschlissenen roten Plüschpolstern zur Ansicht.

Als der Dieb den Platz erreicht hatte, kam er unvermittelt auf mich los und bedrohte mich, heftig scheltend, mit einer wuchtigen Ohrfeige. Mit offener Hand beschrieb er einen weiten Halbkreis. Es war eine Riesenhand. Ihm hatten sich die Haarbüschel zu Berge gestellt, so wie sich gereizten Hähnen die Federn aufrichten, während die Augen denen eines zu Tode getroffenen Raubtiers glichen. Einerseits war das zum Lachen, anderseits auch wieder Grund genug zum Zittern. Ich trat lediglich einen Schritt zurück und ließ mich nicht aus der Ruhe bringen. Feige, wie Rowdys sind, handeln sie niemals einer gegen einen. Und somit brauchte ich noch keine Angst zu haben, solange er mir allein gegenüberstand. Solange man in einem Streit Mann gegen Mann steht, handelt es sich im Grunde um einen Kampf mit gleichen Chancen. Und Kämpfe – oder nennt es meinethalben Raufhändel – kann man annehmen. Das sind die schicksalhaften Augenblicke unseres Daseins. Und es ist anderseits weder statthaft noch gerecht, sich zu wünschen, es möge in unserem Leben alles stets reibungslos und glatt dahinfließen. Dass ein jeder Moment unseres Daseins eingetaucht sei in unseren Dichtertraum von Liebe und Gerechtigkeit unter den Menschen, ist in der menschlichen Gemeinschaft unnütz, sich zu erträumen, und sogar töricht, sich zu wünschen.

Ich gab dem Dieb keine Antwort. Ich wartete ab, dass er, immerzu schimpfend, schließlich eine Bewegung machen würde, um zuzuschlagen. Doch stattdessen schrie er immer weiter, jaulte, warf sich zu Boden wie ein Hysteriker und winselte, ein vollendeter Komödiant, der sich bei anderen ähnlichen Szenen trefflich eingeübt hat; Szenen der Drohung, der Einschüchterung, die gleichzeitig dazu dienten, andere Diebe zu Hilfe zu rufen.

Auch mir war die Situation nicht neu; mehr als einmal war ich von den Faschisten angegriffen und verprügelt worden. Das erste Mal war mir das 1927 in Pola zugestoßen; das letzte Mal 1942, eines Abends in Rom gegen halb elf, als ich gerade aus meiner Abendschule kam. Stets hatte mich eine gütige Gottheit entwischen lassen, ohne dass ich allzu großen Schaden genommen hätte.

Jener tobte: »Ma cosa vuoi, vigliacco – was willst du denn, du Schuft, was willst du denn von mir?«

Und ich: »Nichts, gar nichts, mein Bester! Du bist es doch, der sich aufregt und herumschreit, während ich nur versuche, mein Fahrrad wiederzufinden.«

Und er, wieder aufstehend: »Wieso nichts, du feiger Hund, du abscheulicher? Glaubst du, ich hätte dir dein Rad gestohlen: Du kannst mich kreuzweis samt deinem Fahrrad!« Und:

»Mannaggia ai mortacci tui! Sollen deine elenden Toten in der Hölle schmoren.«

Ein Sturzbach von Beschimpfungen und Flüchen

ergoss sich über mich. Ich blieb unerschütterlich. Doch hielt ich die Augen offen; mit gerunzelter Stirn, bereit zur Verteidigung, ließ ich ihn schreien.

Er schlug nicht, da er nur beabsichtigte, mit seinem Geschrei und Lärm andere Diebe herbeizulocken, damit sie ihm helfen sollten. Er schrie einfach, um Menschen herbeilaufen zu lassen. Die echten Feiglinge machen das so; die wahren Rowdys haben es immer so gemacht und werden es immer so machen; sie schlagen nur zu, wenn sie zu zehnt oder mindestens zu fünft sind gegen einen armen Wehrlosen. Und mein Dieb hatte gesehen, dass ich bewaffnet war. Er wusste es; man hatte es ihm gesagt, als ich auf der Piazza del Teatro di Pompeo mit meinem Messer ein Stück Strick abgeschnitten hatte, das am Sattel meines Rads herunterhing.

Doch schneller, als man es erzählen kann, hatten sich ein Dutzend Diebe und Zuschauer aus dem Panico versammelt. Und hier befand ich mich nun mitten in einer Szene – dachte ich bei mir –, die genau der glich, die ich – als Zuschauer – vor der Kirche miterlebt hatte, als der alten Dame und dem Herrn die Tasche gestohlen worden war. Unter den zehn Personen und den anderen, die noch herzuströmten, waren fünf – und das waren jene hoffnungsvollen Jünglinge, die ich ungefähr wiedererkannte – Diebe von der Porta Portese, und sie begannen, gegen mich loszulegen.

»Halunke! Gauner!« In dieser Tonart ersannen sie gegen mich die farbenprächtigsten Ausdrücke. Als sie sahen, dass ich nicht aus der Ruhe zu bringen war, wussten sie nicht mehr recht, was noch sagen; denn wenn sie versuchten, nichts als Schimpfreden vorzubringen, so weil sie nicht wussten, was sie mir eigentlich vorwerfen sollten. Meine aufrechte Gesinnung steht mir auf dem Gesicht geschrieben. Einer der wüstesten unter meinen Gegnern hätte mich beinahe rundweg als Dieb bezeichnet. Aber das taten sie nicht, denn dann hätten sie mich, wo sie doch selbst Diebe waren, schlicht als »Kollegen« anreden müssen.

Schließlich machte ich selbst den Mund auf und erklärte: »Es ist mein gutes Recht, ihr lieben Leute, dem Verbleib eines Fahrrads nachzuforschen, das mir gestohlen, beinahe aus der Hand genommen wurde.«

Darauf ließ sich eine jener Personen, die es in ihrer ganzen Zwielichtigkeit zwischen Gaunern und Ehrenmännern keinesfalls mit den Ersteren verderben wollen, vernehmen: »Und da kommst du ausgerechnet in den Panico, um dein gestohlenes Rad zu suchen? Du hast eine reichlich große Klappe!«

Und ich: »Wohin würden Sie denn gehen, um Ihr gestohlenes Rad zu suchen? In den Vatikan? In den Quirinal? Ich suche es in allen Straßen, und dadurch, dass ich es suche, beleidige ich keinen anständigen Menschen und habe auch nicht die leiseste Absicht dazu.«

»Such es doch im Palazzo Braschi«, rief einer, um einen dummen Witz zu machen, der schon gar nicht mehr zeitgemäß war: denn bekanntlich war der Palazzo Braschi die Brutstätte der römischen Faschisten. Als ein anderer den Namen »Palazzo Braschi« hörte, fiel ihm ein, dass er Squadrist, das heißt ein uniformierter und prügelnder Partei-Soldat gewesen war, einer, meine ich, den die Faschisten aus den »zugreifenden Elementen« angeheuert hatten und der unter den veränderten Umständen jetzt von anderen Parteien besoldet wurde und seine atavistische, vom Vorfahren Romulus ererbte Rauflust aufs Neue bewies; und so begann er zu schreien: »Mach, dass du wegkommst, verschwinde; du warst Faschist!«

Und ein anderer Dieb, dem dieser Einfall nicht neu sein mochte: »Jaja, wir kennen dich! Wir kennen dich genau: Du warst, du bist ein Faschist! Wir haben dich bei tausend Umzügen gesehen.« Dabei konnten sie mich bei keinem einzigen gesehen haben, nicht nur weil ich niemals in einem Umzug mitgegangen bin noch je mitgehen werde, sondern aufgrund der einfachen Tatsache, dass ich zur Zeit der Umzüge nicht in Rom, sondern in Meran wohnte.

Aber mit dem, was sie schrien, glaubten sie einen großen Treffer gelandet zu haben. Alle zehn, oder jetzt nicht mehr zehn, nicht zwanzig, sondern fünfzig Personen brüllten mir mit betäubendem Lärm in die Ohren. Und ich, ganz ruhig: »Faschist? Ach, sieh an! Vielleicht wie ihr hier in Rom, die ihr mindestens zu neunzig Prozent der Einwohner Faschisten gewesen seid, meine Teuren!«

Und weiter: »Ich dagegen könnte euch auch erzählen, dass ich einer bin, der in der Verbannung war, im Gefängnis, weil ich den Faschismus bekämpft habe in einer Zeit, als man noch gegen ihn kämpfen musste und wo das sehr gefährlich war. Aber es war sehr viel nützlicher als die späteren Anklagen und Vorwürfe!«

»Was, du im Gefängnis?«, machte einer dieser Strolche und hielt mir die geballte Faust unters Kinn. Aber – ich wiederhole – in solchen Fällen genügt es, keine Angst zu zeigen. Zwischen einem drohenden Kinnhaken und dem Kinnhaken selbst liegt nur wenig Zeit, aber doch immerhin Zeit, und genügend, um die Faust aufzuhalten, das Handgelenk mit der Linken zu packen und sich Gott anzuvertrauen.

Ein anderer Dieb, der von meiner Ruhe überrascht war, fragte: »Du im Gefängnis? Und wann denn? Was erzählst du uns denn da? Was willst du uns weismachen? Du, der du arme Leute wie uns verfolgst? Du bist kein Politischer, du bist ein Spion, ein Faschist! Mach, dass du weiterkommst, verschwinde!« Der Gute glaubte in seiner Unschuld ernstlich, dass ich gelogen hätte, und geriet deshalb gegen mich in Hitze.

Und dann sagte einer großspurig: »Du, Antifaschist? Aber ich bin in der Via Tasso gewesen!« In der Via Tasso befand sich ehedem die Dienststelle des SD.

Ich nahm die günstige Gelegenheit dieser Prahlerei wahr, um die ganze Meute lächerlich zu machen, und sagte in spottendem Ton: »Wer, du? In der Via Tasso? Wo denn? Und wann? Bist du einmal dort vorbeigegangen? Ja, sicher, du bist durch diese Straße spaziert! Oder du warst bei den Deutschen und hast in der Via Tasso Küchenmiliz gespielt.«

Vielleicht stimmte das? Ich weiß es nicht? Aber auf ihn wirkte es wie eine kalte Dusche, und er trat vor und sagte: »Sprich dich ruhig aus! Los!«

»Da ist nichts zu zweifeln«, sagte ich. »Und hier, seht her, wer ich bin.«

»Nur langsam, meine Herren!«, sagte jetzt einer, der dem Radau zuschaute. »Sehen wir uns seine Papiere an!«

Als ich das hörte, fühlte ich mich bereits gerettet, denn es handelte sich für mich nur darum, die *Vedetta Repubblicana* aus der Tasche zu ziehen.

»Hier steht ein Artikel von mir. Siehst du das? Hier ist meine Unterschrift. Und hier ist meine Kennkarte. Stimmen sie überein? Bin ich es?«

Zum Glück hatte ich auch meinen roten Verbanntenpass in der Tasche. Da begannen die Umstehenden, sich in zwei Meinungsgruppen zu spalten. Doch ich war bereits gerettet. Denn die angeblich Beunruhigten, die Diebe, die vielleicht den meisten der Herumstehenden, die inzwischen auf hundert angeschwollen waren, bekannt waren, schrien nicht mehr. Andere Personen drängten, sie schlugen vor: »Lasst ihn zu Wort kommen« – »Schlagt ihn tot«, fügten andere hinzu. Und ich entgegnete diesen lachend: »Ihr habt mir nette Vorstellungen von Gerechtigkeit und Freiheit! Weshalb wollt ihr mich lynchen: weil ich kein Republikaner noch Sozialist noch Kommunist oder Anarchist bin? Und wenn ich zu einer Partei gehörte, die ihr gar nicht kennt? Wenn ich der pazifistischen Partei angehörte, der einzigen, die es am Schluss dieses Krieges geben dürfte? Die Republik ist entweder bürgerlich oder pazifistisch …«

»Der beschwindelt uns«, rief hier einer, der bestimmt ein Schwindler war.

»Schlagt ihn tot! Schlagt ihn tot!«

Doch ich schöpfte Kraft aus dieser Drohung mit Worten; ich begann, mit stärkster Stimme zu schreien, dass in Russland solche wüsten Szenen gegen einen Mann, der sein gestohlenes Fahrrad sucht, nicht vorkommen. Natürlich kommen solche Szenen wahrscheinlich auch in Russland vor. Doch zunächst einmal erzählte ich den Dieben der Via del Panico, dass man in Russland sich wohlbefinde und dass man zu essen habe. In Russland gebe es keine Diebe, und in Russland könne man nicht ungestraft stehlen. Und es sei kein gutes Zeichen, dass anständige Leute sich mit Dieben einließen.

Und ich bemerkte, dass auch, als ich »Diebe« gesagt hatte, keiner der fünf oder sechs Beunruhigten sich weiter vormachte. Sie versuchten stattdessen, so gut sie vermochten, an meinem Artikel herumzulesen.

Währenddessen tauchte ein Carabiniere auf. Einer allein. (Wo sie doch immer paarweise gehen.) Und ein ganz kleiner und blutjunger obendrein.

Und auch er stellte sich gegen mich. »Gehen Sie weiter, sage ich Ihnen, gehen Sie weiter!« Und er nahm mich am Arm.

»Jetzt«, sagte er zu den Leuten, »nehme ich ihn mit mir.«

Er tat das, das merkte ich wohl, um mir zu helfen. Doch wehe, wenn ich mit ihm gegangen wäre. So begann ich also, gegen ihn zu protestieren, und sagte ihm allerhand Dinge ins Gesicht und dass er mich ja nicht anrühren solle, denn ich sei Republikaner, und der König könne mir den Buckel herunterrutschen! Und dass die Leute ganz recht hätten. Die Ursache von allem Übel sei der König. Der Grund des allgemeinen Elends. So vermochte ich mich mit Mühe vor den Dieben zu retten. Die Moral von der Geschichte war, dass der junge Polizist gekränkt den Rückzug durch die Menschenmenge antrat und über den schlechten Streich maulte, den ich ihm gespielt hatte. Jetzt nahmen mich ein paar Zuschauer der Radauszene in Obhut, die Republikaner. Und die Diebe verflüchtigten sich. Die Menge der Neugierigen verlief sich. Und da stand ich nun, nachdem ich den Republikanern meine Papiere gezeigt hatte und nach dem Verschwinden der Diebe in den schmutzigen Hausgängen der Via del Panico, unversehens allein auf dem Lungotevere, dem Tiberkai. Die Diebe hatten mich jedoch besiegt oder überrundet. Ihr Sieg bestand, wie man einsehen wird, darin, dass mir von ihnen Schlimmeres drohte, wenn ich weiterhin nicht ablassen sollte, in ihren Straßen nach meinem Fahrrad zu suchen. Ihr Schlag war ihnen völlig geglückt. Völlig, oder doch beinahe: denn immerhin hatte ich ihre Höhle entdeckt, am Ende der Straße, wenn man nach dem Ponte Sant'Angelo zu schaut, rechts.

III

Von den Verdorbenheiten jeden
Polizeiwesens und warum
Staatsgebilde federleicht und
zerbrechlich sein sollen;
warum Assira eine Biene,
Anna Stickler ein Schmetterling
und der Autor ein dicker Brummer ist.

Sobald ich allein war, beschloss ich, einen anderen Versuch zu machen. Den vorletzten. Den, der mir von Anfang an als der dümmste, als der einzig dumme erschienen war: Ich meine, mich an die Polizei zu wenden. Mich an das Bezirkskommissariat der Via Sant'Eustachio zu wenden, zu dessen Zuständigkeit eben der Campo dei Fiori und das Quartiere Regola gehören. Ich hasse die Polizei nicht, aber ich liebe sie auch nicht. Ich gebe zu, dass das eine Schwäche ist, die ich in meiner Eigenschaft als anständiger Bürger habe. Aber ich habe die Polizei nie leiden können. Ich verachte sie. Ich habe sie nicht immer verachtet. Aber seit ich Gelegenheit hatte, sie kennenzulernen, und das heißt seit vielen Jahren, verachte ich sie. Ich verachte sie, wohlverstanden, in dem Sinne, dass ich glaube, die italienische Polizei gehört von Grund auf erneuert. Ich füge hinzu, dass ich bis zu meinem dreiundzwanzigsten oder vierundzwanzigsten Jahr niemals mit der Polizei in Berührung gekommen bin. Dann musste ich mich eines Tages an sie wenden.

Ich befand mich in Ancona an der Adria. Es war zur Zeit des Ersten Weltkriegs. Ich war Artillerieoffizier und in Urlaub. Auf der Durchreise in Ancona, von der Karst-Front kommend, hatte ich in dieser Stadt, die wegen ihrer köstlichen gebratenen Fische berühmt ist, kurzen Halt gemacht, um auf ein Auto zu warten, das mich in meine Heimatstadt Macerata, wo meine Eltern wohnten, befördern sollte. Gegen Mittag hatte ich auf der Piazza del Teatro delle Muse das Restaurant »Il Picchio« aufgesucht. Ich fand es voll besetzt von Offizieren.

Ich war schlecht gekleidet, da ich von der Front kam; meine Kameraden dagegen waren alle tadellos angezogen und herausgeputzt. Gestriegelt und parfümiert. Jeder saß mit zwei, drei leichten Mädchen am Tisch, in angenehme Unterhaltung vertieft. Ich fühlte mich etwas fehl am Platz hier, wie ein Bruder, der heimkehrt und feststellen muss, dass alle anderen Brüder ihn keines Blickes mehr würdigen und kaum seinen freundlichen Gruß erwidern: oder, selbst wenn sie ihn kurz erwiderten, so hatten sie ihren Kopf doch alsbald wieder über den von köstlicher Speise dampfenden Teller gebeugt oder blickten rasch in eine andere Richtung, um den schlecht angezogenen Gast nicht zu beachten; jenen Gast, der die jüngsten der anwesenden Animiermädchen fast zum Lachen reizt oder ihr Mitleid erweckt. Nach Überwindung meiner anfänglichen Verwirrung hatte ich mich ans Essen gemacht und dieses so schnell wie möglich beendet.

Der Kellner, der sich vor mir aufgepflanzt hatte, wartete bereits, dass ich bezahlte. In diesem Augenblick betrat unseren Speisesaal ein General. Alles erhebt sich, einschließlich der leichten Mädchen! Soldat, der ich war, mache ich eine stramme Ehrenbezeigung, während die Mädchen schwänzelten wie Hündinnen. Während ich also dastand und grüßte, hatte mir wahrscheinlich der Kellner die Brieftasche, der ich, als der General eintrat, gerade einen Geldschein entnehmen wollte, aus der Hand gezogen. Fest steht jedenfalls, dass diese Brieftasche, als ich mich wieder setzte, oder besser gesagt: als ich wieder nach meiner Hand blickte, in der ich die Brieftasche gehalten hatte, verschwunden war.

Ich suchte mit zitternden Händen in allen meinen Taschen, in den Innentaschen der Jacke, in den Hosentaschen. Ich sah überall nach, unter dem Tisch, auf den Stühlen. Der Kellner stellte sich dumm. Ich war rot im Gesicht und bat ihn, mich zum Besitzer des Gasthofs zu begleiten. Er folgte mir. Aber er folgte mit einigen Schritten Abstand; und gab vielleicht die Brieftasche einem anderen Kellner, mit dem er unter einer Decke steckte, oder, noch wahrscheinlicher, gab er sie einer der Dirnen, deren Zuhälter und Kuppler er war. Der Besitzer des Restaurants zeigte sich durchaus nicht überrascht über den Diebstahl meiner Brieftasche. Er war nur unangenehm berührt über den Vorfall und bat mich, keinen Lärm zu schlagen. Was die zu bezahlende Rechnung anging, so fragte er mich, ob ich kein anderes Geld bei mir hätte. Ich antwortete, dass ich auch nicht das geringste Kleingeld mehr besäße. Da bat mich der Besitzer, ihm meinen Ring oder meine Uhr als Pfand dazulassen.

Darauf ging ich – der ich bis dahin die Polizei noch nicht kennengelernt hatte – ganz vertrauensvoll zur nächsten Polizeiwache. Einer der Beamten dort sagte mir, dass der Vizekommissar nicht vor vier Uhr im Büro sein werde. Es war halb zwei. Ich bat den Beamten, mich dem Dienststellenleiter zu melden, aber er antwortete mir nur mit der Frage, wer ich denn zu sein glaubte. Wer ich denn sei, dass ich nicht einmal wüsste, dass »der Herr Kommissar nicht empfängt«. Er empfängt – wurde mir im Einzelnen erklärt – nur in ungewöhnlich schweren und dringenden Fällen oder in denen, die ihm vorher vom Vizekommissar unterbreitet worden sind. Ich legte, so gut es ging, meinen Fall dar. Ich glaubte, dass er »schwer« sei, aber der Polizist lachte nur darüber. Der Polizist hörte zu, indem er im Korridor herumlief und etwas zu rauchen suchte. Arglos, wie ich war, hatte ich noch nicht begriffen. Da fragte mich schließlich der Polizist von sich aus mit honigsüßen Worten, ob ich ihm ein Päckchen Zigaretten überlassen könne. Ich bot ihm die drei oder vier Stück an, die ich hatte, und bemerkte, dass er nach meinem silbernen Zigarettenetui schielte. Aber da ich darauf beharrte, im Zimmer zu bleiben, um auf den Vizekommissar zu warten – ich sage wohl besser: in dem schmierigen Loch, denn man muss wissen, dass die Polizeiwachen nichts als Schweineställe sind, überall und unterschiedslos in ganz Italien –, ließ der Herr Wachtmeister es geschehen, dass ich mich setzte, doch fing er an, dauernd vor mir vorbeizulaufen. Bis er mich schließlich, nachdem er alle Zigaretten aufgeraucht, die ich ihm gegeben hatte, ganz trocken fragte: »Wollen Sie vielleicht, dass ich Ihnen das Geld leihen soll? Sie machen mir wirklich Spaß! Eine verlorene Brieftasche? Was ist denn schon groß an einer verlorenen Brieftasche. Haben Sie kein anderes Geld? Sind Sie völlig blank? Das tut mir leid. Ich kann Sie zu jemandem begleiten, der Geld verleiht!« Und da ich Einwendungen hatte, begann der Polizist, mich zum Besten zu haben. Und ich, der ich damals noch sehr jung war, erklärte schließlich, dass sein Benehmen nicht das geeignetste sei, einem anständigen Menschen, einem Offizier, der von der Front komme, zu helfen, und dergleichen mehr; bis er mich schließlich unter ungezogenen Redensarten unhöflich am Arm fasste und zur Türschwelle drängte, die auf eine Steintreppe hinausführte, verdreckt und halb zerfallen gleich der des finstersten Bordells. Da machte ich denn eine Bemerkung, die, wie ich zugebe, wenig ehrerbietig war, über die Art, wie die Regierung die öffentliche Ordnung und den Rechtsschutz des Bürgers verwalten zu müssen glaube. Und der Wachtmeister wurde jetzt regelrecht böse, drohte, einen Bericht gegen mich einreichen zu wollen, und da ich – wie ich wiederhole – sehr jung war und recht lebhaft antwortete, fehlte wenig, dass er seine Drohung überschritt und mich verhaftete. Und inzwischen hatte der Kellner in meinem Restaurant sich bereits die Beute aus meiner Brieftasche mit seinen Vetteln geteilt.

Das Polizeikommissariat Sant'Eustachio, in der Nähe des Senats-Palazzo neben der Kirche San Luigi dei

Francesi, befindet sich in einer nicht weniger schmutzigen Räumlichkeit als die anderen. Der Treppenaufgang ist finster, während er doch gerade in Polizeigebäuden gut beleuchtet sein müsste. Um nicht zu sagen, taghell erleuchtet. Im Erdgeschoss fand ich einen Wachtmeister auf einen halb zerbrochenen Stuhl hingelümmelt, wie ein Schaf, das seinen Kopf auf den Rand des Troges gelegt hat und döst.

Ich fragte ihn, wo ich mein Rad lassen könne, damit es mir niemand stehle.

»Hier bestimmt nicht!«, antwortete er sardonisch. Das heißt, dass er mir nicht erlaubte, das Rad in der Wachstube zu hinterstellen.

»Und wo dann?«, fragte ich.

»Was weiß ich, schau halt zu!«, antwortete er.

Er redete mich mit Du an, als habe er bereits zehnmal mit mir zu Abend gegessen. Aber ich ließ es dabei bewenden, denn er tat es aus Unbildung und Dummheit und nicht aus Bösartigkeit. Und was das »Zuschauen« angeht, so bildet dieses Verbum das grundlegende Tätigkeitswort unserer Polizeileute. Die Justiz, die alles lösen müsste und bei nichts »zuschauen«, das heißt nichts ungeklärt lassen dürfte im Zustand des Dunkels, sagt nur schlicht »schau halt zu«, wenn man sich in den Räumen einer Polizeiwache befindet.

Ich erblickte einen engen Hof. »Ist das Rad dort sicher?«, fragte ich.

»Ich weiß nicht«, bekam ich noch sardonischer als vorher zur Antwort. Dann, unvermittelt mit der Faust auf die Stuhllehne hauend, sagte er: »Lass mich doch in Frieden« – doch er drückte sich weit weniger gewählt aus, als ich hier niederschreiben kann –, »ich sag dir doch, schau, wie du zurechtkommst!« Der Gute hatte Sorgen wegen seiner »politischen Entlastung«, und deshalb gab er mir noch gröbere Antworten, als er sonst schon gewohnt sein mochte. Indessen ging ich, so klug wie zuvor, um im Hofe »zuzuschauen«. Aber da zudem meine Blase im Begriff war überzufließen, so benutzte ich eine Ecke des Hofes auch zu diesem Zweck. Und ich tat es mit einer symbolischen Freude, mit symbolischer Geste. In der Ecke gegenüber erspähte ich ein Leitungsrohr, dort schloss ich mein Rad an, verknotete es mit einer Kette und sicherte es mit zwei Schlössern.

Dann stieg ich die Treppe hinauf, die so eng und steil war, ich sagte es schon, wie in einem Freudenhaus, und trat in einen Raum, der auf einen Balkon hinausging. In dem Raum befanden sich an die zehn Schutzmänner, die alle nichts taten. Mit gefalteten Händen standen sie herum. Ich musterte sie insgeheim. Ich kannte bereits den Grund, weswegen sie so trostlos waren. Ihre Trostlosigkeit war die Folge drohender Gefahr, die über ihnen schwebte und von der Säuberungskommission und der Alliierten Kontrollkommission ausging.

Sie waren traurig, denn einige von ihnen hatten zur Zeit der Deutschen, der Partisanen, der Rebellen, der Antifaschisten, der unschuldigen Opfer der Deutschen ihr Gewissen damit belastet, dass sie freiwillig, des Verdienstes von fünfhundert Lire wegen, sich zur Verfügung gestellt und in irgendein Exekutionskommando hatten einreihen lassen.

Inzwischen fragte ich einen der Schutzmänner: »Wo ist der Kommissar?« – »Nicht da!«, antwortete er spöttisch. Das ist ihre übliche Antwort. Doch dann wandte er sich an einen Polizeimeister: »Marescià?«, sagte er in unverkennbarem Neapolitanisch. »Wollen Sie ihn anhören?«

Aber der Maresciallo war noch trauriger gestimmt als alle anderen. Ich erklärte: »Hier ist ein schwerer Fall, der mir zugestoßen ist und den ich Ihnen berichten möchte. Es handelt sich nicht um den einfachen Diebstahl eines Fahrrads, was ja nichts Besonderes wäre, sondern um eine halbe Revolution, die in der Via del Panico ausbrach, nachdem ich den Täter ausfindig gemacht hatte.« Die Beschwerde, die ich mit ein paar Worten vorbrachte, erregte die Aufmerksamkeit einiger der gewöhnlichen Schutzleute, doch der Meister, »'u marescià«, blieb ungerührt, so als hätte er mich gar nicht gehört. In diesem Augenblick kamen einige andere Polizisten herein: »Habt ihr schon gehört? Fast wär es uns an den Kragen gegangen!«

Ich fragte einen der Beamten, der neben mir stand – vielleicht um mich wegen einer oder mehrerer Zigaretten anzubetteln –, was vorgefallen sei. Und vorgefallen war dieses: Zwei Schutzleute, die sich nach dem Anruf eines hohen Tiers aus einem Ministerium ihrem Auftrag nicht entziehen konnten, mussten eine Zwangsräumung durchführen; besser gesagt, sie mussten einen Gerichtsvollzieher mit diesem Auftrag begleiten und versuchen, ihn vor dem Ärgsten zu bewahren. Doch als die Beamten an Ort und Stelle kamen, hatte der Mieter zunächst zu protestieren begonnen, sich dann aus dem

Fenster gebeugt und »Hilfe! Hilfe!« geschrien. So hatte sich im Nu der übliche Menschenauflauf gebildet, und ein Haufe war mit Stöcken bewaffnet auf die Polizisten losgestürmt. Die beiden Schutzleute behaupteten: Mit heiler Haut davongekommen zu sein, verdankten sie nur der Gnade der Madonna vom Berge Karmel.

Und da also stand ich mit meinem Fahrraddiebstahl! Konnten die Polizisten mich anhören, wenn die einen unter ihnen vielleicht eine ganze Verteidigungsschrift gegen wer weiß welche Anklage der Säuberungskommission im Kopfe wälzten und wenn andere der Madonna vom Berge Karmel dankten, dass sie von bösartigen Mitbürgern nicht umgebracht worden waren?

Diese Szene in all ihren Einzelheiten bereitete mir einen größeren künstlerischen Genuss, als ich ihn wahrscheinlich empfinden würde, wenn ich zum Beispiel, um mir eine Komödie anzuschauen, ins Theater ginge, was ich seit vielen Jahren nicht mehr getan habe.

Schon hatte ich mein gestohlenes Rad ganz vergessen; schon überlegte ich, ob ich gehen sollte, als noch ein dritter Schutzmann zur Tür hereintrat. Er sah mich sofort aufmerksam und eigenartig an; dann legte er mir die Hand auf die Schulter, wie einem alten Freund. »Da gib acht« – dachte ich im ersten Augenblick, doch ohne diesen Glauben um einen zweiten Augenblick zu verlängern –, »gib acht, der hat bestimmt den Fahrraddieb verhaftet, oder das Rad wiedergefunden!« Aber nicht im Traum! Sondern es ging um etwas ganz anderes, und er war jemand ganz anderes; und was er von mir wollte, war Folgendes. Er war früherer Angestellter der politischen Sektion von der Piazza d'Armi, der politischen Polizei meines Stadtviertels. Und er hatte in mir einen seiner ehemaligen »Betreuten« wiedererkannt.

»Nun und?«, fragte ich ihn, mit leichter Überraschung in der Stimme.

»Oh, ich musste Ihnen doch immer auf der Straße nachgehen, lieber Herr Professor, jahrelang, jahrelang. Ich weiß, dass Sie inzwischen ein großes Tier sind. Ein Antifaschist wie Sie muss doch heute unbedingt ein hohes Tier geworden sein. Wie viel Umstände und wie viel Vorsicht – wie viel Eis und Schnee und wie viel Regen musste ich Ihretwegen erdulden? Ich kann wohl sagen … nein, ich kann nicht sagen; denn Sie … Aber sind Sie denn jetzt nicht ein wichtiger Mann? Wieso sind Sie denn hier? Zur Zeit des Faschismus hatten wir Befehl, Tag für Tag zu melden, wann Sie ausgingen und wann Sie nach Hause kamen. Wir hielten Sie für einen gefährlichen Umstürzler, für einen, der mit Emigranten in Verbindung steht. Für einen alten Feind des Faschismus. Wie denn? Hat man Sie noch nicht herangezogen? Aber ja doch, man hat Sie in irgendeine Kommission geholt! Helfen Sie uns doch! Wir Ärmsten, wir Polizisten! Sie sehen, in was für einer Lage wir uns befinden! Wie übel man uns mitspielt! Zwischen Scylla und Charybdis – niemand will mehr etwas von uns wissen! Helfen doch Sie uns! Aber weswegen sind Sie hierhergekommen? Ein Rad gestohlen? Welches, das himmelblaue oder das aus Aluminium?«

Der kannte meine Fahrräder so gut wie ich, oder fast so gut; denn, die Wahrheit zu sagen, Schutzleute wissen alles, wenn sie wollen. Inzwischen hatte sich ein Halbkreis von Polizeimännern um uns herum gebildet. Sieh da, die Polizisten interessieren sich für meine Erzählung. Und ich bin gezwungen, meinen schon vorgebrachten Bericht zu wiederholen. Und ich setzte die Worte so, dass ich es zum Mindesten aufnehmen konnte mit einem Polizeibeamten, bei deren krasser Ignoranz, wenn sie einen vorgekommenen Diebstahl beschreiben sollen.

Da die anderen Polizisten begriffen hatten, dass ich unter der faschistischen Gewaltherrschaft als gefährlicher Umstürzler gegolten hatte, als einer, der von der politischen Polizei besonders überwacht wurde, so wagten alle sich in der Tiefe ihres Herzens etwas von mir zu erhoffen, und alle zeigten sich überzeugt, dass ich inzwischen eine gewichtige Persönlichkeit antifaschistischer Observanz geworden sei. Ja, ich musste mir sogar klarmachen, dass manche argwöhnten, ich sei nur wegen einer geheimen Kontrolle zu ihnen gekommen. Und dass dieses gestohlene Fahrrad eine erfundene Geschichte sei, eine Entschuldigung, ein Vorwand, eine Tarnung, eine Verstellung. Fest steht jedenfalls, dass der Herr Meister, »'u marescià«, begann, wie ein schwerfälliges Hippopotamos seine Äuglein zu drehen, seine Stirnfalten zu verschieben.

»Ah, den Pappa, den kennen wir!«, machte er, sein Schweigen brechend und zu einem der Polizisten gewendet.

»Das ist doch der, der ...«, bestätigte ein anderer, auf was weiß ich welche andere Missetat und Räuberei, die der Pappa begangen hatte, anspielend. Doch ein Dritter stieß die beiden mit dem Ellbogen an, damit sie still sein sollten. Woran ich merkte, dass die Polizisten sehr genau alle Diebe Roms kennen, aber dass sie nichts mit ihnen zu schaffen haben oder, schlimmer noch, dass sie mit denen gute Nachbarschaft halten wollen; ohne jemandem, der sich auf der Polizei beschwert, zu verraten, wer die Diebe sind, wie sie heißen, was sie tun, wo sie sich aufhalten und was sie in dieser und in früheren Schreckenszeiten angestellt haben. So viele Schreckenszeiten, dass niemand mehr in Italien weiß, was Frieden ist! Und ob sie die Diebe kennen! Aber festsetzen wollen sie sie nicht.

An dieser Stelle betrat ein kleiner Mann die Szene. Er war durch die linke Nebentür hereingekommen und schien mehr auf dem Herzen zu haben als ich. Sein Kummer betraf Folgendes, und er vertraute es mir ganz von sich aus an, ohne dass ich ihn erst zum Sprechen ermuntert hätte oder dazu, dass er, noch schlimmer, in meiner Anwesenheit sich das Folgende gegen die Polizei von der Leber redete. Er sagte, er sei der Eigentümer eines jener charakteristischen Häuser in der Nähe der Via dell'Anima und der Piazza Navona.

Es ist ein wieder instand gesetztes Haus in einem Gässchen, das auf den Platz vor der Kirche Santa Maria della Pace führt, dem genialen Bauwerk des Pietro da Cortona. Der kleine Mann und Hausbesitzer hatte die einzelnen Stockwerke an anständige oder halbwegs anständige Personen vermietet. Mehrere von diesen waren zur Zeit der deutschen Besetzung ausgezogen, andere waren geblieben. Die Gebliebenen hatten eigenmächtig die Stockwerke, will sagen, die Wohnungen derjenigen besetzt, die freiwillig oder unfreiwillig gegangen waren. Sie hatten mit schöner Selbstverständlichkeit die Türen eingeschlagen und die Möbel und den Hausrat der abwesenden Bewohner beiseitegestellt oder geradezu in den Keller verbannt und hässliche Betten aufgestellt, die sie jetzt stundenweise, als Stundenzimmer, an Straßenmädchen und alliierte Soldaten vermieteten. Mit anderen Worten, sie hatten eine Art Freudenhaus, ein privates Freudenhaus eingerichtet, wo eine alte Megäre die phallischen Riten, die Kleider, Speisen und Ausnutzung der Mädchen überwachte. Das alles war logischerweise nicht nach dem Geschmack des Hausherrn. So wenig war es dies, dass er sich wiederholt an die Polizei gewandt und ihr Einschreiten erbeten hatte.

Die Polizei hatte die Sache hingezogen, so gut sie vermochte, und jetzt endlich war der kleine Mann hergekommen, um flehentlich zu bitten, dass zwei Polizisten als Bedeckung mitkämen, um den Abzug der Huren und der Megäre zu gewährleisten. Eine sehr vergnügliche Räumung, denn die Soldaten versuchten, sie zu verhindern. Ohne Zweifel war das Eingreifen der Polizei erforderlich. Doch war, wie ich schon sagte, der Kommissar abwesend. Und der kleine Mann wartete geduldig.

Zeit, die man verwartet, ist immer lang und jedes Mal lästig. Die Zeit vergeht nicht. Andere Stunden fliegen bisweilen dahin, dass sie Meteore zu sein scheinen. Sie gehen vorüber, ohne dass wir es merken oder ohne dass es uns gelungen ist, irgendetwas zuwege zu bringen. Aber wenn erzwungene Aufenthalte stets zu lang erscheinen, so sind diejenigen, die wir in den Gängen und Vorzimmern von Polizeistellen verbringen, geradezu endlos; dann scheint es, als vergehe die Zeit überhaupt nicht mehr, als seien ihre ewigen Räder geradezu verzaubert worden. Man wird nervös, auch wenn man es noch nie gewesen ist. Außerdem betritt man ein Polizeibüro niemals in vollkommener Ruhe. Man geht entweder hin, weil man vorgeladen wurde, und dann drängen sich tausend Vermutungen über tausend etwaige Sünden in unser Gedächtnis und machen uns unruhig; oder man geht hin, um sich zu beklagen, sich zu beschweren, Hilfe zu erbitten, und auch in diesen Fällen ist man nicht heiter und gelassen.

Der Mann befand sich in einer nervösen Erregung, und er entlud sich durch die Unterhaltung mit mir; schon dreimal hatte er mir den Bericht seines Falles wiederholt, und jedes Mal mit neuen Varianten. Er machte es wie der Buchfink in seinem Käfig, wenn er sein Lied einstudiert: Er modifiziert es so lange, bis er es für völlig überzeugend hält. Ich hatte ihm anfangs widerwillig zugehört; dann war es dem kleinen Mann gelungen, mein Interesse für seine Erzählung zu wecken. Besonders als er zu berichten begann, wie eine der Dirnen halb nackt und in Pantoffeln auf die Straße herabgekommen war, um mit ihm zu streiten. Wiederholt erzählte er mir, dass eine andere ihm gedroht, ja sogar versucht habe, ihm Wasser – und man weiß nicht, welches wenig saubere – auf den Kopf zu schütten: Er, der kleine Mann, stand unten auf der Straße, und sie, vom vierten Stock herab, reizte und verspottete ihn. Wiederholt versicherte er mit Nachdruck, dass es sich um einen schweren Skandal handele. Er wies darauf hin, dass er zwei Töchter habe, die eine in einem Alter, dass sie noch nichts verstand, die andere aber, wenn auch noch minderjährig, sei durchaus schon imstande zu begreifen; und er sei aus Liebe zu seinen Töchtern und zur Moral gesonnen, dem Skandal ein Ende zu machen. Außerdem schien die alte Megäre ihm die Miete nicht zu bezahlen, und auch der ursprüngliche Mieter bezahlte wohl weder, noch ließ er von einem in Rom gebliebenen Bekannten bezahlen. Jedenfalls fielen auf den kleinen Mann der Spott und die Schande. »Skandal und kein Verdienst!«, ereiferte er sich immer von Neuem; und die Aufregung stand ihm so deutlich im Gesicht, dass er sie nicht besser hätte beweisen können.

»Und Sie, was tun Sie hier?«, fragte er mich ohne Übergang.

Ich musste ihm erklären, dass ich hier sei, weil mir mein Fahrrad aus Aluminium gestohlen worden war.

»Fahrrad?«, wiederholte er. »Aber wo doch in Rom jeden Tag vier- bis fünfhundert Räder gestohlen werden!« Und so lieferte ich ihm – wider Willen – schließlich noch mehr Grund, auf die Polizei zu schimpfen. Ich hatte mich damit begnügt zu bedauern, dass es unter den obwaltenden Umständen keine eigenen, gut ausgebildeten Sonderbereitschaften gebe, um die skandalösen Fahrraddiebstähle zu unterbinden.

»Ich sage Ihnen«, fing der kleine Mann wieder an, »dass Schutzleute, Kommissare und Polizeipräfekten nichts als elende Wichte sind. Sie leben auf der Haut der Menschen wie Flöhe und Läuse. Manchmal werden sie reich. Und dann darf man ruhig sagen, dass sie ihre Kinder mit dem Blut der Mitmenschen füttern. Aber eines schönen Tages können sie dann auch feststellen, wie Bocchini«, der Leiter der italienischen Polizei unter Mussolini, »dass es besser gewesen wäre, weiter die Erde zu pflügen oder, sich am Schwanz des Esels festhaltend, hinter ihrem Tier herzugehen, das von der Mühle in Avellino heimtrottet, mit zwei großen Säcken gemahlenem Mais beladen. Verdorben von Natur aus, sind die Polizisten so, wie ich sie beschreibe – wenigstens waren sie so bis gestern. Unempfindlich wie Stein tranken sie die Tränen der Mitmenschen, und schließlich war das einzige Vergnügen, das sie noch fanden, das ihnen erlaubt und möglich war, dieses: ihre Gewissensbisse einzulullen, indem sie sich an der Aussicht auf neue, größere Gewissensbisse erfreuten. Sie beseitigten einen Nagel mit einem neuen. Sie weideten sich daran, andere jammern zu hören, und lachten, wenn diese vor den Richtern die Fassung verloren, sich aufregten und Tränen vergossen bei der Schilderung, wie sie Opfer schändlicher Willkür geworden waren.«

Der kleine Mann, der augenscheinlich seinen gesunden Verstand und die Richtung verloren hatte, sprach weiter: »Da ich diese Dinge so gut durchschaut habe, können Sie sich vorstellen, wie ich mit äußerstem Misstrauen mich die wenigen Male, die es notwendig wurde, an die Polizei wandte.«

»Wenn sich jemand im Leben hervortut«, begann ich in der Hoffnung, den unruhigen kleinen Mann zum Schweigen zu bringen, »handelt es sich – denen zufolge, die nur ans Gangstertum glauben – stets um jemanden, der es verstanden hat, sich Platz zu schaffen. Und der, um sich vorwärtszubringen, das Glück hatte, Freunde und Verwandte zu besitzen! Das heißt, der unter einem glücklichen Stern geboren ist; mit Geld in der Tasche oder mit einflussreichen Verwandten. Mit einem oder mit allen beiden dieser Erfolgshebel. Man zieht nicht im Geringsten in Erwägung, dass jemand durch seine bloße Intelligenz vorwärtskommen könnte – mit der Intelligenz, die doch nur ein anderer Ausdruck für Güte und moralische Integrität ist. Man glaubt, dass Intelligenz und Begabung nur dazu gut sind, ihrem Inhaber Unglück zu bringen!« – »Durch Betrug und Unehrlichkeit erreicht man alles«, antwortete der kleine Mann, »und da wir das alle so fest glauben, so zweifeln wir, und auch ich zweifle, ob Verstand und Begabung für den, der sie hat, etwas anderes als Unglück bringen können.«

Dann wurde der kleine Mann zum Vorbringen seiner Angelegenheit beim Herrn Kommissar vorgelassen, der wie üblich die Schultern zuckte und bedauerte, dass er da leider nichts tun könne. Die Unterredung nahm nicht länger als zehn Minuten in Anspruch. Als der kleine Mann herauskam, war er noch aufgeregter und zorniger als zuvor. Und zwar in einem Grade, dass er wie blind sogar vergaß, sich von mir zu verabschieden, und einfach davonlief.

Als ich an der Reihe war, berichtete ich gleichfalls dem Kommissar meinen Fall, der kein gewöhnlicher Fall eines Fahrraddiebstahls sei, sondern ein Aufruhr, ein richtiger Aufruhr von Dieben, ein Angriff von Räubern auf einen anständigen Bürger, dem es auch diesmal gelungen war, von sich aus, mit eigenen Mitteln, mit seiner Klugheit, auf eigene Gefahr einen Fahrraddieb aufzuspüren.

Der Kommissar schlug vor, er wolle den Pappa herbeischaffen lassen und mir gegenüberstellen. Aber, was wäre bei dieser Maßnahme herausgekommen? Nur dies, dass der Pappa nicht allein auf dem Kommissariat erscheinen würde; aufgrund des, sagen wir, Ausnahmezustands bei den Dieben würde er mit einem ganzen Gefolge von Diebsbrüdern und Bruderdieben erscheinen.

Aus der Gegenüberstellung von Pappa und mir sodann, was konnte daraus entstehen?

Ich würde bei meiner Behauptung bleiben, in Pappa den Dieb meines Fahrrads wiederzuerkennen, aber dieser würde es natürlich bestreiten. Im Gegenteil sogar, er würde falsche Zeugen mitbringen – andere Diebe, Genossen aus seiner Bande –, die jedes beliebige nützliche Alibi liefern könnten. Andererseits, welche Gegenalibis hätte ich zu meinen Gunsten anführen können? Keines! Keines, denn ich hatte gestern und vorgestern das Räubermilieu eingehend erforscht, ihr abscheuliches Terrain abgetastet. Ich hatte sogar noch einmal den Schuster ausgefragt, und der hatte behauptet, und gelogen, dass er sich nicht im Mindesten an einen Dieb meines Fahrrads erinnere; und somit behauptete er, dass er in gar keiner Weise in der Lage sein könne, den Dieb wiederzuerkennen. Das war eine fragwürdige Sache, hatte ich doch gerade ihm, diesem Verkäufer, das »Diebsgesicht« gezeigt, als ich ausrief: »Sehen Sie das Diebsgesicht dort draußen! Warten Sie einen Augenblick, dass ich das Rad hier in den Laden hereinholen kann!« Alle Leute, die sich auf dem kleinen Platz aufhielten, hatten den Dieb wegfahren sehen. Ja, ich entsinne mich jetzt dabei einer Einzelheit, die mir anfangs keinerlei Bedeutung zu haben schien, nämlich daran, dass eine alte Frau sofort nach dem Diebstahl bei meinem Gezeter mit dem Zeigefinger ihrer zittrigen Hand in eine Richtung wies, »schauen Sie dort nach!«. Dieses »dort« fasste ich im Augenblick so auf, als dass es die Richtung der Piazza del Monte bedeuten solle, während es jedoch den kleinen Laden des Pappa bedeutet hatte. Was tun also? Sollte ich mich nochmals aufmachen und sehen, ob ich die Alte wiederfinden könnte?

Man weiß, alte Frauen fürchten sich der Polizei gegenüber zu sprechen. Sie zittern bei jedem Wind. Sie machen es wie die Schildkröten: Wenn man ihnen auch nur ganz leise ins Gesicht haucht, ziehen sie ihren Kopf in den Panzer zurück, und nicht nur das, sie kneifen auch noch die Augen zu. Von den anderen, die anwesend waren, wer hätte da meine Anzeige unterstützen sollen? Vielleicht die Fuhrleute, die Facchini? Sicherlich nicht! Hätten sie das gewollt, so hätten sie mir auf der Stelle mitteilen können, dass der Dieb Pappa hieße und in dem kleinen Geschäft gebrauchter Möbel zu finden wäre. Sie sahen den Pappa jeden Tag. Nein, nein, die Fuhrleute spielen den Dieben in die Hand, ja sie sind selbst Diebe, da sie doch die Ställe und Remisen für ihre Maultiere, Pferde, Wagen und Karren in der Via del Mattonato haben; wo – wie wir uns erinnern – eine ganze Diebesbande ihren Stammsitz hat. Alles in allem würde niemand zu meinen Gunsten die Wahrheit bezeugen. Und dann wäre das Folgende eingetreten: Pappa hätte sich in Gegenwart des Kommissars so gestellt, als gerate er gegen mich in Wut. Der Kommissar selbst würde ihm nahelegen, keinen Krach zu machen, sondern sich der gesetzlichen Mittel zu bedienen; und gegen mich Klage zu erheben, falls ich fortfahren würde zu behaupten, dass er der Dieb sei. Dann würde ich die Polizeiwache verlassen müssen; und was musste geschehen? Die anderen Diebsgenossen, bereits auf der Piazza San Luigi dei Francesi vor dem Kommissariat versammelt, würden mich in Empfang nehmen, oder das jedenfalls versuchen. Es lohnt sich nicht, das gestehe ich offen, dass ich mich der Gefahr aussetzen soll, meine ziemlich vornehme Haut zu verlieren, eines Fahrrads wegen! Es ist besser, ich spare diese Haut für andere Gelegenheiten auf!

Andererseits, was wollen Sie machen, wenn ein Polizeikommissar, statt Ihnen zu helfen, Ihnen nicht helfen kann? Statt zwei Schutzleuten Befehl zu geben, dem Pappa auf den Fersen zu bleiben, ihnen nichts befehlen kann? Statt sie Ihnen zur Verfügung zu stellen, sie nicht zur Verfügung stellen kann? Sie melden ihm, dass in der Via del Mattonato ein Sammelplatz von Fahrraddieben ist und dass dort in der Nachbarschaft Aufkäufer gestohlener Räder tätig sind, und Sie bezeichnen diese im Einzelnen; aber die Schutzleute rühren sich weder, um diese zu verhaften, noch, um Nachforschungen anzustellen. Vielleicht weiß der Kommissar besser als Sie, dass in der Via del Mattonato dieses Diebesnest besteht, vielleicht hat der Kommissar unter seinen Beamten zwei, die besser als Sie die Typen, die Methoden und die Gepflogenheiten der Diebe in der Via del Mattonato und der Via del Panico kennen, und so weiter; aber er überlässt es Ihnen, sich selbst Ihre Kastanien aus dem Feuer zu holen.

Der Vorschlag, den mir der Kommissar machte, hätte für mich sehr gefährlich werden können und war zudem völlig nutzlos zur Wiedererlangung des Rades. Die Anzeige hätte mir nichts als neue Scherereien eingetragen oder wäre die Ursache weiterer unnützer Risiken gewesen.

So nahm ich, dies alles erwägend, meinen Bericht und sagte, dass ich ihn erst abschreiben und verbessern müsse. Ich schrieb ihn ab, nachdem ich ihn verbessert hatte; nachdem ich nämlich den Namen des Diebes gestrichen hatte. Ich setzte, mit anderen Worten, den Kommissar in die – für ihn nicht schwere – Verlegenheit, zu wählen: sich entweder seiner Mittel zu bedienen, um den Pappa zu erwischen, von dem bereits zwei Beamte gesagt hatten, dass sie ihn als Dieb recht gut kannten, oder den Bericht schlafen zu legen; zwischen die vielen unglücklichen Berichte über die vielen anderen Diebstähle von Fahrrädern.

Der Dieb war trotzdem jener, den ich wiedererkannt und der Polizei namhaft gemacht hatte. Plötzlich zog ich meine Uhr aus der Tasche. Ich schlug mir mit der Hand auf die Stirn und rief: »Zerstreut, wie ich bin, habe ich ganz vergessen, dass ich mich um halb eins in der Redaktion der *Aurora* einfinden muss; es ist schon Viertel nach zwölf!«, und ging eilends von dannen.

Ich war noch auf dem Weg zur Treppe, als ein junger Polizist hinter mir herkam, einer, der meinen Aussagen aufmerksamer als die anderen zugehört, aber nie den Mund aufgemacht hatte. Mit öliger Unterwürfigkeit trat er mir gegenüber: »Ich möchte Sie um einen Gefallen bitten«, sagte er. »Können Sie mir den tun?«

»Wie soll ich Ihnen einen Gefallen tun können, wenn Sie mir nicht sagen, welchen?«

Und er: »Gehen wir hinunter ins Treppenhaus und sprechen dort darüber.«

Ich begriff nicht sogleich, welches der Grund sein mochte, der es erforderlich machte, uns im Treppenhaus zu besprechen. Ich sah den Polizeimann an und gab meiner Verwunderung Ausdruck. Er erklärte mir, er wolle nicht, dass seine Kameraden es sähen, da es sich um eine private Angelegenheit handele, etwas, das nur ihn und seinen Sohn betreffe. Aber ich war bereits auf meiner Hut gegenüber Schutzleuten. Hatte nicht der kleine Mann vorhin gesagt: »Polizisten haben stets einen letzten Hintergedanken in Reserve, auch noch bei der letzten Falle«?

Der junge Mann öffnete den Windfang, der in das halbdunkle Treppenhaus hinausführte. Dort trafen wir auf eine Frau, die mir jung und schön vorkam und die wie auf Posten hinter dem einen Türflügel stand, dessen dunkle und verschmierte Gläser nicht im Geringsten durchsichtig waren.

Der Polizist stellte mir die Frau als seine Ehefrau vor, und als angeblicher Ehemann begann er, etwas von einem – angeblichen – Sohn zu erzählen. Oder vielleicht stimmte es auch, dass er einen Sohn hatte.

Da einer der Beamten – jener, der mich zur Zeit der Faschisten während meines Aufenthalts in Rom, vom November 1938 bis 1943, überwachte – mich als »Professor« angeredet hatte, so sprach jetzt der junge Mann über seinen Sohn, wie ein Vater über diesen zu dessen Lehrer spricht. Der Sohn sei zwölf Jahre alt und habe diese und jene Prüfungen abzulegen. Der Vater hatte ihm am Istituto Tobiolo Privatunterricht geben lassen. Er erklärte mir, dass er die Ausbildung seines Sohnes beschleunigen wolle. Der Junge war vergangenes Jahr in Bari gewesen. In Bari, das, nebenbei bemerkt, die Stadt der Schwindler und Gauner ist. Dort haben die Schwindler das reinste Michelangelo-Format. So viele und so gerissene findet man nicht einmal in den – von Bari gar nicht weit entfernten – Küstenorten Griechenlands. Währenddessen lächelte die Frau mich honigsüß an.

Mit einer wahren Sturzflut von Worten wollte nun der Gatte oder angebliche Gatte mich überreden, dass ich mit in seine Wohnung kommen und mir seinen Jungen ansehen solle. Ich, der ich wirklich den Wunsch hatte zu verschwinden – wie es bei mir immer der Fall ist, wenn ich mich schon einmal auf Polizei- oder Gerichtsbehörden begeben muss –, antwortete aufgeregt und gab den beiden je nachdem zustimmende oder verneinende Antworten. Aber der Scharlatan aus Bari nagelte mich mit seinem Redefluss fest und fuhr fort, ohne auf meine deutlich kundgegebene Eile zu achten, mir von dem Sohn zu erzählen: dass der in Bari gewesen sei, zur Zeit Badoglios natürlich; was heißen sollte, dass es sich um einen Vater handele, der als Polizist Antifaschist gewesen war, und um einen Sohn, der sich, da er sich in dem Wirrwarr des Befreiungsjahres in Bari befand, nicht um Professoren, Unterricht und Schulstunden kümmern konnte. Und dass, da er ein wenig zurückgeblieben war, er jetzt beabsichtige, das wieder gutzumachen, und möglichst von der ersten in die dritte Klasse überspringen wolle.

»Was sagen Sie dazu, Herr Professor?«

»Der Herr Professor müsste zu uns nach Hause kommen, um sich den Jungen anzusehen!«, bat die gnädige Frau, die mich noch schamloser anlächelte, als jemals andere gefällige und üppige Damen mir zugelächelt hatten.

»Du musst nicht so hartnäckig sein, es geht nicht, der Herr Professor hats jetzt eilig!«, warf der Eheherr ein, und wie wenn ihm die liebenswürdige Entscheidung zustehe, fügte er hinzu, um mich zu einem »Ja« zu ermuntern: »Ich selbst kann hier bis heute Abend nicht abkommen, nicht vor acht. Ich darf leider nicht einmal mich von dieser Tür entfernen, Herr Professor, um Sie bis in den Hof zu begleiten.« Und noch einmal kam die Frau – in der Hoffnung, sie könne mich überzeugen, dass sie sehr bereit sei, sich zu ergeben, und dass eine enge Beziehung zu ihr mich nicht viel Geld kosten werde – auf das Institut Tobiolo zurück.

Ich verließ die Amtsräume des Kommissariats und fuhr mit dem Rad von der Piazza San Luigi dei Francesi durch die Via della Scrofa, Via Ripetta und über den Tiberkai zu meiner Wohnung; entschlossen, die Nachforschungen nach meinem Rad, wenigstens für den Augenblick, zu vertagen, nachdem ich gesehen hatte, wie die Dinge sich komplizierten. »Ich werde es nicht wiederbekommen«, dachte ich alle Augenblicke und jammerte still in mich hinein; bestimmt sind die Diebe jetzt schon, heute schon, dabei, das Rad zu zerlegen. Sie haben es bereits zerlegt, auf die Warnung irgendeines Polizisten hin. Und der Kommissar hatte ja auch wirklich so etwas angedeutet, als er zu mir sagte: »Lassen Sie uns nur machen, wir haben da ein Werkzeug, das mit den Dieben Fühlung hat; wir wollen es mit einem solchen Mittel versuchen, Sie werden sehen; wir versuchen, es so einzurichten, dass Sie Ihr Rad wiederbekommen!« – Mit dieser Äußerung hatte er die Gefahr angedeutet, die hypothetische Gefahr, dass ein Polizist sich mit den Dieben, zu meinen Ungunsten, in Verbindung setzen werde.

»Sie haben es bereits Stück für Stück, Niete für Niete, Schraube für Schraube auseinandergenommen«, setzte ich meine stille Klage fort. Und sie werden heute einen Griff der Lenkstange, morgen einen anderen feilzuhalten beginnen. Oder vielleicht werden sie es nicht einmal so machen. Da sie jetzt Bescheid wissen über meine Fähigkeit, gestohlene Dinge aufzuspüren, werden sie Stück für Stück des Rades zum Verkauf bringen, aber nicht heute und nicht morgen, sondern wer weiß in wie viel Monaten und wer weiß wo! Und dann gehe einer hin und versuche, nach Jahr und Tag ausfindig zu machen, was ihm gestohlen worden ist, wenn er sich dann noch an die Farbe und Form des Griffs einer Lenkstange erinnern kann! Und doch wäre ich imstande, einem noch so kleinen Bruchstück, irgendeinem Einzelteil anzusehen, ob es einst zu meinem Rad gehört hat! Man kann zu allem in der Lage sein; aber ohne die Polizei, bei totaler Abwesenheit der Polizei, oder, was schlimmer ist, wenn die Polizei untätig den Dieben gegenübersteht, wenn die Polizei es selbst ist, die den Dieben angibt, was sie zu tun haben, oder, äußerster Fall, äußerste Komplikation, wenn die Polizei sie in der Hand hat, um sie gegen die Antifaschisten loszulassen, falls die Faschisten wiederkehren, oder gegen die Faschisten, falls die Antifaschisten bleiben, dann ist es das Beste, die Hoffnung, ein Fahrrad wiederzubekommen, aufzugeben.

Ich war so unentschlossen, wie ich es noch nie gewesen war; und man kann sagen, dass ich mich dieses Mal schon nahezu mit dem Verlust meines Aluminiumfahrrads, für das ich fünfzehntausend Lire bezahlt, abgefunden hatte. Früher kostete ein Rad fünfzehntausend Centesimi, Pfennige, so wie es heute fünfzehntausend Lire kostet. Nur sind für den armen Mann fünfzehntausend Lire immer noch fünfzehntausend sauer verdiente Lire, besonders in so stürmischen Zeiten wie diesen. Außerdem – und darin liegt wohl die ganze Schwierigkeit – sind für den, der seinerseits andere bestiehlt, der stiehlt, ohne als Räuber kenntlich zu sein, und heutzutage tausend Lire am Tag verdient, für den sind fünfzehntausend Lire nicht mehr als fünfzehn Arbeitstage, und er kann sich leicht an den Gedanken des Verlustes gewöhnen, fünfzehn Tage mehr, fünfzehn Tage weniger, das macht nicht viel aus. Aber es ist ebenso wahr, dass für den armen Schriftsteller fünfzehntausend Lire auch heute noch, heute wie gestern, bedeuten: mühsam sieben Bücher zu schreiben, sieben Bücher!, wo doch viele Verleger, heute noch, den barbarischen Mut haben, nicht mehr dafür zu bezahlen, dem Autor bei der Abrechnung der Prozente niemals den Rest zu zahlen; das heißt, sie schießen ihm ihre zweitausend Lire vor und geben ihm später auch nicht einen Pfennig mehr, mit der Ausrede, dass das Buch auf Schwierigkeiten politischer Natur gestoßen sei, dass die Buchhändler die Rechnungen nicht bezahlen und so weiter und so weiter; denn ohne Zahl sind die Ausflüchte der Verleger, und in Italien ist das umfangreiche Gesetz über die Urheberrechte niemals wirklich zur Anwendung gekommen. Oder, diese fünfzehntausend Lire bedeuten ungefähr siebzig Feuilletonartikel für Zeitungen; das bedeutet, dass der arme Schriftsteller sich ein, vielleicht sogar zwei Paar Schuhe durchlaufen muss – Schuhe, deren jedes Paar ihre zehntausend Lire kostet –, um von einer Redaktion zur anderen zu rennen und zu versuchen, diese elende Ware der Artikel an den Mann zu bringen; es bedeutet, allein für die Straßenbahn weitere tausend Lire hinzulegen, und so kosten alles in allem Schuhe und Straßenbahn und Papier – das gleichfalls teuer bezahlt sein will – und dazu die Tinte, die man fast nur noch auf dem Schwarzmarkt bekommt, und schließlich die Stenotypistin mehr, als zu guter Letzt ein Buch oder ein Artikel einbringt.

Denn dieses ist nun doch das Schönste, oder besser: das Üble, das Übelste, das Allerübelste: Jedermann sagt, die Stenotypistin inbegriffen, dass »man keine Tätigkeit ausübt, die sich nicht lohnt«! »Tun Sie das doch nicht!« – das antworten uns armen Schriftstellern alle im Chor, Schuster wie Stenotypistin. Ganz abgesehen vom Schwarzmarkt, der sich nicht einmal herablässt, Geistesarbeit überhaupt zu bewerten. Und genauso gering bewertet wird sie von der Demagogie der politischen Parteien. Kurz und gut, ich war entschlossen, noch weitere Zeit daranzusetzen und neue Wege zu versuchen, um mein Fahrrad wiederzubekommen, das heißt die fünfzehntausend Lire nicht zu verlieren; indem ich mir fest vornahm, ein Buch zu schreiben über diesen jüngsten der vielen auf mich niedergegangenen Schicksalsschläge. Und zudem ist auch noch Folgendes wahr: Ich bin niemals auf dem Bauch liegen geblieben, ich habe mich niemals damit abgefunden zu verlieren, ehe ich nicht mit dem Kopf am Hindernis abgeprallt bin, dieses sich somit in handfester Form als unüberwindlich erwies. Und es muss auch, was das Wiederbekommen angeht, gesagt werden, dass ich bisher zwei Fahrräder wiedererlangt habe; zwei von den fünfen, die mir in den drei Jahren meines Aufenthalts in Rom gestohlen worden waren.

Das erste Rad, das man mir gestohlen hat, ist das Opfer eines Einbruchdiebstahls geworden. Wer nachts einen kleinen Raum in meinem Keller in der Via Oslavia erbrach, war ein Modell. Angestiftet dazu wurde sie von einer Frau mit lahmem Bein, welche aus Serramarengo stammte, einem Nest von Räubern und Dieben in meinen doch so klaren und reinen Bergen der Mark Ancona, und von deren Mann, einem Ölhändler. Sie benötigten ein Fahrrad, um nach Viterbo und in die Sabina zum Öleinkauf zu fahren. Er war mit meinem Modell befreundet und lieh, seinerseits, seine Frau aus. Das Modell hieß Assira. Die Frau des Ölhändlers hinkte, war aber schön. Sie hatte pechschwarzes Haar, Funken sprühende Augen, eine verteufelte Zunge (zum Reden) und einen wunderbaren Busen. Ihre Beine versagten auf dem Bett; aber ich sah nicht hin. Mit dem Übrigen war ich zufrieden, es war ein seltsam leicht beweglicher Körper. Sei es nun, weil ich das Modell nur mit kleinen Geschenken und Ausflügen und entsprechenden ländlichen Atzungen bezahlt hatte, oder vielleicht, weil die Lahme mir böse war, dass ich ihrer ziemlich schnell müde geworden – sie war im Übrigen eine sehr tüchtige Bettgenossin und setzte ihrem Mann mit Begeisterung Hörner auf –, fest steht jedenfalls, dass es die beiden Frauen waren, die dem Ölhändler den Aufenthaltsort meines Rades verrieten; woraufhin sie nachts oder am frühen Morgen gekommen waren, um es zu stehlen. Dies wurde ihnen erleichtert durch den weitläufigen Wohnblock, der groß ist wie ein kleines Dorf, mit seinen verschiedenen Aufgängen um den Hof herum, A, B, C und so weiter bis zum letzten Buchstaben des Alphabets, und durch ebendiesen Hof, der mit hohen Sträuchern bestanden ist, sowie durch den Portier, der krumm gerade sein lässt, sorglos wie römische Portiers im Allgemeinen sind. Tatsache ist, dass dieser Dieb und die beiden Diebinnen sehr leicht einen Weg gefunden hatten, um sich in meinen Keller einzuschleichen, wo sie mithilfe eines Hebels und mit Hammer und Zange einfach das Schloss am Gitter aufsprengten und sich mit ihrer Beute davonmachten. Am folgenden Morgen kam die

Lahme zu mir ins Atelier, unvorsichtigerweise, und war äußerst freigebig mit Zärtlichkeiten und Küssen. Ich hatte mich, die Wahrheit zu sagen, über ihre unvermutete Rückkehr gewundert, nachdem ich sie einmal ziemlich barsch fortgeschickt hatte; sei es, weil mir nicht mehr danach gewesen war, sie zufriedenzustellen, oder auch, weil ich – wie ich zugeben will – niemals fähig war, obwohl ich sonst ein sehr leistungsfähiger Eigentümer von Manneskraft bin, eine Frau zu befriedigen, die mir nicht gänzlich gefällt oder der ich aus diesem oder jenem Grund müde geworden bin. Jedenfalls war ich auch an diesem Morgen nicht recht tauglich, und um mich ihrem mir ungelegenen Besuch zu entziehen, beschloss ich auszugehen.

Ich begleitete sie bis hinunter auf die Straße; dann wollte ich mein Rad holen und etwas ausfahren. Eine einsame Fahrt ins Blaue, hinaus auf die Felder. Hinaus, um etwas Sonne zu haben, um mir mit der Sonne meine schlechte Stimmung zu vertreiben, und so weiter. Die Lahme redete mir indessen zu, das Rad nicht zu holen: »Begleite mich doch, bitte, bitte, zu Fuß bis zur Piazza Risorgimento.« Ohne dass ich Grund hatte, etwas vom Diebstahl meines Rades zu argwöhnen, spürte ich doch bereits ein ganz unbestimmtes Misstrauen gegen die Frau, ohne zu wissen, warum. Man weiß nie, was eine in Liebesdingen enttäuschte Frau unternimmt und wie weit sie gehen mag. Ganz plötzlich zeigte sie sich furchtbar böse auf mich und übernervös. Ich dachte meinerseits, dass ich, selbst wenn ich einwilligen würde, sie bis zur Piazza Risorgimento, ein ziemlich weites Stück, zu begleiten, gut daran täte, das

Rad mitzunehmen, wollte ich nicht zu Fuß heimkehren. So blieb ich dabei, die Lahme zu bitten, sie möge auf mich warten, bis ich aus dem Keller mein Fahrzeug geholt hätte. Und – voilà?! – wie ich die Gangtür öffne, wo es zum Keller hinabgeht, merke ich, dass dort das Schloss aufgebrochen worden ist! Ich laufe und stelle fest, dass mein Rad verschwunden ist! Ebenso schnell bin ich durch den Gang wieder zurück und bei meiner Lahmen, die mich im Hof erwartet. Sie zeigte sich völlig ungerührt von dem Vorfall. Undurchdringlich! Durchaus nicht überrascht über die Tatsache, dass mein Keller erbrochen worden war! Und sie zeigte lediglich – wenn auch kaum zu merken – eine gewisse Eile, nach Hause zu kommen, und auch darin fand ich einen Grund, gegen sie misstrauisch zu sein. Schließlich wussten nur sie und die Assira, das Modell, dass ich mein Rad im Keller einzustellen pflegte, statt es immer bis zum siebenten Stock hinaufzuschleppen.

Was ich tat, war das Folgende: Ich bat die Lahme, mich allein zu lassen, da ich mich mit der Diebstahlsgeschichte beschäftigen müsse. In solchen Fällen soll man keine Zeit damit verlieren, dass man sich an die Polizei wendet, mit Anzeigen und Bitten um Hilfe. Man muss selbst etwas unternehmen. Und das Beste ist, dass man sich auf der Stelle ein anderes Fahrrad besorgt, um den Dieben nachspüren zu können. Zu jener Zeit war es noch einfach, ein Rad zu erwerben, damals vor zwei Jahren. Ich hatte das Glück, durch den Lagerverwalter des Depots einer großen Mailänder Firma in der Nachbarschaft ein nagelneues billig zu bekommen. Ich hatte Glück, dass ich an ihn geriet. Er stand im Begriff, seinen Posten aufzugeben, da er seinen Gestellungsbefehl bekommen hatte und einrücken musste. Ich schwang mich sofort auf mein neues Rad und begann meine Rundfahrt durch die Straßen Roms. Ich muss mich verbessern: Ich plante, mit meinem neuen Rad auf der Suche nach dem alten alle Straßen Roms zu durchstreifen, und begann, in jener Gegend der Stadt umherzufahren, in der damals die Diebe am zahlreichsten vertreten waren, das heißt in der Gegend der Via Trionfale und im Rione Regola; und machte den Anfang damit, die umliegenden Straßen bei der Porta Cavalleggeri zu durchsuchen. Dort wohnten sowohl mein Modell als auch die Lahme und ihr Mann.

Ich entsann mich, als guter Beobachter aller Dinge, wie ich eines Abends die beiden Frauen bis zu ihren Behausungen begleitet und wie die Assira mit einem Fahrradhändler einen langen Schwatz gehalten hatte. Es war der einzige Laden dieser Art in ihrer Straße. Als wir vorüberkamen, hatte der Mann ihr zugezwinkert. Und Assira war, um mir den Flirt, den sie mit ihm hatte, nicht zu verraten, stehen geblieben und hatte eine scherzende Unterhaltung begonnen. Doch ahnt und entdeckt man die Art der Beziehungen zwischen zwei Personen, besonders verschiedenen Geschlechts, ziemlich leicht. Und ich hatte begriffen, dass der Fahrradmann mit der Assira zu tun hatte. Assira hatte einen Verlobten von der Art jener vielen heutzutage, die die Augen schließen vor dem, was ihre Herzliebsten so tun und treiben; und das Mädchen hatte, ziemlich offenkundig, mehrere Freunde unter alten Barbieren, alten

Gastwirten, alten Lebensmittelhändlern, die ihr somit Wein wie Käse gratis überließen oder die ihr, wenn sie nichts anderes zu geben hatten, Parfums und Seife schenkten. Als ich mich auf die Suche nach meinem Rad machte, begann ich, in der Gegend der Wohnung meines Modells herumzuschnüffeln. Zuerst fragte ich, geschickt und wie zufällig, aber vergebens, ein paar Leute, ob sie das Mädchen auf einem Rad hätten fahren sehen. Aber alle verneinten. Dann ging ich unter irgendeinem Vorwand in ihr Haus hinein. Es war eine schäbige Spelunke mit halb zerfallener Stiege. Ich fand zwei Räume: Einer war die Küche und sah aus wie jene, die Patini auf seinem Bild »Der Erbe« dargestellt hat. Eine Küche mit rußschwarzen Deckenbalken und Wänden in der Farbe von Schinkenschwarte. Es gab weder Tisch noch Stuhl; als Tisch diente eine größere Holzkiste und als Stühle zwei kleinere. Der Durchgang von der schmutzigen Küche zu dem armseligen Schlafgemach hatte keine Tür mehr im Rahmen.

Vielleicht hatte Assira in einer kalten Winternacht auch die Tür mit dem Beil zerhackt und verheizt. Das ist so die Art der armen Leute: Sie zerhacken alles, zerstören alles, was ihnen unter die Finger kommt, wenn der ärgste Hunger sie treibt. Sie würden ganze Wälder abholzen und sie bis zum letzten Ast niederbrennen, wenn es darum geht, einen Tannenzweig zu verheizen, um in einer Blechdose etwas Wasser heiß zu machen; das bisschen Wasser, in dem sie ihre Handvoll Maismehl, Polenta, kochen. Ich habe einmal erlebt, wie ein paar Arme die Wohnung eines reichen Mannes stürmten, plünderten und verwüsteten. Sie machten das so:

Sie zerbrachen die Scheiben eines Glasschranks, in dem sich Kaffee- und Teeservices befanden, darunter zwölf japanische Majolikatässchen, wunderschöne, hauchzarte, prachtvoll bemalte Stücke. Auch die Kanne und die Zuckerschale waren da, es war ein vollständiges Service. Aber die Armen, die Plünderer, hatten nicht so viel Verstand, dass einer das ganze Service für sich nahm und ein anderer das ganze Eisservice und ein Dritter das ganze Teeservice und so weiter: nichts dergleichen! Sie zerschlugen alles, und so blieben dem einen von ihnen zwei Kaffeetässchen, ein Teelöffel, eine Zitronenpresse, einem anderen vier Kaffeetässchen, zwei Teetassen und so weiter. Besser, wiederhole ich, wäre gewesen, wenn sie nichts anderes getan hätten, als zu stehlen, mit Ordnung, mit Logik zu stehlen, sodass dem einen Plünderer ein vollständiges Kaffee- und dem anderen ein anderes Service geblieben wäre.

Wenn es auch keine Tür mehr gab, so befand sich dafür doch, mitten in der Küche, eines jener großen Fässer, in welchen die Geschäfte Tomatenmark beziehen und in das ein kleines Brüderchen meiner Assira mit kreisenden Bewegungen seines kleinen Schwanzes Wasserstrahlfiguren zu zeichnen versuchte. Ich fragte ihn: »Wo ist deine Schwester?«

»Weiß nicht!«

»Wo ist sie hingegangen?«

»Weiß nicht!«

»Und deine Mamma?«

»Weiß nicht!«

»Und was tust du hier, allein?«

»Weiß nicht!«

»Frierts dich denn nicht?«

»Weiß nicht!«

»Aber das ist doch die Höhe«, rief ich, die Geduld verlierend, »du weißt nicht, obs dich friert? Mach, dass du in dein Bett kommst, und sei still!«

So wie ein Hündchen sich mit eingekniffenem Schwanz auf sein Lager zurückzieht, so machte es der Rotzjunge, als er auf seine schmutzigen Decken zuschlich. Was sage ich: schmutzig? Sie waren über und über besudelt; verglichen mit ihren Flecken, sind Landkarten weniger getüpfelt, umrändert, gefleckt und bunt als diese, ich wiederhole, zerlumptesten Betttücher des armseligsten Lagerplatzes, den man sich vorstellen kann; wenn man überhaupt einen Fetzen aus langen, zerschlissenen, zerfaserten, zerlumpten, restlos verbrauchten Streifen als Betttuch bezeichnen kann. Und doch schlief darauf die schöne Assira, das Modell mit ihrem untadeligen Körper, ihren hellen Augen unter der breiten, prachtvoll geschwungenen Woge des schwarzen Haars, mit ihrem wie bei jungen Stieren eingelegten Schläfen. Leidenschaftlich wild, wie ein edles junges Tier, im Liebesgenuss. Sie konnte beim Modellstehen nicht stillhalten, nur immer ein paar Minuten; ohne zu fragen, sprang sie von ihrem Schemel herab oder aus dem Stuhl empor, um mich stürmisch zu umarmen. Nicht immer hat jedoch ein wirklicher Maler Lust, sich von seinem Modell umarmen zu lassen; denn wenn sie ihre Stellung unterbricht, so ist auch der lineare und plastische Zauber zerstört.

»Aber weshalb hat sie mich denn nur bestohlen?«, fragte ich mich selbst, indem ich dem Kind half, sich mit dem schmierigen Laken zu bedecken. Weshalb? Das war ein sehr naives Weshalb! Der Liebhaber verstand es nicht, der Schriftsteller ja. Sie hatte mich aus keinem höheren oder geringeren Grunde bestohlen, als weil sie Hunger litt; viel Elend, allzu viel Elend bewies dieses Haus. Und außerdem um ihr Versprechen, ein Fahrrad zu besorgen, einzulösen, denn das hatte ihr der Galan, will sagen, der Mann der Lahmen, aufgetragen. Und andererseits, was hätte dieser denn tun sollen, wenn er, um Öl zu bekommen, bis nach Viterbo musste und vielleicht noch viel weiter und kein Fahrrad besaß, oder genauer gesagt: kein Geld hatte, sich ein Fahrrad zu kaufen? Richtig, er handelte schwarz; aber, aber, dieser Schwarzhandel! Wie viele habe ich nicht gesehen, wie viele arme Männer und Frauen, die sich dem Schwarzhandel ergaben und anscheinend reich wurden oder im Begriff waren, reich zu werden, und plötzlich, in dieser Zeit, die man ohne Übertreibung tragisch nennen darf, stürzten sie in noch schlimmeres Elend zurück als zuvor? Und wie viele Mädchen, die mir auf dem Schwarzmarkt Käse und Räucherwürste verkauft hatten, echte Räucherwürstchen aus Norcia oder Fabriano oder Ascoli Piceno; Gläubige schickten solche Dinge nach Rom als Spende für den Heiligen Vater, aber sie verflüchtigten sich auf der langen gefahrvollen Reise aus den Lastwagen des Vatikans, die zum Einkauf und zum Erbetteln von Speisen für die unter dem Joch der Deutschen schmachtende arme römische Bevölkerung ausfuhren! Es geschah, dass irgendjemand, wer weiß wer, sich ein Körbchen oder einfach eine wertvolle Würstchenkette aneignete; wovon dann einige wenige auch in meinem hungrigen Rachen endeten.

Da also der Mann der Lahmen ohne ein Fahrrad nicht auf Ölerwerb ausgehen konnte, war es so weit gekommen, dass er Assira zum Diebstahl angestiftet und dass sie schließlich nachgegeben hatte.

Und dass es sich im Übrigen nicht um Berufsdiebe handelte, beweist dieses: Wären es Einbrecher von Profession gewesen, welche Notwendigkeit hätte dann bestanden, sich eines Stemmeisens und eines Hammers und einer Zange zu bedienen, um ein Schloss aufzubrechen? Viel besser und viel schneller und ohne Geräusch zu machen, hätte sich das Schloss doch wohl mit einem Dietrich öffnen lassen, ein Werkzeug – ich will es denen erklären, die es noch nicht wissen –, das aus einem einfachen Stück Eisendraht besteht, von dem ein kurzes Ende rechtwinklig abgebogen wird. Man bearbeitet den Winkelteil ein wenig mit dem Hammer, plattet ihn etwas ab, und der Dietrich ist fertig. Ich selbst könnte einen herstellen. Ich habe das einem Schlosser abgesehen, als ich einmal einen meiner Schlüssel verloren hatte und nicht wusste, wie ich es anstellen sollte, das Schloss aufzubekommen, ohne Gewalt anzuwenden, und der Schlosser es ganz einfach mit seinem kümmerlichen Werkzeug, seinem Stück gebogenem Draht, öffnete, ohne im Geringsten Gewalt zu gebrauchen. Außerdem hatten die drei Diebe Angst gehabt, was ebenso bewies, dass sie keine Gewohnheitsdiebe, das heißt, keine echten Diebe waren. Denn echte Diebe stehlen mit der gleichen Ruhe, mit der ich ein paar Seiten hinschreibe, ohne zu streichen und zu verbessern; oder wie der Chirurg seine Instrumente an das kranke oder verletzte Fleisch ansetzt. Mit einer solchen Angst waren die Diebe zu Werke gegangen, dass sie die Zange auf einem Schemel hatten liegen lassen, im Vorraum des Kellers. Sie hatten sie einfach liegen lassen, so als wenn sie, nachdem sie das Rad hatten, blind geflüchtet wären. Ich hatte die Zange aufgehoben und trug sie mit mir in meiner Tasche. Jetzt zeigte ich sie dem kleinen Jungen: »Sieh mal her: Hier hat deine Schwester diese Zange auf der Treppe liegen lassen, ich habe sie aufgehoben. Hier bringe ich sie euch wieder.«

Der Junge schaute nach der Zange und sagte in aller Unschuld: »Aber die gehört gar nicht Assira, wir haben gar keine Zange; sie gehört der lahmen Frau.«

Da ich weiterfragte und wissen wollte, warum denn die Zange der Lahmen gehören sollte, zeigte der Junge auf eines der beiden Griffenden; es war viel kürzer als das andere, denn es war eines Tages bei dem Versuch, eine Kiste zu öffnen, abgebrochen. Jetzt sagte das Kind nicht mehr immer nur »ich weiß nicht«, sondern plapperte drauflos. In aller Harmlosigkeit, besser gesagt: aufgrund einer natürlichen, noch unentwickelten, erst beginnenden Schlauheit. Es plapperte, um die Zange der lahmen Freundin des Hauses wiederzubekommen; warum sollte ich ihm denn nicht die Zange geben, statt sie wieder mitzunehmen, wo doch das Kind unter dem Hinweis auf die Tatsache, dass die Lahme oft ins Haus kam, die Auslieferung der Zange verlangen konnte. Es fing an zu weinen, als ich sie ihm nicht geben wollte. Ich sagte, um den Jungen zu besänftigen und zugleich zu erfahren, wo sich seine Schwester befand: »Ich will sie deiner Schwester selbst geben. Sag mir, wo sie ist, ich will hingehen und sie ihr bringen!«

Der Junge erzählte mir, dass Assira mit der Lahmen fortgegangen sei. Doch mehr wusste er nicht.

Wohin waren die beiden gegangen? Die Lahme war gegen acht Uhr morgens bei mir gewesen. Ich hatte dann etwa eine Stunde gebraucht, um mir das neue Fahrrad zu beschaffen. Darauf war ich hierher in Assiras Wohnung gekommen. In der Zwischenzeit war die Lahme nach Hause gelaufen, um ihren Mann von meinem Verdacht gegen sie zu unterrichten. Der Mann war, zu seinem Unglück, wie man sehen wird, zu dem Radreparateur gegangen, der sich seinerseits bereit erklärte, mein Rad so zu tarnen, dass es unkenntlich wurde. Nun war es, wenn die Dinge so standen, nicht schwer, die Assira und die Lahme und den Fahrradmann aufzufinden.

Der Letztere konnte kaum ein anderer sein als einer der drei oder vier, die ihren Laden in der Gegend zwischen der Porta Cavalleggeri und dem vatikanischen Bahnhof hatten. Ich fahre also mit meinem Rad los, fünfzig Meter vor dem ersten dieser Läden steige ich ab, mit den liebenswürdigsten Manieren von der Welt trete ich näher. Ich stelle mich dumm, denn ich wusste bereits, dass es Fahrradlack im Handel nicht mehr gab, und so konnte ich also ruhig danach fragen, ob er zufällig welchen habe, ohne Gefahr zu laufen, auch kaufen zu müssen: Ich hätte mich also nicht dadurch blamiert, dass ich erst welchen verlangte und dann nicht kaufte. Ich fragte: »Haben Sie Lack?«

Der Händler antwortet mir überhaupt nicht. Er weiß, dass er keinen hat. Er weiß, dass es keinen gibt. Und im Stillen wünscht er mich zum Teufel. Er antwortet nicht, weil er nicht aufgehalten werden will. Aber das ist es gerade, was ich will. Denn während ich auf Antwort warte, sehe ich mich um, ob im Laden vielleicht mein Rad zu erblicken ist; oder falls es schon auseinandergenommen war, ob vielleicht auf Tisch oder Bank ein Pedal, ein Reifen, ein Griff, die zu meinem Fahrzeug gehörten, zu entdecken sei. Nachdem diese erste Inspektion ergebnislos ausgefallen, begebe ich mich mit der gleichen Pantomime in den nächsten Laden.

Um die Sache kurz zu machen: Ich ziehe über drei oder vier Plätze, durchstreife an die dreißig Straßen, alles vergeblich. Schließlich kommt mir der Gedanke, es einmal bei jenem Fahrradhändler zu versuchen, der neulich abends meiner Assira zugezwinkert hatte. Ich fahre hin, und – voilà?! – ich weiß nicht, Leser, ob Ihnen jemals die Freude widerfahren ist, ein … sagen wir beispielsweise: eine verloren gegangene Brieftasche wiederzufinden, oder einen Hund, den ein anderer Jäger Ihnen gestohlen hat. Ich hoffe es, oder ich will vielmehr so sagen: Ohne Ihnen zu wünschen, Sie möchten Ihren Hund verlieren – so boshaft will ich nun nicht gerade sein –, wünsche ich Ihnen doch die Freude des Wiederfindens, nachdem er einmal weg war. O ja, diese Freude ist so groß, dass sie den Wert des verloren gegangenen Gegenstandes übertrifft! Es ist dies eine Freude, an der auch die Befriedigung unseres eitlen Stolzes ihren großen Anteil hat. Denn, wie wir uns erst als Affen, als Hohlköpfe vorgekommen waren, nicht imstande, auf die eigenen Sachen aufzupassen, als Schlafmützen, die nur dazu taugen, über Anna Stickler in Begeisterung zu geraten – so fühlen wir uns nun, als säßen wir hoch zu Ross, nicht mehr niedergeworfen vom Unglück, sondern wieder stolz im Sattel. Und ich begann hier sogleich, laut zu schreien: »Diebe, Diebe! Al ladro! Zu Hilfe! Ich habe mein Fahrrad wiedergefunden! Dort steht es, ja, es ist meins! Zu Hilfe! Zu Hilfe!« Und ganz atemlos und toll vor Freude stürze ich in den Laden des Fahrradhändlers. Ein Junge macht sich eben an dem Rad zu schaffen, um es auseinanderzunehmen. Er hat bereits den kräftigen Gepäckträger abgeschraubt, den ich eigens angebracht hatte, um bequem meinen Malkasten unterbringen zu können, und die Leinwand und einen Keilrahmen und eine zusammenschiebbare Staffelei, was ich immer brauche, wenn ich zum Malen aufs Land hinausfahre.

Der Junge ist gerade dabei, den Dynamo und den Scheinwerfer abzuschrauben. Es war ein Dynamo der Marke Marelli. Es gibt viele Dynamotypen der Firma Marelli, aber meiner hatte einen hellroten Flecken neben dem Zahnrad, und ich hatte ihn absichtlich nicht entfernt, eben zum Zweck des Wiedererkennens. Ich hatte, in Voraussicht kommender Dinge, oft bedacht, dass ich eines Tages nötig haben könnte, alle die einzelnen Teile meines Fahrrads, für den Fall, dass es zerlegt worden wäre, wiederzuerkennen. Ich wusste zum Beispiel auswendig, welche geometrische Figur – einen fünfzackigen Stern – das Zahnrad aufwies, über das die

Kette läuft. Ich hatte in meinem Notizbuch, das ich stets bei mir führe, die Seriennummer des Rahmens stehen. Die Verdunkelungsblende vor dem Scheinwerferglas hatte ich selbst angefertigt aus einem Stückchen schwarzem Fotopapier. Und, das Wichtigste, ich hatte im Leder des Sattels an versteckter Stelle mit Kopierstift meinen Namen eingezeichnet. Kurz und gut, es war mir ein Leichtes, den Leuten, die sich bereits um mich herumgeschart hatten, zu beweisen, dass das wirklich mein Rad sei. Währenddessen waren schließlich und endlich auch noch zwei Polizisten aufgetaucht. Sie waren zunächst ganz gegen mich eingestellt. Das mag seltsam klingen, und doch ist es wahr, dass sie mir vorhielten, ich hätte durch mein Schreien »den Dieb entkommen lassen«.

»Aber welchen Dieb denn?«, gab ich zur Antwort. »Hier ist ja nicht einmal der Besitzer des Ladens zur Stelle!« Die Polizisten zeigten sich außerdem auch darüber aufgebracht, dass ich durch mein Geschrei einen Menschenauflauf verursacht hätte. Man muss aber wissen, dass, wenn ich nicht gerufen und sich infolgedessen keine Leute zusammengerottet hätten, höchstwahrscheinlich Folgendes geschehen wäre: Der Fahrradhändler wäre herbeigekommen, er hätte in gewohnter Weise den Polizisten zugeblinzelt, hätte ihnen somit hinter meinem Rücken ein Schmiergeld versprochen, und die Szene wäre so ausgegangen: Die Polizisten hätten mich und den Fahrradhändler auf die Wache abgeführt. Inzwischen hätte man im Laden mein Rad mit einem anderen ausgetauscht oder im äußersten Fall mithilfe anderer Genossen des Händlers selbst noch auf dem Polizeirevier. Dann wäre ich als ein Verrückter dagestanden, und nicht nur als Verrückter, sondern als unverschämt, und nicht nur als unverschämt, sondern als Querulant, und nicht nur als Querulant, sondern als Verleumder, und nicht einmal nur als Verleumder: Der gute Fahrradhändler hätte mich gerichtlich verklagt, mit falschen Zeugen, die nachgewiesen hätten, dass ich ihn beleidigen oder verprügeln wollte.

Ich hätte die Gerichtskosten tragen müssen und wäre nur dann nicht eingesperrt worden, wenn: ich erstens einen guten Anwalt finden könnte; zweitens mich friedfertig darein schickte, als verrückt zu gelten; drittens, es auf mich nähme, den Hehler und Fahrradhändler um Entschuldigung zu bitten; viertens, wenn mein Strafregisterauszug keine Eintragung aufwies. Ganz abgesehen von dem Zeitverlust und dem Ärger, den jeder anständige Mensch empfindet, wenn er weiß, dass er es mit einer unfehlbaren Justiz zu tun hat! Wenn ich schon als Verrückter und Idiot gelten sollte, dann lieber gleich hier auf der Stelle, mir aber dadurch wenigstens mein Rad sichern konnte, indem ich wie ein Irrer schrie: »He, herbei! Zu Hilfe, zu Hilfe, herbei, herbei!« Wie oft hatte ich mich im Übrigen zu Zeiten des Faschismus vor den sogenannten Zensoren nicht dadurch retten müssen, dass ich mich als Verrückter ausgab! Ich habe mich, gutmütig, wie ich bin, geradezu darauf spezialisiert, als alles Mögliche zu gelten, unter anderem auch als verrückt. Wichtig ist in dieser Hinsicht vor allem, dass man nicht wirklich verrückt ist, im Gegenteil; und zweitens, dass es einem gelingt, sein Fahrrad wiederzubekommen; und hat man es wieder, es nicht mehr aus der Hand zu lassen.

Der Fahrradhändler ließ sich nicht blicken. Vielleicht hatte er sich schnell irgendwo versteckt. Ich ergriff das Rad und sagte zu den beiden Polizisten, dass ich nicht die Absicht hätte, den Vorfall anzuzeigen und den Fahrradhändler wegen Hehlerei zu verklagen; aber das sagte ich nur, um erst einmal das Rad sicher nach Hause zu bringen.

Ich musste deren zwei nach Hause bringen: das alte und das neue. Eine Zeit lang schob ich sie alle beide, aber dann wurde mir der Weg zu weit, und da ich nicht geschickt genug war, auf dem einen zu fahren und das andere mitzuführen, machte ich schließlich auf dem Petersplatz halt. Auf der Piazza San Pietro trifft man immer ein paar Pilger, die irgendein Fortbewegungsmittel suchen. Nicht dass man unter ihnen nicht auch Diebe anträfe, aber es ist doch viel wahrscheinlicher, dass die Diebe Einheimische sind. Kurz gesagt, ich traute mich nicht, auf mein eben erst wiedererlangtes Rad etwa einen herumstehenden Jungen aufsitzen zu lassen. Ein Junge, der schließlich beweglicher ist als ich, hätte in irgendeiner weniger belebten Straße plötzlich auf Teufel komm raus zu treten anfangen, um eine Ecke biegen und verschwinden können. Und das wäre wirklich noch schöner gewesen: das Rad zwei Minuten, nachdem man es wiederhat, abermals zu verlieren! Ich entbehrte dann heute die süße Befriedigung, sagen zu können, dass ich schon das zweite Mal mein Rad wiederbekommen habe! Denn das ist etwas ganz Unglaubliches, und es wird bestimmt auch niemand glauben, dass so etwas in Rom vorkommen kann. Man wird mir eine verteufelte Fantasie zuschreiben und mir nur das Verdienst lassen, dass ich eine gewöhnliche Geschichte ordentlich auszuschmücken verstehe.

So entschloss ich mich denn, meine beiden Räder nach Hause zu schieben.

Ich war aber nicht gesonnen, die Diebe gänzlich ungeschoren davonkommen zu lassen. Daher ging ich auf die Polizeiinspektion und ließ den Fahrradhändler festnehmen. Ich durchstand eine Gegenüberstellung mit ihm, die stundenlang dauerte, vom Abend bis in die Nacht hinein. Zu jener Zeit funktionierte die Polizei zwar nicht vollkommen, wie ich schon dargelegt habe, aber etwas tat sie indessen doch. Ich hatte den Fahrradmann der Hehlerei gestohlenen Gutes beschuldigt. Er verteidigte sich mit der Behauptung, dass er die Person nicht kenne, die zu ihm in den Laden kam und das Rad zur Reparatur brachte: nicht zerlegen sollte er es, sondern reparieren. Er wurde darauf hingewiesen, dass er seine Kundenliste ordentlich führen müsse. Er hatte überhaupt keine Kundenliste und versicherte, nie eine besessen zu haben. Doch das bewies noch nicht, dass er ein Hehler war. Ich meinerseits war jedoch überzeugt, dass es die Assira und die Lahme gewesen waren, die ihm das Rad brachten, damit er es tarnen sollte. Ich erweiterte meine Klage auch auf Assira und die Lahme; diese wurden festgenommen, oder genauer gesagt, sie wurden in die Sicherheitszelle gesperrt, den Aufenthaltsort der in einstweiligem Polizeigewahrsam Befindlichen. Es kam zu weiteren Gegenüberstellungen. Die Lahme behauptete, den Fahrradhändler nicht zu kennen, doch Assira musste in getrenntem Verhör zugeben, dass sie ihn kannte; ja sie sagte sogar aus, dass sie die Bekanntschaft zwischen ihm und der verschlagenen Lahmen vermittelt habe. Dann wurde auch der Mann der Lahmen festgenommen; dieser begann, mit seiner Frau zu streiten, in jener Sicherheitszelle des Polizeikommissariats.

Der Mann, der Ölhändler, wurde jetzt vorgeführt. Ich sagte, um ihn zu überrumpeln, dass seine Frau den Diebstahl des Fahrrads bereits gestanden habe. Er schluckte das aber nicht ohne Weiteres. Ungläubig fragte er, als man ihn der Frau gegenüberstellte, was sie denn gesagt habe, und die Lahme, die ihn doch mit Geweihen bestückte, antwortete: »Oh, was bist du für ein Hornochse!« Worüber der Eheherr sich beleidigt stellte, etwa als wäre er ein Gehörnter im ersten Waffengang und nicht einer, der mit seinen Hörnern zufrieden ist und sich anschickt, nichts mehr zu arbeiten und stattdessen seine Groschen im Wirtshaus auszugeben, Groschen, die er im Guten oder im Bösen seiner Frau abgenommen hat. Er war ein zufriedener Gehörnter, einer, der seiner Frau sowieso überdrüssig ist und dem es nichts ausmacht, dass diese ihn krönt. Außerdem hörnte er auch seinerseits die Lahme, mit der Assira, und es lag ihm auch nichts daran, dass selbst diese ihre Hörner trug. Die Lahme hatte, wie ich nochmals feststellen muss, ein hübsches, ja ein schönes Gesicht, aber man bekam sie schnell über wegen ihres Beines, das zitterte, statt stillzuhalten oder sich der Gesamtbewegung einzupassen, und weil sie überhaupt O-Beine hatte. Doch auf den ersten Eindruck hin wirkte sie schön, angenehm und reizvoll. Sodass der Herr Polizeikommissar bereits durchblicken ließ, dass er bestimmte Absichten mit ihr habe. Der Gemahl hatte das schon bemerkt und fügte sich stillschweigend in den Gedanken an eine neuerliche Geweihbildung; deswegen schien ihm aber die geistreiche Bemerkung seiner Frau nicht ganz am Platze zu sein. Jedenfalls bedachte er seine Frau mit allerlei Schimpfworten, sie versetzte ihm daraufhin eine Ohrfeige, und daraus entwickelte sich eine Prügelei zwischen den Ehegatten. Für mich gab es wenigstens etwas zu lachen. Assira blieb jedoch ernst, und da sie fürchtete, von der Lahmen auch eins versetzt zu bekommen, hütete sie sich einzugreifen. Die Polizisten gaben lediglich darauf acht, dass die beiden sich nicht ernstlich Schaden zufügten, dass zum Beispiel der Mann nicht etwa seine Frau mit dem Hinterkopf gegen eine der spitzen Ecken und Kanten der alten Büromöbel schlüge. An einem gewissen Punkt der Rauferei fiel ein Zettel zu Boden, den die Lahme unter ihrem Rock versteckt hatte. Ich hob das Papier neugierig auf, doch ohne zu ahnen, dass der Inhalt folgender sein könnte: »Ich gebe an Frau« – hier folgte Name und Vorname der Lahmen – »zweitausend Lire als Anzahlung für das Fahrrad, das sie mir heute Morgen zum Preis von viertausend Lire verkauft hat. Ich werde die restlichen zweitausend zahlen, sobald an dem Rad folgende Änderungen vorgenommen sind: der Gepäckträger durch einen neuen ersetzt und der Dynamo gegen einen anderen ausgetauscht.« Darunter standen Vor- und Zuname des Käufers sowie die vollständige Anschrift. Er wurde somit auf die Polizeiwache vorgeladen; aber sich auf den guten Glauben des Unbeteiligten berufend, erklärte dieser Mann, er habe das Rad gekauft, ohne zu wissen, dass es ein gestohlenes sei; er sei mit Assira und der Lahmen zu dem Fahrradhändler gegangen, ja es seien sogar diese beiden Frauen gewesen, die ihm erst zu diesem Laden geraten hätten. Der Käufer sprach in dieser Weise, weil er ja schließlich bezahlt hatte und der Besitz des Rades somit rechtmäßig war und er jedenfalls in gutem Glauben gehandelt habe.

Inzwischen waren alle Aussagen zu Protokoll genommen worden, und sowohl der Händler wie die Lahme und Assira sollten in ihre Zellen abgeführt werden. Außerdem hatte sich noch Folgendes ereignet: Assira hatte sich bei ihrem Verhör durch einen der Beamten zu jähzornigen Schimpfreden hinreißen lassen. Oh, ich kannte sie! Sie ist so: Sie ergeht sich in beleidigenden Ausdrücken, dass es nur so eine Wonne ist. Den Polizeibeamten hatte sie einen »gekauften Hund« und »Kuppler« genannt. Zur Vergeltung hatte der Polizist, ein Sizilianer, ihr ganz unvermittelt eine wohlgezielte Ohrfeige verpasst: so wohlgezielt, dass der Abdruck der vier Finger schön rot auf dem Gesicht zu sehen blieb. Da dachte ich denn, dass die Urheberin dieses ganzen Übels ausreichend bezahlt sei. Bezahlt in bar, wie sie also war, weshalb sollte ich sie schließlich zwingen, noch mehr herzugeben? Und dann: Ich fand allmählich zu mir selbst zurück. Ich, der ich gegen die drei Diebe und ihre Hehler so empört war und nicht ruhte, bis klar und greifbar zutage lag, dass der Mann der Lahmen den Diebstahl eines Rades, des ersten besten, das ihm in den Weg kam, ausgeheckt hatte und dass die Lahme mein Rad dazu vorgeschlagen und die Assira das Paar bis an die Schwelle meines Kellers geführt hatte und dass der Fahrradhändler ein Hehler war, der sehr wohl wusste, dass es sich um ein gestohlenes Rad handelte, und der deshalb nicht aussagen wollte, wer es zu ihm gebracht hatte –: Als jetzt alles dieses völlig eindeutig zutage lag, aus welchem Grunde sollte ich gegen diese armen Leute hartherzig und unerbittlich sein? Ich meinerseits hatte doch dem Mann der Lahmen auch Hörner aufgesetzt, so viele ich nur wollte. Assira hatte mich als Modell sehr gut bedient: Ihr findet sie auf meiner Radierung der im Fluss badenden Mädchen; eine steht ganz im Vordergrund, von rückwärts gesehen, sie wendet ihre birnenförmigen Hinterbacken, die schwarzen Zöpfe, die schmale Taille, die breite Schulter dem Beschauer zu. Der Lahmen hatte ich nie Geschenke gemacht. Der Einzige, gegen den ich noch immer aufgebracht war, blieb der Fahrradhändler.

Hier fiel mir ein, dass er den Dynamo durch einen neuen ersetzt und ebenso den alten Gepäckträger gegen einen anderen ausgetauscht hatte. Doch hatte er in Wirklichkeit den neuen Dynamo noch nicht angebracht, er hatte den alten erst abgenommen gehabt, den neuen aber mit zur Polizei gebracht, in der Absicht, nachzuweisen, dass, da dieser nicht mein Dynamo war, auch das ganze Fahrrad nicht mir gehören könne; da es nun für ihn aber nicht mehr zweckmäßig war, der Polizei darzutun, dass der Dynamo abgeschraubt worden war, um durch einen anderen ersetzt zu werden, so fügte es sich, ob nun mit der Absicht, mich zu besänftigen, oder weil er vergessen hatte, ihn zurückzuverlangen, dass der Dynamo sich bereits in meiner Tasche befand. Folglich hatte ein jeder von den dreien, kann man sagen, für sein Gestehle schon in natura gezahlt. Sofort oder später, jeder Dieb hatte etwas zugesetzt.

Doch vor allem mein Dichterherz, mein urtiefes und nie sich versagendes Empfinden göttlicher Anarchie machen mir außer anderen Dingen auch dieses unmöglich: Menschen vor Gericht zu bringen; würden es mir verbieten, Menschen verurteilen zu lassen; und hindern mich also auch hier, meinen Dieben Strafe und Schaden anzuhängen. Ich kenne das Spiel, ich lebe in ihm. Ich bin ein Mensch, der besser als andere begriffen hat, besser als Asketen, als Eremiten und ganz genauso gut wie unsere Heiligen, dass unser Dasein nur ein kurzer Übergang ist. Aus dem Nichts kommen wir weinend, mit dem Gewimmer der noch vom Wasser ihres winzigen Sees triefenden Leibesfrucht, und ins Nichts kehren wir wieder zurück, doch auch dann nicht lachend. Zwar, man weint dann nicht mehr, aber nur, weil man genug hat von der Komödie, die das Leben uns zu spielen zwang. Denn die wir aufführten, war die Komödie nicht, die wir hätten spielen können und spielen wollen! Geht nur hin und betrachtet euch sinnend einen winzigen Säugling, wenn auf sein rosenrotes kahles Köpfchen das kalte Weihwasser niederträufelt, geht nur hin und weissagt ihm, dass er eines Tages am Galgen enden wird oder vor einem Hinrichtungspeloton! Seht voraus, wenn ihr könnt, dass er eines Tages eine lahme Frau heiraten und dass die Lahme ihm ein Riesengeweih schenken wird! Geht hin, wiederhole ich, und weissagt ihm dieses! Oder prophezeit, dass dieses Köpfchen auf dem Wäschekissen und über dem seidenen Taufkleid einmal Kopf eines Ministers oder Diktators sein wird, um dann seine Tage im Kot der öffentlichen Verachtung zu beschließen!

O nein, niemand käme aus eigener Wahl auf die Welt, in voller Kenntnis, in vollem Vorwissen aller Widerwärtigkeit, allen Übels und aller Schmerzen, die es zu überwinden gilt.

Zu überwinden? Und warum? Vielleicht, weil länger leben darf, wer tiefer leidet? Im Gegenteil, wer viel leidet, hat nur kurz zu leben. Bleibt philosophische Tröstung, die besser ist als alle philosophische Bildung. Sich zu trösten, wie die sybaritischen Bauern der Marken sagen, »con l'aglietto«, mit etwas Knoblauch, das heißt mit jenem frischen Sinn, dem Herzen des Knoblauchs gleich, der sich auch im Witz eines Schriftstellers ausdrücken kann. Aber sicher ist, dass nicht einmal die Kunst des Schreibens eine Adams würdige Verrichtung ist, würdig selbst sie nicht des poetischen Mythos der Schöpfung! Leben müsste man und nicht über ein Stück Papier gebeugt sitzen, um es mit Krakelzeichen zu füllen, die aus einer in schwarze Flüssigkeit getauchten Feder rinnen. Nicht ganze Tage damit verbringen, dass man auf dies Stück Papier seine eigenen Schmerzen hinspiegelt oder darüber still für sich selbst lacht, indem man, mehr für sich als für andere, seine Abenteuer und Missgeschicke erzählt: Leben müsste man! Aber fürwahr, ich habe gelebt. Jetzt werde ich alt, und zwangsläufig – das ist der Lauf der Welt – stecke ich meine Pflöcke zurück. Jetzt, wo ich schreibe, mache ich es wie alte Generale, die am Ende eines ehrenvoll durchkämpften Krieges in Pension gehen: Ich schreibe Memoiren. Auch über politische Dinge der Gegenwart schreibe ich, doch ist mir das fast zu schmerzvoll. Zu düster. Außerdem geschieht es selten, dass ein Schriftsteller auf die Entscheidungen seiner Zeitgenossen Einfluss gewinnt, und ich glaube, nicht nur hier bei uns. Wir sind nichts weiter mehr als Mumien unserer selbst, wenn wir gleichsam aufhören zu leben und uns hinsetzen, um zu erzählen. Aber, o doch, ich habe gelebt! Ich lebte jene himmelblaue Anarchie, die zu leben heute Tausende, Millionen von Stadtmenschen keinen Mut mehr besitzen. Ich habe mich nie gebeugt! Wenn es nicht anders ging, dann bin ich geflohen. Ich flüchtete, doch die Wälder wurden mir damals zur Wohnung. Ich flüchtete, um nicht zu verlieren. Ich gewann mehr, als ich je hätte vermuten können vor meinem Fliehen, vor meinem Gewinnen. Ich gewann Frieden, den wahren Frieden, der zum Beispiel darin besteht, dass man augenscheinlich nichts tut, dass man dasteht und schaut und schaut, mit trunkenen Augen, auf all die Jas und Neins, welche die Halme des jungen Korns im Winde sich zunicken. Halme, die bald stärker wogen und bald sanfter, und bald ruhen sie still in vollkommenem Frieden.

Man kann nicht nur Stunden, man kann Tage, kann ganze Frühlingsmonate damit zubringen, den Halmen zuzusehen, die ihr Ja und ihr Nein in den Wind schaukeln. Jetzt kommt eine Biene, jetzt ein Schmetterling, jetzt eine Hummel. Die Biene heißt Assira, der Schmetterling Anna Stickler. Und der dicke Brummer, der bin vielleicht ich selbst, als einer, der immer wieder zu sich zurückkehrt. Und nicht nur goldschwarze Körper, nicht nur zarte Schmetterlinge, alles, was lebt, das Universum birgt sich hinter Halmen, die im Winde wogen und rollen. Nun, von diesen Dingen werde ich anderswo sprechen; einiges davon habe ich auch schon in früheren Büchern erzählt. Hier, wo wir von der Lahmen sprechen, will ich nur sagen, dass mir das Herz schwer wurde, als mir einfiel, woran ich noch nicht gedacht hatte. Sie war einen halben Tag lang in der Haftzelle oder auf dem Polizeirevier gewesen, jedenfalls fern von ihren Kindern. Und sie hatte deren zwei: ein schon größeres Mädchen, das vielleicht bereits verstehen mochte, wie seine Mutter unter anderem auch eine Diebin war und Gefahr lief, ins Gefängnis zu kommen; das andere, der kleine Junge, ließ einen allen Groll vergessen, wenn man daran dachte, wie er wohl wimmerte »Mamma! Mamma!«, während die Mutter hinter Gittern saß.

Weshalb denken Richter nicht wie ich jetzt an diese Dinge, wenn sie urteilen und verurteilen? Wer verleiht ihnen nur ihre starre oder hochtrabende Unempfindlichkeit? Nicht in den Gerichtssälen werden die Fragen von Recht und Unrecht gelöst. Die Menschheitsfrage ist eine einzige und unteilbare, und sie muss menschlich, natürlich entschieden werden. Seht die Natur: Sie ist unsere Mutter und unsere Lehrmeisterin: Sie werden wir nie lästernd verdammen, selbst wenn wir noch so sehr ihre aus den Ursprüngen rührenden und Schicksal bestimmenden Irrtümer einsehen. Die Natur verurteilt, aber sie ist nicht unerbittlich. Sie handelt nicht kaltblütig, wie Menschenrichter tun. Die Natur bestraft, aber sie tut es nur in der Absicht zu bessern. Seht den, der zu viel trinkt: Er wird Alkoholiker. Wenn er sich nicht beizeiten zügelt, von sich aus bremst, so bestraft ihn langsam die Natur. Auch die Natur ist grausam; doch sie ist es weit weniger als die Richter, die den Kopf abschlagen oder abschlagen lassen, was dasselbe ist; und die erschießen oder erschießen lassen, was dasselbe ist; oder die einsperren und Menschengeschöpfe dazu verdammen, in den Gefängnissen dahinzusiechen. Und mögen diese Menschengeschöpfe gebessert oder nicht gebessert werden, dem Richter ist das einerlei. Mag der schuldig Gewordene bereuen oder nicht bereuen, die Reue besagt oder bedeutet fast nichts für den, der Urteile fällt aufgrund von Gesetzen, die nichts anderes sind und nie sein werden können als »Zwangsjacken«. Die Schuld jedes Einzelnen ist die Schuld aller. Ehe der Mann der Lahmen zum Schwarzhändler wurde, war er Maler, Anstreicher. Er verdiente, und deshalb stahl er nicht. Jeder Dieb ist Übeltäter aus den Umständen heraus. Und im Übrigen – wer ist denn kein Dieb? Ich selbst, stehle ich dir, o heilige Natur, nicht einiges von deinem Witz? Sogar der Assira hatte ich etwas gestohlen; sehen wir ab von ihrer Liebe – ein Begriff, der ihr völlig unbekannt ist und der ihr vielleicht nicht ganz so unbekannt bleiben wird, wenn einmal ein Mann zu ihr kommt mit dem Vorsatz, sie zurechtzubiegen, sie zu erziehen –, aber freilich hatte ich ihr ein paar Stunden ihres Tages gestohlen.

Ich stand im Begriff, nach der entgegengesetzten Seite zu übertreiben und, wie es häufig geschieht, zu glauben, dass zahlreich die Unschuldigen seien und ich allein der Schuldige. Das macht, dass ich mich gut kenne und weiß, wie dünn die Patina der Heiligkeit ist. Niemand ist heilig von Natur. Und keiner ist es immer gewesen, denn ein Heiliger kommt nicht fertig auf die Welt, Heiligkeit erwirbt man. Und es erwarben sie auch der heilige Benedict von Norcia und der heilige Filippo Neri. Es gibt keinen Heiligen, der nicht zuvor Teufel war. Misstraut den nie Schwankenden, nie Wankenden, den Muster- und Heldenseelen! Glaubt mir, glaubt mir, denn ich war reichlich des Teufels!

Nachdem ich mich in Gedankenschnelle so entschieden hatte – Gedanken sind Blitze, Worte sind Elefanten –, suchte ich nach dem Weg, wie ich mein Gewissen entlasten könnte. Es war lächerlich, dass ich zuerst gegen die armen Diebe und armen Diebinnen und gegen den Hehler so gewütet hatte und jetzt erklären, bitten, zu erreichen suchen sollte, dass allesamt entlassen und fröhlich nach Hause geschickt würden. Und doch gelang es mir.

Das ganze Polizeibüro stank nach fauliger Streu, nach dem üblichen Moder; und es roch im Besonderen stark nach weißen Bohnen, nach auf dem Boden eines Topfes angebrannten Bohnen. Mir bleibt es unerklärlich, wie die Polizeimänner in einer solchen Umgebung existieren können. Und wie die Wächter der Gefangenen ihr Sklavenwärtergewerbe ausüben können. Während ich dieses noch überlegte, fragte ich schon, auf die Gefahr hin, ja in der Gewissheit, mich lächerlich zu machen, ob nicht alle, Diebe wie Hehler, in Freiheit gesetzt werden könnten.

Ich dachte, die Polizisten würden mich für einen armen Irren halten, doch sind auch sie nur Kinder Gottes. Denn so viel ist richtig, dass der eine von ihnen sich bei der Kunde, seine vier Schelme sollten freigelassen werden – wodurch ihm die Mühe erspart blieb, sie die Nacht hindurch zu bewachen –, fröhlich die Hände rieb. Er lachte, und natürlich auf meine Kosten. Auch der Hauptpolizist argwöhnte, ob ich nicht verrückt sei. Vielleicht bin ich es wirklich. Aber, bitte, sagt mir das nicht ins Gesicht: Nehmt mir nicht meine glückliche Illusion, dass ich weiser bin als ihr. Lasst mich nach meinem Kopf handeln, nach dem Willen meines Dichterherzens. Versucht, meine Gedankenlinie zu erraten und ihr zu folgen. Gäbe es viele, die meiner Linie folgten, dann würden die Regierungen schwächer, schwankender, unbeständiger werden, ihre Schwere verlieren, wie Schatten sein. Ja, die Regierungen müssten, einschließlich der Polizei, wie Schatten sein! Die Regierung ein leichter Schatten, welcher die Pilger längs des Steges führt, der den Zustand, noch nicht auf der Welt gewesen zu sein, und den anderen, nicht mehr in ihr zu sein, verbindet. Schatten! Oder wenn nicht Schatten, die die schwachen und müden Pilger stützen, so sollten sie Regierungen sein, die ohne Grausamkeit den Pilgern nützen, die Armen und Kranken beherbergen, den armen Parias Leben, Leben und Atem wiedergeben, die Kraftlosen schützen und die Untauglichen erziehen, zu erziehen versuchen, und die Gewalttätigen zurückhalten, den einzigen und wirklichen großen Raubtieren die Klauen beschneiden: die Gewalttätigen bremsen, und nicht brutal, mit einem Stoß in den Magen, sondern mit sanften Westinghouse-Bremsen. Die Regierungen müssten wenig Gewicht haben, müssten leicht zu vertilgen sein wie Fliegen auf einem Tisch, der mit Brotbrocken und Zuckerstäubchen bestreut ist. Sie sollten nicht stechen wie die Wespen noch zubeißen wie Schlangen mit ihren Giftzähnen, sondern Schmetterlingen gleichen, Kohlweißlingen – ich weiß schon, was ich mit solchen Worten ausdrücken will –, die von der Göttin des Glücks leichthin ausgestreut werden, über Kohlköpfen, die ihnen untertan sind, umherzuflattern.

IV

Von Schönheit und Begierden der Maler-Modelle und zu was man sie auf der Jagd nach den Fahrraddieben alles bewegen kann

Ich sehe, dass ich über der Erzählung von dem anderen verlorenen Fahrrad und wie ich es durch meine Geschicklichkeit und vom Glück begünstigt hatte wiederfinden können, ganz den Faden der Haupterzählung zu verlieren im Begriff bin. Fast hätte ich im Eifer vergessen, meinen Bericht über das mir erst kürzlich gestohlene Rad fortzusetzen.

Was diesen letzten Diebstahl betrifft, so war ich ziemlich unentschlossen, ob ich die Sache laufen lassen und mich dieses Mal mit dem Verlust des schönen Aluminiumrades, das ich das »Silberrad« getauft hatte, abfinden sollte. Oder sollte ich einen letzten Versuch machen, es wiederzubekommen? Es um jeden Preis wiederzubekommen? Einen Weg, um ein Fahrrad wiederzubekommen – hatte mir, als ich beim Friseur war, ein Mann im Scherz oder im halben Scherz gesagt –, gibt es; und das ist der, ebenfalls eins zu stehlen. Da anscheinend alle Römer reich sind und so schicksalergeben, dass sie sich beim Verlust eines Fahrrads gar nicht bemühen, es wiederzufinden, so konnte, um wieder zu einem Rad zu kommen, die ganze Schwierigkeit – für mich – nur darin bestehen, sich einen Augenblick mutig der Gefahr auszusetzen und einem anderen Radbesitzer das anzutun, was die Diebe erst mir getan hatten. Also: sich an einer Ecke aufstellen, zum Beispiel neben einem Luxusgeschäft für Parfums oder Damenschuhe, und dort, gewieft und geduldig, abwarten, bis jemand, genauso unvorsichtig, wie ich gewesen war, sein Rad anlehnt und den Laden betritt. Hin, aufsitzen und weg! Nach zwanzig Schritt Entfernung würde mich niemand mehr einholen. Rom ist groß, und man kann nicht leicht wiedererkannt werden. Aber, mein Gott! Jetzt zum Dieb werden, nach fünfzig Jahren ehrlichen, ehrlichsten Lebens, das nichts war als Plage, Schlichtheit und künstlerische Bemühung, eines unbeirrbaren, männlich aufrechten Lebens! Weshalb denn später tun, was man fünfzig Jahre nicht tat? Schon, in den großen Weltstädten mordet man jetzt einen Menschen aus Sport, zum Vergnügen, um zu sehen, wie das geht, um zu versuchen, ob es einem gelingt; aber wir sind eben jetzt am gleichen Punkt wie die Araber in der Wüste, die, um ein Paar Schuhe zu stehlen, einen kühnen Jäger umbringen, der sich allein etwa von Guemines nach Soluk zu nächtlicher Entenjagd gewagt hat. Da mögen wohl solche Araber, aus einem Versteck vorbrechend, den Herrn Jäger umbringen, einfach des Vergnügens wegen oder aus unüberwindlichem Zwang, ihm seine Schuhe zu entwenden. Doch Diebe sind Diebe, und Araber sind Araber. Und ich bin bis jetzt noch kein Dieb.

Was für eine andere Lösung gab es, um auf ehrliche Weise das Rad wiederzubekommen? Die anderen mir gestohlenen Räder waren alle von mir wiedergefunden worden. Ich befand mich also, wo es jetzt darum ging, dieses zuletzt gestohlene Rad wiederzuerlangen, in der Lage des »Meisterfinders«. Des Meisters im Wiederfinden ihm gestohlener Fahrräder. Das ist ein schönes Ding, es kann ein packender Sport sein, Meister des Wiederfindens werden zu wollen! Ich schärfte also meinen Geist. Ich nahm mir vor, mich an den Dieb heranzumachen, mit Anstand und Höflichkeit, und ihn mit ebendiesen Mitteln dazu zu bringen, ihn zu überreden, mir mein Fahrrad zurückzugeben. Aber worin kann Anstand und Höflichkeit gegenüber Dieben bestehen? Diebe stehlen, nicht um die gestohlenen Gegenstände für sich zu behalten, sondern um sie zu verkaufen. Und Geld zu machen. Sie stehlen, um zu stehlen, denn sie betrachten Stehlen als einen Beruf, und jeder Beruf zielt auf Anerkennung und Gewinn.

Es handelte sich in meinem Fall darum, an den Pappa heranzukommen und freundlich mit ihm zu reden. Aber wie und wann? Er saß mir auf. Und ich saß ihm auf. Die Szene in der Via del Panico war nicht blutig gewesen, aber sie hatte sich doch, das musste man schon sagen, in ungebührlich aufsehenerregender Weise abgespielt. Und ich hatte allen Anlass, diese Straße nicht nochmals zu betreten.

Ich dachte mir Folgendes aus: Ich kannte ein Mädchen. Das Mädchen hieß Florinda. Sie stammte aus Calabrien, aus Cosenza. Sie war Tochter eines Metzgers und befand sich seit mehreren Jahren in Rom. Sie war hierhergekommen, wie viele Mädchen herkommen, müde des engen Lebens in der Kleinstadt, gierig nach Erlebnissen, strotzend vor Lüsternheit; wahre Kühe, die nach dem Stier lechzen; Mänaden. Zu einem gewissen Zeitpunkt, nachdem sie mehrere Jahre lang das streng behütete Leben von Dorfjungfern geführt haben und nachdem sie sich selbst zu bemitleiden angefangen und heimliche Krokodilstränen vergossen haben, beginnen sie in ihrem Dorf, sich mit Männern einzulassen, doch streng geheim vor den Eltern. Stets in Gefahr. »Pacos«, Verführer, finden sich doch überall. Es gibt kein noch so kleines und gottverlassenes Dorf, das nicht sich seiner vier oder fünf unwiderstehlichen Taugenichtse rühmt oder schämt, je nach dem Stand der öffentlichen Moral. Die Frauen, die ahnungslosen und liebedurstigen Mädchen jeden Dorfes, und sei es des kleinsten, werfen sich Hals über Kopf in die Arme des verführerischen Paco. Ja, solange sie noch jung sind und unerfahren, im ersten Duell, erlebnishungrig, ist nichts einfacher, als sie zu nehmen, zu verführen, zu besitzen. Es genügt, ein paar Mal durch ihre Gasse zu schlendern. Ein paar Blicke nach ihrem Fenster zu werfen. Auf einer Gitarre ein bisschen klimpern können. Eine Nelke im Knopfloch tragen. Gewohnt sein, auf alle viere zu fallen; oder mindestens den Mut haben, im Notfall eine Tracht Prügel vonseiten der Väter der Mädchen nicht zu scheuen. Wie viele Väter gibt es denn aber heutzutage, die sich über so etwas aufregen? Ziemlich wenige! Von denen, die scharf auf ihre Töchter aufpassen, gibt es weniger als je zuvor. Viele Väter und viele Mütter betragen sich heutzutage, selbst in dem einst so stolzen und wilden

Calabrien, wo das Messer zu gerechter Rache stets locker saß, wie folgt: Väter wie Mütter haben, wenn ihre Tochter erst einmal achtzehn Jahre alt ist, nur den einen Wunsch, sie loszuwerden. In der Natur machen es im Übrigen die Vögel genauso. Wenn Finken und Finkinnen erst mit viel Liebe und Sorgfalt das Nest gebaut haben und der Fink seiner Finkin während des Brütens geholfen hat und das Ei zerbrochen ist und der kleine Fink, federlos und zitternd, ausgekrochen und dann beweglicher geworden ist, Flügel bekommen hat, einen zum Steuern kräftigen Schwanz und ein vollständiges Federkleid, sodass er nunmehr imstande ist zu fliegen, und wenn die Eltern der Meinung sind, dass die kleinen Finkenjungen fähig sind, selbst zu fliegen, dann nehmen sie sie mit dem Schnabel und stupsen sie auf den Rand des Nestes, stützen sie an den Flügeln und tun dann nichts Geringeres als dies: die Jungen vom Baum hinabzuwerfen.

Und so lernen dann die winzigen Finkenmännchen und die winzigen Finkenweibchen zum ersten Mal, wie man fliegt; mit zitternden Flügeln, Spiralen durch die Luft beschreibend und wieder niedersinkend; mit dem Bauch landen sie im Gras; aber sie erheben sich sofort wieder, und, schneller, als man es sagen kann, haben sie nun das Fliegen gelernt, sind sie Herren der Welt oder zum wenigsten ihrer selbst. Wenn es die Tiere so machen, weshalb sollten es die Väter und Mütter der Florindas anders halten? Meiner Meinung nach wäre ich nicht fähig, mich von einem meiner Kinder zu trennen, und am wenigsten von einer Tochter; doch das behaupte ich, weil meine Luciana noch klein ist.

Leider sind, wie mir gestern eine ältere Dame bestätigte, die Kinder nicht für die Eltern da! Bei armen und bäuerlichen Familien kommt hinzu, dass die männlichen Nachkommen, wenn sie einmal über achtzehn Jahre sind, als Pfeiler und Stützbalken der Familie gelten können, während die Töchter zu nichts nütze sind; denn sie wollen, sind sie über achtzehn, nicht mehr die Schafe hüten noch am Webstuhl sitzen; sie wollen sich mit nichts als den Dingen der Liebe abgeben. Die Eltern werden das leid und lassen die Töchter in die Ferne ziehen. Sie lassen sie sogar ihre ersten Liebessünden begehen; ist der junge Mann ein anständiger Kerl, kann man ihn zur Heirat bringen; ist er aber nur ein angeblicher Verlobter, das heißt ein Verführer, dann können Vater und Mutter es gar nicht abwarten, den Ball aufzufangen und die nun einmal verführte Tochter als Dienstmädchen nach Rom zu schicken. Und »Städterin werden«, das ist es doch, was das Mädchen vom Lande will, die Jungbäuerin von zwanzig Jahren. Sie hat längst alles begriffen, oder hat doch schon das hinreichend Wesentliche der Welt des Menschen begriffen, die so beschaffen ist: Wer sich plagt, hat ein Hemd, wer sich nicht plagt, hat zwei. Für ein schönes Mädchen ist das beste Los nicht das: zu heiraten. Heute wissen auch die Mädchen vom Lande, dass es weit besser ist, das Leben zu genießen, ehe man heiratet. Aber wie genießen? Wie kann ein Mädchen in einem Dorf unter den Augen des missgünstigen Pfarrers und der Gevatterinnen mit ihren einen halben Meter langen Zungen sich amüsieren? Das ist schwierig und unerquicklich.

Besser auswandern. Besser nach Rom gehen und sich eine Dienstbotenstelle suchen. Man weiß, heute ist das Hausmädchen die Hausherrin. Wenn nicht in allen, so sind doch in vielen Häusern Roms die wahren Herrinnen des Hauses die Dienstboten.

Sie kommen ins Haus, mit gesenktem Kopf, Holzschuhe an den Füßen, und sie verlassen es erhobenen Hauptes, nach drei Monaten, Freundinnen, heimliche Frauen des Hausherrn. Zwar pflegten unsere Damen in den glücklichen Zeiten von einst sich mit Freuden von einem schönen Seiden- oder Wollkleid, nachdem sie es kaum sieben- oder achtmal getragen, zu trennen, um es dem Hausmädchen zu schenken: In jedem Fall war es ein Kleid von bestem Schnitt. Von bestem Schnitt, wenn auch nicht mehr nach der allerneuesten Mode. Aber es ist genauso wahr, dass die Hausmädchen, anbetungswürdig, schön, gesund, kräftig, mit wohlgebildeten Beinen, von der Farbe zarter Schweinswürste an den Waden, butterfarben und noch heller bis zum Oberschenkel, den hysterischen, nervösen, Roman lesenden Herrinnen des Hauses vorzuziehen sind; denen, die opiumgetränkte Zigaretten rauchen, Liköre trinken, wie der Teufel pokern und die Spielsäle frequentieren und mit sturem Ernst, wie Götzenanbeter, in die Filme laufen. Und man muss auch dieses sagen: dass Hausmädchen an nichts anderes denken als an Liebesabenteuer. Sicher, sie gehen einkaufen, aber eben während der Einkaufsstunden treffen sie sich auf dem Markt mit ihrem Unteroffizier oder Obermatrosen. Und also ist es ihnen recht willkommen, wenn sie einkaufen geschickt werden. Alle diese Dinge sind bekannt, und ich habe in meiner Aufzählung vielleicht noch manches außer Acht gelassen. Fest steht jedenfalls, dass die Florinda nach Rom kam und eine Stellung fand bei einer Dame, die mit ihrem Gatten eben aus Addis Abeba zurückkam.

Dort in Addis Abeba war der Mann Gefängnisaufseher gewesen, beim Gericht, und diese Tätigkeit, zusammen mit anderen Schandtaten, hatte ihm eine schöne Stange Geld eingebracht. Doch die Stunde der Abrechnung schlägt für jeden Bösewicht. Man darf ruhig glauben, dass kaum ein Übeltäter in die andere Welt von hinnen fährt, ohne eines schlimmen Tages die verübten Schandtaten bezahlt und abgegolten und die zu Unrecht erhobenen Gelder wieder ausgespien zu haben.

Seine Frau war beladen mit afrikanischen Juwelen nach Rom gekommen. Florinda verbrachte so ein paar schöne Monate, als sie in diesem Hause diente, wo außer einigen besorgniserregenden Wölkchen fern am Horizont das Leben in einem halben Rausch dahinlief. Der Hausherr war schnell mit seiner Florinda einig geworden. Die gnädige Frau hatte es gemerkt, stellte sich aber, als wisse sie es nicht. Jedenfalls hörnte sie den Gemahl mit einem Offizier von der deutschen Botschaft. Dieser Offizier riet, als in den Taschen von Florindas Herrschaft die Gelder knapp zu werden begannen, dem Hausherrn, sich zu den in Deutschland stattfindenden Ausbildungskursen von Polizeieinheiten zu melden: Dem Gehörnten dünkte es ein großes Glück, Rom zu verlassen und nach Deutschland zu gehen und seine Frau als Geisel, sagen wir, in der Obhut des deutschen Offiziers zu wissen. Dieser Letztere verwandelte nach der Abreise des Hausherrn dessen Heim in eine Art Freudenstätte. Doch man merkt wohl, dass die gnädige Frau bereits recht geneigt war zu solchen Veranstaltungen. Vielleicht hatte sie bereits in Afrika, um sich zu bereichern, solches getan. Andernfalls ist es, wenn die Frauen, die Damen, von der ersten Zeit ihrer Ehe an ein anständiges Leben geführt haben, sehr unwahrscheinlich, dass sie verkommen. Frauen sind entweder ehrbar, oder sie sind es nicht. Wenn sie bis zu ihrem dreißigsten Lebensjahr anständig sind, ist es wenig wahrscheinlich, dass plötzlich das Gegenteil eintritt; außer durch schmerzliche und schicksalhafte Notwendigkeit. Der Offizier führte ins Haus der gnädigen Frau andere Offiziere ein; und für Florinda brachte er Soldaten mit. Florinda wollte ihrem neuen Herrn und ihrer alten Herrin nicht nachstehen und beschloss, sich mit einer Spießgenossin zusammenzutun. Sie fand zu diesem Zweck die berühmte Antonietta; von welcher ich in einem anderen Buch im Einzelnen berichten will. Durch diese Maria Antonietta hatte ich selbst Florinda kennengelernt.

Ich kannte Maria Antonietta als Modell, und es war eben Florinda, die sie mir fortnahm, indem sie ihr schmeichelnd zusetzte, dass sie es nicht nötig habe, als Modell zu gehen; sie überredete sie, zu ihr zu ziehen, wenigstens dort zu schlafen; das hieß nichts anderes, als im Hause von Florindas Herrschaft zu huren. Die gnädige Frau ihrerseits ließ sich eine Schwester aus Turin kommen, sodass mit vier Frauen und reichlich zehn Männern das Bacchanal in diesem berüchtigten Hause vollkommen war und die nächtlichen Orgien mit Beschleunigung einander folgten. Doch man sollte »Beschleunigungen« vermeiden! Sie sind es, die zum Ruin führen. Es geschah, dass die Frauen untereinander aus Eifersucht Streit anfingen und dass schließlich sowohl Florinda wie Maria Antonietta aus dem Haus gejagt wurden. Schuld daran war hauptsächlich Antonietta. Vor allem deshalb, weil sie sehr schön war. Wenn sie auch, allerdings kaum sichtbar, krumme Beine hatte. Sie hatte krumme Beine, da es sehr selten ist, dass Frauen mit schönem Gesicht ebenso schöne Gliedmaßen, besonders Beine, haben; doch das Gesicht Antoniettas war in der Tat schön; es sah ein wenig – weshalb schließlich auch nicht – wie das einer Füchsin aus, der schönsten, die man je gesehen hat und je wird sehen können. Ein spitzes Gesichtchen, mit aufwärts gebogener Nase, mit schmalem Mund und magerem Kinn, mit sehr scharfen Zügen und stets weit geöffneten Augen, mit Haar von einer wunderbaren eigenartigen Tönung zwischen Blond und Braun. Ich habe sie aber nicht gut beschrieben, denn sie war zehnmal so schön, als ich es ausgedrückt habe.

Und dann, nachdem sie aus dem Haus gejagt worden waren, begannen sie, durch die Pensionen ihre Runde zu machen, und durch die Straßen. Sie gaben sich durchaus nicht jedem, sondern nur denen, die sie gut zu nehmen wussten. Um sie gut zu nehmen, musste man gut bezahlen oder sehr jung sein oder ein schöner Soldat, ein schöner Matrose. Beide Mädchen hatten eine Schwäche für die Marine. Ein Matrose ließ sich zum Beispiel von Antonietta ein Paar Schuhe kaufen; ein anderer ließ sich, von Florinda, einen durchaus nicht minderwertigen Fotoapparat schenken; ein Dritter ließ sich ein Sparbuch einrichten und verpfändete es dann bei einem Wucherer und ließ es sich gut gehen von dem Erlös sowie auch von den Geldern, die Florinda ihm gab, damit er sie auf sein Sparkonto einzahlen solle. Abends pflegten die Mädchen mit ihren Matrosen ins Kino zu gehen; doch bezahlten die Frauen, und die Matrosen ließen sie auch ruhig bezahlen.

Währenddessen kamen Florinda und Antonietta manchmal zum Modellstehen in mein Atelier. In Wahrheit kamen sie aber nur, wenn und wann es ihnen Spaß machte. Ohne dass ich sie aufgefordert hätte oder sie benötigte. Sie kamen einfach, wenn sie nicht wussten, wohin sie sonst gehen sollten. Oder wenn jene Tage sie trafen, an denen auch die schönsten Frauen, auch die Priesterinnen der Liebe, nicht duften und unleidlich sind. Oder aber sie kamen, wenn sie, wie es Huren oft geschieht, knapp bei Kasse oder ganz ohne einen roten Heller waren. Dann kamen sie zu mir, aßen, tranken, ruhten sich aus und verschwanden wieder, nachdem sie mir widerwillig und mit Müh und Not zwei Stunden gesessen hatten.

Zu guter Letzt beschloss Antonietta, die einem deutschen SS-Soldaten ins Gehege gekommen war, sich zur Arbeitsleistung in Deutschland anwerben zu lassen. Sie hatte nie Neigung gehabt, irgendetwas zu arbeiten, und jetzt ließ sie sich als Fachkraft an Fräsmaschinen einschreiben. Fachkraft war sie wohl, aber dann doch auf anderem Gebiet. Ich suchte ihr jedenfalls von dieser Reise abzuraten. Aber es gelang mir nicht. So blieb Florinda allein zurück, und sie begann, soviel sie immer konnte, mit Deutschen zu gehen. Doch in ihrem Übereifer musste sie erfahren, dass das Hurengewerbe ungeheuer aufreibend ist. Sie wurde frigid, unempfindlich, immer schweigsamer, und gerissen, wie sie war, erarbeitete sie sich schließlich den Rang einer High-class-Kokotte.

Zurzeit betreibt sie ihr Gewerbe natürlich mit den Amerikanern. Sie hat sich – in der Gegend der Via del Panico – ein Zimmer gemietet. Das unscheinbare Haus ist neu gestrichen, hat saubere Treppen, es kommen keine Kinder hin; das Stiegenhaus hat nur zwei Türen, einen Eingang und einen Ausgang, an beiden befinden sich elegante durchbrochene Namensschilder aus Aluminium; es sieht aus wie ein regelrechtes Freudenhaus. Dort also herrscht Florinda unumschränkt. Sie verdient viel. Sie behauptet, ihre siebzig- bis hunderttausend Lire in der Woche einzunehmen. Sie gibt tausend Lire am Tag für Essen aus, weitere tausend täglich für Schuhe oder Strümpfe. Amerikanische Soldaten schenken ihr bald einen Ring – wenn auch nur aus Golddoublé –, bald ein Fläschchen Parfum – wenn auch ordinäres. Alles Dinge, die die Amerikaner zu hohen Preisen auf dem Schwarzmarkt einkaufen. Florinda nimmt die Geschenke. Betrachtet sie mit undurchdringlichem Blick. Wirft sie, wenn nicht in die Ecke, so doch in einen Winkel ihrer Kommodenschublade; dann schläft sie den ganzen Tag. Sie sieht tatsächlich dem Siebenschläfer ähnlich: so weiß, blond, bleich, gedrungen, herausfordernd! Sie hat einen Busen, den man als Alt-Wien bezeichnen könnte, aus jener Zeit, als in Wien alles Puder und Metastasio, Elfenbein und Arkadien war.

Ich stelle mir vor, wie die ungezügelte Begierde der jüngsten Soldaten sich in die erfrischenden Kopfpolster von Florindas Busen wühlt; ich dagegen habe fast Abscheu davor, etwa so, wie ein entwöhnter Säugling sich vor den Brustwarzen der Mutter scheut und abwendet. Aber die Soldaten sind vier, fünf Jahre fern von den Frauen ihrer Heimat, in Kanada oder an den Ufern des Mississippi, und deshalb spüren sie ungewöhnlichen Hunger auch auf den trivialsten Liebesgenuss. Man muss schon geradezu Mitleid mit ihnen haben! Schlimmer wäre es noch, wenn sie die mit ihrem Blut, mit dem Einsatz ihres Lebens verdienten Gelder nach Amerika schickten. Im Übrigen sind manche, ja viele von ihnen anständige Menschen, brave junge Leute. Normale Kunden von Huren. Sicherlich sind sie keine Idealisten, und mir will scheinen, als verstünden sie wenig, zum Beispiel, von Poesie oder von Malerei. Sie verstehen ein bisschen was von Varieté und Music-hall-Shows. Aber sie haben nicht unser geschultes Unterscheidungsvermögen noch unseren so alten und so modernen Kunstverstand. Sie sind ahnungslos einfältig und lassen sich von den elendesten Dirnen auch noch ihr Taschentuch, ihr Hemd abnehmen, ganz abgesehen von der Brieftasche, die wohlgefüllt ist mit Besatzungs-Lire, welche wir schließlich zu bezahlen haben werden: wir armen Italiener, so ehrlich und arbeitsam, voller Erfindungsgabe und Kunstempfinden, und vom Schicksal gezwungen, uns bis zum Letzten zu demütigen.

So brauchte ich mich jetzt also nur aufzumachen und die Florinda zu suchen. Rom ist groß; aber man findet jedermann, wenn man nur zu suchen weiß. Man frage aber die Römer so wenig als irgend möglich. Denn mit ihren Antworten, wenn sie einem überhaupt etwas antworten, führen sie einen in die Irre. Die Wahrheit zu sagen, tun sie das nicht in böser Absicht; es ist viel eher so, dass kein Römer, oder sei es auch nur jemand, der seit Langem in Rom wohnt, sich selbst und erst recht nicht anderen eingestehen will, dass er Rom wie seine Westentasche kennt oder auch im Schlaf sagen kann, wo die einzelnen Straßen alle liegen. So kommt es, dass ein Römer Sie nach links schickt statt nach rechts und weit in die Ferne statt eben zwei Schritt um die Ecke, wo sich die von Ihnen gesuchte Straße befindet. Früher einmal, als ich noch ein junger Mann war und von Rom nichts kannte als seine Villen, seine prachtvollen Gemäldegalerien, seine berühmten, seine schönen und edlen Dinge, die alle in zahllosen Büchern beschrieben sind, schickten sie mich vom Castel Sant'Angelo bis in die Bahnhofsgegend; während ich mich doch nur nach der Via della Frezza erkundigt hatte. Heute frage ich niemanden mehr. Ich kenne Rom in- und auswendig. Von manchen Straßen kenne ich sämtliche Läden und die Leute, die dort zu treffen sind. Die Fremden nicht, aber die Einwohner samt ihren in anderen Stadtteilen wohnenden Verwandten.

Ich wusste eine Seitenstraße, wo Florinda, die wir von jetzt an Linda nennen wollen – so wie ich sie nannte, als sie zu mir zum Modellstehen kam –, einmal gewohnt hatte oder besser gesagt: ihr Gewerbe ausgeübt hatte, auf den Strich gegangen war. Ich habe mich roh ausgedrückt, aber die gute Linda tat eben dort nichts Besseres. Sie war in die Via del Corallo gezogen, von einem anderen Mädchen mitgeschleppt, das sie in einer Bar der Piazza Navona kennengelernt hatte, eine, die erst vor zwölf Tagen aus einem Freudenhaus ausgezogen war: Es war jene Zeit, als die puritanischen Engländer in Rom alle die kleinen öffentlichen Häuser hatten schließen lassen. Diese Prostituierte mit langer Praxis hatte sich mit Linda eine gemeinsame Unterkunft gesucht, oder vielmehr sie war zu Linda gezogen, die ihrerseits mit einer Frau zusammenwohnte, von kleinem Wuchs und dem Aussehen eines früheren Hotelzimmermädchens, die bei der Ankunft der alliierten Soldaten und vielleicht schon seit längerer Zeit, das heißt seit der deutschen Besetzung, sich der Kuppelei widmete und ein kleines Privatbordell betrieb. Privat soll heißen, dass nur Zutritt hatte, wer bekannt war. Oder wer alliierter Soldat war. Diese gingen fröhlich ein und aus, immer zu zweit oder zu dritt. Sie schlossen blitzschnelle Freundschaft mit den Mädchen, luden sie zum Essen ein oder in einen der zahllosen Soldaten-Clubs, deren berühmtester der kanadische bleiben wird; er war in jenen Räumen eingerichtet, wo wir braven Künstler in himmlischer Unschuld unsere Bilder und Plastiken ausstellten, ich selbst meine Radierungen. Clubs, die nun des Abends und bis in die Stunden nach Mitternacht wahre Pilgerströme von Mädchen in ihren Mauern sahen. Es war keine Pilgerfahrt zur Heiligen Treppe, sondern zu jener Freitreppe, die ins Erdgeschoss mit der schönen und sehenswerten Ausstellung von Ausländer-Prostituierten führt.

Ich war nie mehr hingekommen, seit diese Räume einen Soldier's Club beherbergten. Doch aus dem zu schließen, was einer, der draußen mit dem Rad vorbeifährt, sehen kann, handelt es sich um eine Venus-Pilgerfahrt, eine Wallfahrt nach Kythera. Mädchen jeden Alters, und sogar hässliche, steigen die breite Treppe empor. Alte Dienstmädchen, die mit angestrengter Hilfe von Friseuren und Friseusen sich karnevalsmäßig aufgetakelt und zurechtgeschminkt haben, mit Maniküre und Pediküre; denn, vom Hunger getrieben, halten es alle für das Beste, für die einzige Möglichkeit, etwas zu essen zu finden, dass man sich an die Soldaten heranmacht. Dann ja, dann hat man zu essen und selbst zu trinken! Mädchen, die monatelang keinen Tropfen Wein mehr gesehen haben, sind im Dunst des Alkohols mit Blitzesschnelle betrunken. Aber auch betrunken vergessen sie nicht, sich von den reichen Soldaten, den lustigen, alkoholseligen Soldaten, ein Stückchen Brot oder bisweilen ein Stückchen Schokolade für den jüngsten Spross der Familie geben zu lassen, der einsam und verlassen an dem mehr oder minder vom Krieg mitgenommenen, von der neuen Moral mehr oder minder angeschlagenen Familientisch sitzt. Mädchen aller Arten, große, kleine, Kinder, verheiratete Frauen, deren Männer abwesend sind, sei es in Gefangenschaft, sei es, dass sie sich auf der anderen Seite, in Mussolinis neuer Gardasee-Republik aufhalten. Nicht Witwen, sondern mehr als verwitwet, Frauen, die keinen starken Mannesarm mehr haben, der sie hält, wenn sie sich in die Tiefe des Abgrunds der Prostitution stürzen wollen.

Ich kenne eine Frau, deren Mann seit den Zeiten des spanischen Bürgerkriegs die Lust zur Arbeit zu verlieren begann; und zur Zeit des abessinischen Krieges verlor er auch noch den ihm gebliebenen Rest. Als er aus beiden Kriegen heimgekehrt war, schien er nur noch ein menschliches Wrack zu sein. Ohne Kraft zur Arbeit, aufgrund der in beiden Kriegen durchlittenen Strapazen, ergab und fügte er sich in die allgemeine Débauche, wie sie allen Soldaten aller Heere, aller Zeiten, des gesamten Universums eigen wird, denn der Geist des Krieges ist der Unheilstifter, er ist der Schuldige, mit seinem anmaßend heuchlerischen Zurück zur urtümlichen Wildheit und Zügellosigkeit der mutmaßlichen ersten Erdenbewohner! Und so wusste das menschliche Wrack nichts Besseres zu beginnen, als mit den Beinen seiner Frau zu essen.

Der Heimkehrer aus zwei Kriegen versuchte, wieder in Arbeit zu kommen; aber mag, was er fand, nicht genügend einträglich oder auskömmlich zur Ernährung der Familie gewesen sein, oder sei es, weil er im Krieg gelernt hatte, mit Geschick und ohne Missgeschick zu stehlen, er wusste nichts Besseres zu tun, wusste sich kein anderes Gewerbe mehr als das eines Diebes und Einbrechers.

Da er sich von den Kollegen in seinem Amt mit dem Eintreiben ihrer Gehälter hatte betrauen lassen, behielt er diese eines schönen Tages alle für sich und verließ seine Stellung. Er betätigte sich als Spitzel. Spitzel blühen in zerrütteten Zeiten wie das Unkraut auf unbestellten Äckern, und das vor allem und besonders nach gestürzter Tyrannis. Gerade die Tyrannis war es gewesen, die sie zuerst großzog, sie hatte sie nötig und nützte ihre wertvollen Dienste. Unser Mann leistete seine Arbeit, so gut er es vermochte, in jener Zeit, als der Faschismus zum x-ten und letzten Mal in den Krieg zog, jenen verhängnisvollen Krieg herausforderte, der ihn dann jammervoll hinwegfegen sollte.

Als der Frühling zu Ende war – als das Löschpapier sich als zu schlecht und dünn erwies und Mussolini zu schwach, wenn schon in nichts anderem, so doch an Kriegswerkzeugen, um die an Zahl, an Menschen und Waffen so übergroßen Heere der Alliierten auszulöschen –, da wusste unser unseliger Ehemann, der Taugenichts, der Spitzel sich nicht anders zu helfen, als dass er seine Familie im Stich ließ: Er floh mit den Deutschen, um sich in die nichtswürdige jesuitische »Repubblichina«, die Spottrepublik von Salò, zu flüchten, die all das zu tun versprach, was das gleiche Regime in dreiundzwanzig Jahren programmatischer Demagogie nicht hatte verwirklichen können.

Die Frau, allein zurückgeblieben, schmückte den abwesenden Gemahl mit immer prächtigeren Hörnern. Sie hatte ihn auch schon früher gehörnt, aber doch nicht mit einem jeden, der ihr in die Quere kam. Damals tat sie solches nur mit großen Tieren, mit Prachtexemplaren; wie es stets in Rom Sitte gewesen war, ich glaube, schon zur Zeit des Marius und Sulla, oder zu der des Numa Pompilius, des guten Königs, der seine egerischen Nymphen oder Hofdamen nicht entbehren konnte, die Damen seines Hofes, seines Hofes der Wälder, der strotzenden Wälder jener Zeit! Seit damals taten die Damen in Rom immer das Gleiche. Nie gaben sie sich aus Liebe den frisch gepellten jungen Männern; aber immer gaben sie sich, voll Scharfsinn und für Geld, den Inhabern hoher Posten. Selbst die Kaiserinnen der spätrömischen Zeit hurten mit dem Feind an den Toren Roms, und mehrere Belagerungen der Ewigen Stadt wurden in den Röcken einer Venus erstickt. Bisweilen gingen auch die Königinnen als Kokotten mit dem Angreifer, um ihn fortzulocken. Immer diente in Rom der Evas-Apfel zu etwas Nützlichem und Prosaischem: auch weil die Römerinnen, mit breitem und tiefem Gesäß, schön von Gesicht, aber hässlich in allem Übrigen, noch immer übermäßig verliebt nur in ihre unauslöschliche Leckermäuligkeit gewesen sind – sind und sein werden; mögen sie sich nun an Lupinenkernen überfressen oder an Spanferkel mit Finocchio, wie es an den Gestaden des römischen Lido bei Tisch serviert wird, oder an der lieblicheren Küste von Anzio, zu den Weinen von Ariccia, Frascati und Anzio selbst.

Die Frau hielt sich nach dem Verschwinden des Mannes zwei Wohnungen, eine elende für ihre kleinen Kinder und eine luxuriöse für ihren je nachdem englischen oder amerikanischen Freund. Ich weiß, dass sie sich jeden Tag, wenn der Abend nahte, von ihren kleinen Geschöpfen trennte und sie entweder allein ließ, unter der Obhut des ältesten Mädchens, oder in Gesellschaft einer gefälligen alten Mitbewohnerin: Die Frau selbst hatte sich, ehe sie ausging, in ein Straßenkostüm gehüllt, mit einer hocheleganten künstlichen Rose aus rotem Samt im Knopfloch. Sie hatte ein paar Stunden vor dem Spiegel mit ihrer Bemalung zugebracht. Mit Kämmen und Probieren und immer erneutem Wechsel von geblümten Unterkleidern, leichten und durchsichtigen Hemdchen, während um sie her die Kinder lärmten und baten, »Mamma, wir haben Hunger! Hunger, Mamma!«, und im Chor wiederholten: »Mamma, wir haben Hunger, vergiss nicht, dir von den Amerikanern ein Stück Brot für uns mitgeben zu lassen!« Die stolze Gracchenmutter erwiderte häufig auf die Bitten und die Tränen der Kinder damit, dass sie ihnen Katzenköpfe versetzte; indessen sie ungerührt mit ihren schlanken, dünnen Fingern den Kohlestift zur Hand nahm, um die Augenbrauen mit Rußschwarz anzumalen, oder den duftenden Rougestift, um den bleichen verrunzelten Lippen das Rot der Höllenflammen wiederzugeben. Sie verließ das Haus und ging in den Canadian Club oder in das Foyer du Pélerin Français. Wie viele dieser erlesenen Mänaden habe ich nicht die Freitreppe des Ausstellungspalastes hinaufeilen sehen. Hinaufeilen zusammen mit unbeholfenen, fromm blickenden Mädchen vom Lande, die erst gestern dem Krieg entkommen, von ihm vertrieben worden waren, in die Großstadt: wie Lerchen, die das Schrot des Jägers in die Flucht treibt. Sie kamen von den seligen Gefilden ihrer Heimat in die Stadt; in diese Stadt, wo, ich sage es nochmals, bis gestern die Prostitution nach Grad und Umfang der aller anderen Städte der Welt gleichkam, mit dem schlichten Unterschied jedoch, dass ein Schleier all dies den Blicken des Uneingeweihten verbarg. Ein Schleier, den am einen

Ende die Polizei hielt und am anderen der Vatikan in all seiner Schamhaftigkeit, die damals noch größer war als heute.

Die guten Christenmenschen, die, statt zu schreien, im Falle der dreihundert Opfer der Geiselerschießung an den Fosse Ardeatine stillschwiegen, erhoben auch niemals wirksamen Protest gegen die Missbräuche und Übergriffe der fremden Soldaten.

In dem Haus, in dem Linda ihrem schönen Gewerbe nachging, diente diesem Berufszweig nicht nur der oberste Stock, sondern auch der erste und der zweite und der dritte: für die Mädchen. Wie ich es machte, von der Straße her zu erraten, dass dies das Haus war, wohin Linda sich zurückgezogen hatte? Ich sagte es bereits: Ich sah Soldaten eintreten, andere herauskommen, wie in einem regelrechten zugelassenen Bordell; nur war hier das puritanische Gewissen englischer Art beruhigt.

Um nicht irrezugehen oder, besser gesagt, um keine unnützen Treppen zu steigen, klopfte ich im ersten Stock und fragte: »Kennen Sie eine gewisse Linda?«

An der Tür hatte sich ein junger Mann gezeigt, ein kräftiger, wohlgenährter junger Mann, der zur Arbeit geeignet war wie kaum ein Zweiter. Mit seinem Herkulesgesicht war er der Prototyp aller jungen Schwindler, Räuber und Mörder Roms. Er starrte mich an, aber ich kam ihm mit meinem besten Gesicht zuvor, so wie ich es mit dem Ausdruck eines arglosen Bettelmönchs aufzusetzen weiß, wenn ich mich auf irgendwie gefährliche Schauplätze vorwage. Ob der Zuhälter mich nun schon auf irgendeinem römischen Trödelmarkt herumbummeln sehen oder mich auf der Piazza del Monte oder an der Porta Portese beobachtet hatte, das weiß ich nicht; ich weiß nur, dass er sofort wusste, wer ich war. Vielleicht hatte die Linda ihm schon »von einem Mann, einem gewissen Maler, einem Schriftsteller« erzählt; und sie, die Linda, hatte übertrieben, als sie das ausspann, was sich zu meinen Gunsten sagen lässt. Junge Huren, die noch nicht recht begriffen haben, wie tief sie gesunken sind, die noch erstaunt erröten würden, wenn einer ihnen schlankweg ins Gesicht sagte: »Du bist eine Prostituierte geworden!«, bewahren sich die schönste Erinnerung an die letzte Zeit ihres ehrbaren Lebens und an ihren letzten Brotgeber, sodass sie beides, wenn sie davon erzählen, preisend zum Himmel erheben.

Ich gab dem tüchtigen jungen Mann zu verstehen, dass ich die Linda suchte, da ich ihr noch Lebensmittelkarten geben wolle, welche die Verteiler des Stadtrats versehentlich bei mir abgeliefert hatten; sie seien jedoch auf Linda ausgestellt, als wäre die immer noch bei mir beschäftigt. Da ließ der gute junge Mann davon ab, mich mit einem Ausdruck halb hündisch und halb wie »auf seiner Hut« anzuschauen, und schien mich fast für seinen Freund zu halten; er grinste viehisch. Währenddessen war hinter seinen breiten Schultern ein Mädchen im Unterkleid aufgetaucht. Sie hatte ein Paar Augen wie eine im Grunde gutmütige Dirne und zwei Wangen so frisch wie reife Äpfel, die noch am Baum hängen. Ich hatte den Eindruck, sie müsse so riechen, wie wenn man die Scheune eines braven Bauern betritt und am Boden die frisch geernteten Äpfel sorgsam ausgebreitet liegen und mit ihrem starken Duft den Geruch des Ammoniumsulfats aus dem Haufen des Saatgetreides übertäuben. Außerdem verströmte sie aber eine dumpfe Ausdünstung von mangelnder Seife, von fettigem Küchenspülicht, einer Flüssigkeit also, zu deren Entstehung, nicht umsonst, die Alliierten mit ihren Päckchen, mit ihren Fleischdosen und Gemüsekonserven beigetragen hatten. Ich begriff, worum es sich handelte. Das Mädchen tat gekränkt, als sie sah, dass ich nicht bei ihr eintrat, sondern in den zweiten Stock hinaufstieg. Der Zufall gab, dass die Tür aufging, als ich gerade mit dem Zeigefinger auf den Klingelknopf drücken wollte, und von drinnen ein Negersoldat von zwei fröhlichen, stämmigen Mädchen mehr herausgerollt als herausbegleitet wurde. Keines der beiden Mädchen jedoch war Linda. Ich stieg in den dritten Stock hinauf, wo sich so ungefähr die Szene vom ersten wiederholte. Im vierten Stock war es die schon beschriebene überhöfliche kleine Frau, die, sich die Hände reibend wie die Mutter Äbtissin, fragte, wen ich suche.

»Ich bin Lindas früherer Arbeitgeber«, antwortete ich mit lauter Stimme, sodass Linda, wenn sie hinter ihr stünde, mich hätte hören müssen. Aber Linda war nicht da. Sie wohnte hier, war aber ausgegangen. Sie hatte sich zurechtgemacht und war fortgegangen. Die Hausherrin glaubte, dass Linda wohl in die Bar hinüber sei. Die Bar war jene am Ende der Via del Panico, die wir schon kennen, wie ich der Beschreibung der Frau entnahm. Ich begehrte nach alledem nichts weiter mehr zu wissen und war im Begriff, die Treppe wieder hinabzusteigen, als die Kupplerin, wie von plötzlichem Zweifel befallen, mich zurückhielt. Ich erklärte ihr näher, wer ich sei, aber sie wusste das bereits aufs Beste. Ich begriff nur, dass sie sich bei mir ins rechte Licht setzen wollte, damit ich nicht etwa glaubte, sie vermiete Stundenzimmer; sie sei eine Freundin von Linda, sozusagen. Ja, sie hatte Linda aus Mitleid bei sich aufgenommen, um sie nicht geradezu auf der Straße verkommen zu lassen. Sie erzählte, dass die Bohnen auf dem Schwarzmarkt hundertzwanzig Lire das Kilo kosteten und der Zucker sechshundert und Schweinefleisch vierhundert, Hammel etwas weniger, Öl tausendzweihundert der Liter, alles Dinge, die ich auch selbst wusste, doch mit dem schlichten, nicht zu schlichten Unterschied, dass ich es vom Hörensagen wusste, sie aber als eine gute, sehr gute Kundin des Schwarzmarktes.

Sie wollte mir im Besonderen auch erklären, dass Linda eine verschwenderische und unordentliche Person sei. Innerhalb von drei Tagen hatte sie einen Kamm verloren, der dreihundert Lire kostete, und einen anderen zerbrochen, der denselben Wert hatte. Die Alte fügte hinzu, dass Linda fast den ganzen Tag schlafe, was mich verstehen ließ, dass sie fast die ganze Nacht und bis zum Morgengrauen wach sei, wie es eben bei Huren Brauch ist. Sie machen die Nacht zum Tag und den Tag zur Nacht. Außerdem war Linda von Natur aus ein Faultier, träge und schlafsüchtig. Sie liebte nur ihr Bett, in dem sie sich tags allein, nachts aber niemals allein aufhalten wollte. Ihr Fleisch war wie weicher Käse, schlaff, aber blütenweiß. Ihr Busen war wie ein kleiner geschmückter Altar, umhegt von Spitzen und blumenbestickten Bändern. Gedankenfaul wie nur eine, vergaß sie hier ihre Handschuhe, dort ihren Schirm. Eines Abends hatten ein paar Soldaten sie abseits geführt und sie benutzt; dann, als es ans Zahlen ging, hatten sie sich nicht einfach nur aus dem Staub gemacht, sondern sie taten etwas Schlimmeres, sie stellten Gegenforderungen, und als die Sache ins Viehische ausartete, war es dazu gekommen, dass die Soldaten Linda halb auszogen und halb nackt zurückließen, indem sie ihren kleinen Pelz, ihre Wolljacke und sogar ihre Schuhe mitnahmen. Es war Nacht; die arme Linda machte eine böse Viertelstunde durch, ja nicht eine, sondern so viele böse Viertelstunden, wie sie brauchte, um barfuß und halb nackt über die steinigen Feldwege stadtwärts zu laufen, ich weiß nicht, ob im spöttischen Schein des Mondes oder in undurchdringlichem Dunkel; und sie legte die ganze Strecke zurück, bis sie am Platz vor der Porta del Popolo einigen anderen Soldaten begegnete, die sie, so gut es ging, in Decken hüllten und heimfuhren. Aber einer der Soldaten – o ja, selbst unter Soldaten gibt es große Unterschiede – wollte sich so edelmütig ihr gegenüber benehmen, dass er ihr seine eigenen Schuhe anbot und als Geschenk ließ, denn er hätte in seinem Wagen noch zwei oder drei Paar. Doch Lindas Fuß ist so klein wie ihr Gehirn. Und nicht nur ihre Füße und ihr Gehirn sind winzig, sondern auch fast alles andere an ihr ist schmal und klein, sogar ihr Herz; trotzdem geschah es, dass der Soldat, vielleicht weil er nicht Italienisch konnte und deshalb nichts von Komplimenten hielt, sondern nur von praktischen Liebesbeweisen, sich selbst die Krone aufsetzte und sich zu Florindas Beschützer aufwarf. Und so seltsam der Fall auch scheinen mag, sich aber doch erklären lässt: Er war gleichzeitig der eifersüchtige, höchst eifersüchtige Liebhaber Lindas geworden, so sehr, dass er sie heftig verdrosch und die Spuren von Fußtritten auf ihren Schenkeln – den Schenkeln aus Sauermilchkäse – zurückließ und sie trotzdem in den stundenweise vermieteten Zimmern bei der Kupplerin wohnen ließ, wo naturgemäß Linda ihre Zeit nicht mit dem Aufsagen von Gebeten zubrachte.

Die Kupplerin vermutete kaum, dass ich mir ihre Erzählung von Florindas eifersüchtigem Liebhaber in dieser Weise auslegte! Doch jedenfalls war das Mädchen nicht zu Hause; das waren stattdessen vier andere junge Dirnen, einschließlich der Tochter der Hausfrau selbst und der Frau ihres Sohnes. Des Sohnes, den ich, ohne zu zögern, als abwesend, in Gefangenschaft oder in der norditalienischen Republik vermutete, der stattdessen aber zugegen war und es sich so eingerichtet hatte, dass er mit seiner Frau die Hörner austauschte. Die Frau war hellblond, hatte eine spitze Nase, graue Augen, ihre Brüste schienen geschwellt von Milch, während sie so fest waren wie Calabreser Büffelkäse, mit breitem Zwischenraum und fast obszön, arrogant, aufreizend. Der Gemahl war ein schöner junger Mann; doch ich weiß Bescheid über Männer, wenn ich tief in ihre Augen schaue, und diesen hier hätte ich ohne Weiteres zum Galgen verurteilt. Als aber die Mädchen auftauchten, junge und knusperige Fohlen, lebhaft, geschwätzig und munter wie viele andere nicht, da wurde ich anderer Meinung und bekam Verständnis für die wohlersonnene Einrichtung der Polygamie. Ja, ganz recht, beiderseitige Polygamie; doch bei noch so vielem Verständnis darf man kaum so weit gehen, dass man es hinnimmt, wenn die eigene Frau ins Nebenzimmer geht und dort zwei oder drei Stunden mit dem amerikanischen Soldaten zubringt, während man vor der Tür hören kann oder, selbst wenn man nicht achtgibt, hören muss, wie das Bett kracht und ächzt und das Kopfteil mit der Regelmäßigkeit eines Uhrwerks gegen die Wand klopft. Das Gefühl des Abscheus oder des Ekels, das man dabei empfindet, ist sogar den Tieren eigen; auch so schönen und bezaubernden Tieren, die lüstern und zügellos sind wie die Fasanen; kein Fasanenmännchen duldet die Gegenwart eines anderen oder leidet gegenseitigen Austausch, während es selbst für sich gewöhnlich drei oder vier Weibchen in Anspruch nimmt, bisweilen, wenn es sich um einen besonders schönen Fasanen handelt, auch ein Dutzend; der römische Zuhälter indessen überließ seine Frau ruhig als Beute dem alliierten Seegang. Diese Dinge bestätigte mir später auch Linda. Sie erzählte es mir in der Bar, in ebenjener Stehbar, in der ich sie nach den empfangenen Anweisungen leicht hatte aufstöbern können. Sie stand in der Bar mit sieben, acht anderen Dieben und Gaunern zusammen und in Begleitung eines Mädchens, das mit sechzehn Jahren bereits verheiratet war und ein Kind in die Welt gesetzt hatte. Das Kind hatte natürlich in einem Findelhaus geendet, und die Mutter erzählte mir das hier mit Zynismus ohnegleichen.

Dass sie mir das erzählte, kam so. Ich hatte ihr, um ein Kompliment zu machen und sie mir freundlich zu stimmen, gesagt, dass sie schön sei und dass sie wohl einem Maler in seinem Atelier für ein großes Bild Modell stehen könne, als eine neue Inkarnation der Beatrice Cenci, ja dass sie sicherlich die Rolle dieser berühmten Schönheit in einem Film übernehmen könne; woraufhin sie, um sich in Positur zu setzen, mit den Händen ihre großen, in die Stirn fallenden Locken emporhob, eine halbe Drehung auf dem Absatz machte und ihre runden Schultern und schmalen Hüften zeigte, die aber doch keine Vollkommenheit erreichten, denn die römischen Frauen sind, wie ich schon einmal sagte, im Grunde schön nur im Gesicht. Um daher die Breite ihres Beckens zu begründen, und einen leichten Ansatz zu Bauch, den sie mit einem elastischen Gürtel korrigierte, wiederholte sie, dass sie zwar erst sechzehn Jahre alt sei, aber bereits verheiratet und sogar Mutter. Ihr Mann habe sie verlassen, und daher habe sie sich »dem Leben« zugewandt und ihr Kind in ein Findelhaus gegeben.

Was Linda anging, so schien sie durchaus nicht verlegen oder beschämt über den Zustand, in dem ich sie nach so langer Zeit wiedertraf. Hochmütig und leicht anmaßend hielt sie mir vor, dass ich dem Cameriere, der unsere drei Kaffee serviert hatte – drei Tassen schmutzigen kaffeefarbenen Wassers –, nur zehn Lire Trinkgeld gegeben. Sie begann, mit ihren kleinen katzenhaften Zähnen an einer Creme-Bombe zu knabbern; ich machte sie darauf aufmerksam, dass ich ihr die nicht bezahlen würde, und sie, aus Trotz oder um mir zu verstehen zu geben, dass sie ruhig mit Geld großzügig umspringen könne, machte sich daran, zwei Stück dieses Gebäcks gleichzeitig zu vertilgen, eines in der rechten, das andere in der linken Hand haltend; und so verzehrte sie ein rundes Dutzend. Als es ans Zahlen ging, gab sie zwei Hundertlirescheine, ohne ein Wort darüber zu verlieren. Beim Öffnen ihrer Handtasche sah ich aber, dass diese mehr Banknoten enthielt, als ich jemals in meinen besten Zeiten, wo ich meine Bilder für zehntausend Lire und meine Radierungen für fünfhundert verkaufte, in meinen Taschen oder in meinem kleinen Tresor hatte. Das waren Scheine in allen Farben und allen Größen und von jeglicher Beschaffenheit. Kleine rote Scheine zu fünfhundert, afrikanische, italienische. Auch Tausender. Im Ganzen ein gutes Hundert, Scheine, die wie Würste zusammengerollt waren, andere achtlos zusammengeknüllt. Was war zu tun? Die neue Königin beglückwünschen? Diese frühere, doch nicht gar so frühere, höchstens vorgestrige Dienstmagd von mir, die sich aufregte, als ich anfing, die Suppen in den öffentlichen Wohlfahrtsküchen zu essen? Es lag kein Grund vor, sie zu beglückwünschen, noch war ich schließlich zur Gratulation gekommen. Im Gegenteil, die Bar erinnerte mich gründlich an jenes andere Mal, als hier aus dieser Tür die Gauner zum Vorschein kamen, die mit mir die Szene der bedrohlich großen Armbewegungen aufführten und mit ihren Händen unter meiner armen Nase herumfuchtelten. Ich fürchtete, die jetzt in der Bar anwesenden Halunken könnten am Ende die gleichen sein, die mich vorgestern angegriffen hatten.

Doch zum Glück waren es andere, und Pappa zum Beispiel und seine »Pfähle« waren nicht anwesend. Ich überzeugte mich, dass ich der Linda mit Aussicht auf Erfolg die Aufgabe anvertrauen könne, nicht etwa mein Fahrrad wiederzufinden, sondern es mit gutem Geld einzulösen.

Es ging also darum, mir Linda auf gute Weise einzufangen, denn Frauen ihres Schlags sind fast alle Gauner. Und im Übrigen habe ich unter den anständigen Frauen, wenn ich von meiner Mutter, meiner Großmutter, meiner Schwester Maria und von Anita, der Heiligen, absehe, nur bösartige unter wenigen guten kennengelernt. Und wohlverstanden, das gilt für alle Schichten. Alle suchen sich dem Mann zu nähern wie die Bienen der Blume und der Jäger den Trauben, um anzuknabbern. Um zu sehen, ob unsere Traube gut zu essen ist, ob der Mann sich eignet, verzehrt zu werden – und es gibt die verschiedensten Arten, ihn zu verzehren: Man kann ihm sogar das Gehirn wegfressen und ihm nur seinen leeren Schädel belassen; man kann auch andere Teile seines Körpers verzehren; doch wenn es bei ihm kein Herz, keine Brieftasche, kein Gehirn und nichts sonst zu fressen gibt, dann ist er ein Mann, der für Frauen nicht taugt. Ich habe selbst Frauen getroffen, die versuchten, mir das Gehirn wegzufressen, aber es gelang ihnen nicht. Es waren hochgestellte Frauen; sie hätten mich gern gemocht, aber ich lehnte solches Wohltun ab. Andere versuchten, meine Brieftasche zu fressen, aber es glückte ihnen nur teilweise oder durch Erpressung; denn ich habe Huren stets nur wenig bezahlt und habe mich ihrer nur selten bedient. Und wäre es selbst die anspruchsvolle und geizige Finanzdame, die schlaue, die schöne, die sehr schöne Otéro gewesen, ich glaube trotzdem, dass sie nicht imstande gewesen wäre, mir das Halsband der Kaiserin Eugenie zu entlocken, und nicht einmal fünfzehn Lire hätte ich ihr gegeben; denn das ist die größte Summe, die ich je in meinem Leben einer Dirne als Trinkgeld gegeben habe.

Was mein Herz anlangt, so hat das fast gänzlich Anna Stickler verzehrt, die in allen meinen Büchern vorkommt, aber auch sie hatte den Teufel in Potenz unter ihren Röcken. Und wenn ich über sie schrieb, dann habe ich sie auf meine Weise idealisiert, und nie habe ich auch die Kehrseite berichtet: wie damals, als sie mir aus dem Haus lief und entfloh, indem sie aus dem Fenster des ersten Stocks sprang, um ins Lager zu den Bersaglieri zu gehen. Anna war nicht Anita, und ich habe, in Wahrheit, niemanden als die ehrliche Anita geliebt. Ich fand damals das üble Betragen der Dame sehr unschicklich, doch dann verzieh ich ihr. Was meine Frau betrifft, so habe ich schon gesagt und sage es wieder, dass sie sogar den Spitzel machte, den Spitzel gegen mich; sie war es, die mich den Faschisten denunzierte, und auf diese Anzeige hin kamen meine Beziehungen, meine Briefe an die Emigranten ans Licht, und ich wanderte hinter Gitter. Das war ein Grund, dass ich mich von ihr gesetzlich trennen ließ. Und meine Anita, die Heilige, die Gefährtin meiner augenblicklichen Lebensjahre, oh, sie ist ein wunderbares Beispiel eines anständigen Menschen. Höchst selten ist es bei einer Frau, dass sie einen geistig arbeitenden Mann achten oder auch nur ertragen kann. Achtung vor einem Mann von Genie gibt es nicht bei gewöhnlichen Frauen; es gibt sie allerdings auch nicht bei gewöhnlichen Männern. Erst am Ende unserer schmerzensreichen Laufbahn als Künstler oder Schriftsteller stellen wir das Nichts fest: als Preis für all unsere Plage; das Nichts: außer der liebenden Sorge einer anständigen Anita. Besser als alle Begegnungen mit anderen Frauen sind die mit Hirtenmädchen. Das ist der letzte Daseinsgrund der Arkadier. Die echten Arkadier sind die, die es in ihrer Jugend machten wie ich. Nicht die Entmannten, die Gebundenen, die Preisgekrönten, die Akademiemitglieder, die Wirrköpfe, die Dummköpfe, die Schöngeister, die Bewohner des parnassischen Hains; doch die Arkadier wie ich, die nicht wissen, dass sie es sind. Die echten Arkadier, an ihrer Spitze Virgil und Horaz, die haben mir immer gefallen.

Was also Linda angeht, so musste ich sie mit sanfteren Händen anfassen als je. Nicht weil ich sie seinerzeit, als sie anfing, sich mit den Soldaten herumzutreiben, kurzerhand aus meinem Atelier, das sie aufzuräumen hatte, hinausgeworfen habe – denn im Gegenteil, Frauen schlecht zu behandeln ist meistens für die Männer nützlich, um sie sich wohlgesinnt zu erhalten; aber Linda war jetzt keine Frau mehr; sie war eine widerspenstige Hure, von der Sorte, die uns wegen nichts beschimpfen und die Minuten zählen. Sie wollen keine Zeit mehr verlieren mit Männern, die nicht zahlen. Sie lieben nur den, der zahlt. Sie fordern jeden Tag mehr. Sie müssen jeden Tag eine bestimmte

Summe verdienen, und so werden sie wie die Männer, die auch nichts tun, was ihnen nichts einbringt. Nur wegen materieller Interessen haben wir das, was wir die gewöhnlichen Freunde nennen. Nicht materiell Interessierte gibt es sehr wenige.

Freundschaft besteht nicht mehr. Ich habe es versucht, Freunde zu haben. Das wenigste, was ein gewöhnlicher Freund verlangen kann, ist übertriebenes Lob seiner Verdienste. Verdienste, die fast immer ihre Grenzen haben; der Freund jedoch verlangt, dass du ihn in allem und für alles lobst. Und dass du ihm dreimal täglich dieses Lob wiederholst. Nicht nur das, sondern er verlangt auch, dass du ihn gegenüber anderen lobst und dieses Lob überall mit Eifer verbreitest. Er nähert sich dir, anfangs, mit dem Hut in der Hand. Macht tausend Umstände. Er hat – oder glaubt es wenigstens – deine Schwächen studiert. Er hat in deinen Büchern deine Gedanken gelesen. Er sprudelt über von ihnen. Und so beginnt er, von allem Anfang freundschaftlicher Beziehungen an, dir Unbequemlichkeiten zu bereiten. (Ich kenne jedoch in Rom an die zehn Freunde, Männer von Geist und Begabung, die Ausnahmen dieser Regel sind.) Dann, wenn er sieht, dass du für alle der Mann mit zu viel Begabung bist, der Mann, den alle scheuen und meiden, der Mann, der es als seine oberste Pflicht erachtet, geradeheraus die unbequemsten Wahrheiten zu sagen, und der Mann, der die Dinge immer eine Viertelstunde eher als andere gesehen hat, der Mann, der sein Schiffchen immer nur in stürmische See steuert, wenn es auch nicht sinkt, dann pflegt der gewöhnliche Freund, der falsche, der auf seine Kosten kommen will, sich zu empfehlen. Ich kannte einen, einen gewissen Premuda, der immer zu mir kam und mich den ganzen Tag quälte, ich – ein Feind des Kinos – solle seine Drehbücher lesen. Immer und überall lag er mir in den Ohren. Ich traf ihn überall. Nie habe ich mich um meine Arbeitsstunden gekümmert, ich weiß nicht, wann ich schreibe, wann ich ausgehe; er jedoch wusste das. Nun gut, als es mir 1928 zum ersten Mal passierte, dass ich von meinen Feinden verprügelt wurde – Feinde, deren Zahl in keinem Verhältnis zu mir als einzelnem Mann stand –, da ließ er mich im Stich, machte es wie Petrus und tat, als habe er mich nie gekannt. Aber er wählte – nach siebenundzwanzig Tagen, die ich wegen meiner Wunden ächzend im Bett verbrachte – die Stunde um Mitternacht: wählte sie aber nicht, um mich besuchen zu kommen, sondern um einen Boten, einen Dienstmann zu schicken, der sein letztes Drehbuch bei mir abholen sollte, das zu studieren er mich vor ein paar Monaten ununterbrochen bestürmt hatte, indem er mich anflehte, es zu lesen, es zu korrigieren, es zu loben, es in den Himmel zu heben, es anderen Filmleuten zu zeigen, es Produzenten zu empfehlen und es schließlich applaudieren zu lassen.

Da aber alle mich verlassen hatten, ließ ich ihm sagen, dass ich ihn brauche, denn ich besaß keinen Pfennig mehr. Wohlgemerkt: Ich habe niemals von Freunden Geld verlangt, und es hätte mir in diesem Falle genügt, wenn er mit meiner Vollmacht auf die Bank gegangen wäre, um mcin Gehalt abzuheben. Aber weder wollte er gehen, noch wollte er seinen Gehilfen schicken. Da nahm ich sein Drehbuch, säuberte mir damit den Hintern und schickte es ihm samt diesem frischen Duft zurück. Von da an wollte ich immer nur wenige Freunde haben und brach mit denen, die von Mal zu Mal, wenn ich nach mehr oder minder vollständigem Schiffbruch die Nase wieder an die Oberfläche steckte und wieder zu Atem kam, die freundschaftlichen Beziehungen neu anzuknüpfen versuchten.

Um auf die Linda zurückzukommen, so hatte ich ihr, in früherer Zeit, nichts anderes getan, als sie abwechselnd zu streicheln und zu beschimpfen. Die Liebkosungen waren vergessen. Das Schimpfen war ihr in Erinnerung geblieben, aber ohne Bitterkeit. Doch wusste ich, dass ich ihr jetzt gleichgültig war; und andererseits war sie mir jetzt ein Graus. Wie dem auch war, ich versuchte, was ich versuchen konnte, und sagte ihr, dass es mir gut gehe. Dass ich verdiente wie noch nie. Und dass ich mir von dem Erlös verkaufter Bilder einen goldenen Ring gekauft hätte. Das war natürlich gelogen, denn die Amerikaner interessierten sich nicht für Kunst.

»Ach? Was hast du dafür bezahlt? Lass mal sehen. Oh, den musst du mir schenken, zieh ihn dir doch vom Finger.«

Aber das tat ich nicht; nicht aus Misstrauen, sondern weil sie, wenn ich ihn abzog, bemerkt hätte, dass er falsch war. Ich zeigte ihn ihr von ferne.

»Siehst du nicht, wie schön er ist? Er hat mich ein ganzes Bild gekostet! Ein Bild, das ich an einen Amerikaner verkauft habe.«

»Ja? Tüchtig! Da machst du ja auch Geschäfte mit den Amerikanern!«

»Sicher. Ich verkaufe ihnen meine Klecksereien!«, erwiderte ich scherzend. »Aber du hast ja auch einen Ring. Lass ihn mich ansehen.«

»Meinen? Oh, der ist sehr wertvoll. Ein Kanadier hat ihn mir geschenkt, vorgestern Abend; er war stockbetrunken.«

»Wetten, dass er unecht ist?«

»Unecht?«, machte Linda, empört die Hand schüttelnd, und als hätte ich ihr einen Messerstich à la Benvenuto Cellini versetzt, wich sie zurück, wobei sie unwillkürlich mit der anderen Hand die, an der sie den Ring trug, bedeckte. Dann zog sie die Stirn kraus, machte eine abwehrende Bewegung, als müsse sie sich vor mir in Acht nehmen, und starrte mit den Augen, die für gewöhnlich trübe sind, aber wie zwei Brillanten blitzen, wenn ihr dämonischer Furor sie packt, auf ihren Ring, ihn genau zu untersuchen; der Argwohn, von dem Kanadier geprellt worden zu sein, hatte sie im Nacken. Dann sagte sie: »Ist es denn möglich, dass er mich getäuscht hat? Er war sinnlos betrunken!«

So, als wollte sie sagen: Ist es möglich, dass ein Betrunkener lügen kann und dass das Sprichwort »in vino veritas« etwas anderes bedeutet, als dass Betrunkene eben aufgrund ihrer Betrunkenheit nicht mehr zu lügen vermögen? Bedeutet es also nicht, wie allgemein angenommen wird, dass der Wein die Gedanken klärt, ein wohltätiger Erwecker und Anreger der guten und edlen Triebe ist? Sondern dass er einfach treulos verrät und gewöhnlichen Menschen den gefährlichsten Dienst erweist, der möglich ist: sie zu zwingen auszusprechen, was sie denken? Braucht man, um von einem Menschen zu erfahren, was er denkt, außer vielen Gläsern Weins Zange und Bohrer oder gütliches Zureden? Wie entdeckt man die Wahrheit, mit List oder mit Gewalt? Oder einfach durch ehrliches Zureden, im Guten? Schlimmer ist man in den Fällen dran, in denen es aus einer Person eben nichts herauszuholen gibt, weder im Bösen noch im Guten, weder mit Wein noch mit der Zange, weil der Kopf hohl ist und der Wein ihn höchstens mit seinem fröhlichen Dunst auffüllen kann. Und da fast alle menschlichen Köpfe hohl sind – wenn auch voll von Erinnerungen und zufällig angelernten Brocken, oder von Ressentiment und Hass –, so ist es vergebliche, verschwendete Mühe, die Menschen zu zwingen, das zu sagen, was, wie wir wiederholen, in ihrer Seele, in ihrem Herzen, in ihrem Gehirn nicht vorhanden ist; es sind Gehirne, die nicht denken oder nur halb denken und handeln. Wobei sie ihre potenzierten Dummheiten als besondere Schlauheit empfinden.

Unser Kanadier besaß eine gewisse Schlauheit, die etwas ganz anderes ist als Intelligenz: Intelligenz ist herzlich und höflich, ist ein Licht, ein Blitz, der immer aufs Neue die Nacht der Sinne erhellt; während Schlauheit etwas wie Schweinefett ist, ein Schmieröl der Gliedmaßen; sie ist eine, um es paradox auszudrücken, starke Dummheit, eine Albernheit, die, ins Quadrat erhoben, sich als ihr Gegenteil bezeichnet. Schlau war er also, der Kanadier, wenn er sich betrunkener stellte, als er wirklich war, und der Linda, um sie nicht bezahlen zu müssen, den falschen Ring schenkte. Ein Ring, der in etwa denen glich, die, aus irgendeiner Teigmasse bestehend, in Flittergold – sogenanntes Neapler Purpur – getaucht und dann als vergoldete Ringe verkauft werden, wenn nicht gar als massiv goldene; jedenfalls aber war es ein falscher Ring.

Dass er falsch war, merkte man am Gewicht. Und auch an der Qualität des eingelegten Onyx, eines Steines von einer bleichen, ins Weißliche streifenden Farbe. Onyxsteine haben, wenn sie echt sind, die Farbe von Wasser, in das man ein paar Tropfen Whisky gegossen hat. Die anderen sind künstlich gefärbt; es gibt auch solche, die gänzlich gefälscht sind. Was Gold betrifft, so genügt es, um echtes von falschem zu unterscheiden, es ein wenig anzukratzen oder etwas zu reiben; und um genau festzustellen, ob es falsches ist oder nicht, gibt es ja im Übrigen das gebräuchliche Königswasser.

Mein Vortrag über die Eigenschaften des schwarzen Onyx mit seinen weißen oder rosa oder sonst wie farbigen Streifen hatte bei Linda, worauf es mir ankam, Eindruck gemacht; denn man muss wissen – aber ich glaube, es gibt niemanden, der es nicht weiß, sogar fünfzehnjährige Kinder wissen es –, dass Huren nichts so sehr lieben wie Schmuckstücke, seien sie im Übrigen echt oder falsch. Im Allgemeinen machen es die Huren wie ihre Stammmutter la Belle Otéro, die sich, wenn sie tanzte, mit falschen Ringen schmückte, während sie die echten zu Hause ließ, wo zwei Privatpolizisten vor dem Safe Wache hielten, der nicht nur das Halsband der Kaiserin Eugenie beherbergte, sondern auch den Schmuck zweier anderer Königinnen; aller

Königsprunk der europäischen Staaten hatte ja seinen Weg zwischen die Beine einer schönen, intelligenten, zügellosen Stute angetreten.

Linda sagte jetzt: »Aber ist das möglich? Seht doch, dieser Mensch kommt immer, um meine Wässer zu trüben; der reinste Plagegeist: Überall kommt er mir in die Quere; weshalb bist du denn nur gekommen? Weshalb musst du kommen und mich in diese Zweifel stürzen? Gestern Abend habe ich den Ring von einem Kanadier bekommen; oder halt, nein, von einem netten Sizilianer; nein, es waren zwei Soldaten, und ich weiß nicht mehr, welchem von den beiden ich ihn vom Finger zog, um ihn mir schenken zu lassen ...«

Und: »Siehst du? Das ist schnell geschehen«, antwortete ich. »Zieh dir den Ring ab. Wir wollen sehen, ob er aus Gold ist. Wir brauchen ihn nur etwas an der Mauer zu scheuern!« Und danach würde ich meinen Vortrag über Edelsteine und echtes Gold fortgesetzt haben, wenn Linda mich nicht gebeten hätte, in Gegenwart ihrer Freundin still zu sein.

»Wir wollen das draußen sehen«, flüsterte sie mir ins Ohr, »außerhalb der Bar.«

Das war es, was ich mir vorgenommen hatte und was ich erreichen wollte: mit ihr unter vier Augen zu sprechen. Sie kam mit mir hinaus, nachdem sie die Freundin gebeten hatte, einen Augenblick auf sie zu warten. Sie hatte gelernt, mit dem Akzent der Amerikaner »momento« zu sagen, so wie es vorher in Rom auch schon die Deutschen gesagt hatten. Natürlich waren es zuerst die Deutschen, die dies »momento« aufbrachten; die Amerikaner übernahmen es mit dem gleichen

Tonfall, inmitten der gleichen Hungerleiderei. »Wartet einen momento«, ihr armen Italiener und Italienerinnen, ihr werdet es dann schon merken, wenn ihr euer Wasser abschlagt, wann der Krieg zu Ende ist! Ihr werdet keine Tränen zum Weinen mehr haben; und – viele von euch, ihr Frauen – keine andere Tränenquelle mehr als eine sehr lästige, eine juckende, die Eiter absondert, dort unten, wo der Bauch zu Ende ist.

Aber lassen wir ein so heikles und rohes Thema und kehren wir zu Linda zurück. Als wir unter uns waren, wusste ich auf einmal nicht so recht, wie ich es anfangen sollte, ihr vorzuschlagen, dass sie sich, auf meine Rechnung, mit den Dieben in Verbindung setzen möchte; mit der Absicht, mein schönes schlankes Aluminium-Fahrrad wiederzubekommen, sei es auch gegen Bezahlung.

Ich schämte mich, Linda zu erzählen, dass ich von ihren Kollegen, den Besuchern dieser Bar, hereingelegt worden war. Linda hatte mich bisher für einen gewitzten Mann gehalten; o ja, ich bin ein sehr schlauer Mann, der von sich genau weiß, dass er es nicht ist, und auch sehr wohl weiß, dass er sehr häufig als Tölpel dasteht, der sich bescheiden ins Unabänderliche fügen muss, da es ihm sonst noch übler ans Leder ginge. Denn leicht ist – wie ich schon sagte – die Wahl für einen Mann wie mich. Leicht ist die Wahl für den Poeten: Da von allen Seiten etwas eingesteckt werden muss, geht es nur um das bald größere, bald geringere Ausmaß. Geht es darum, nicht wahllos einzustecken, so wie es vom Himmel regnet; nicht unter den Galgen zu spazieren. Aber der Weg führt nun einmal ins Unheil, und wir verlieren im Laufe der Zeit, und sei es auch nichts anderes als die materielle Existenz. Das geht langsam und allmählich, so langsam wie beim heiligen Lorenz, als man ihn auf dem Grill röstete, schön langsam. Ob seine Henker Literaten oder Künstler waren, weiß ich nicht; angebliche, falsche Literaten, genauer gesagt, so falsch wie jene achttausend, die von Pavolini oder von Bottai, unseren faschistischen Kulturverwaltern, ihre Lohntüten empfingen, ihre Unterstützungen, ihre unerlaubten Förderungen, ungerechten Preise, akademischen Würden. Oder ob des heiligen Lorenz Henker solche waren wie die meinen, Männer der Politik also, Erzschurken, die in meinem Fall besorgt waren, ausgerechnet von mir, dem Politik so widersteht!, in die Ecke gedrückt zu werden. Sie scheuten meine Volkstümlichkeit, haben sie immer gescheut. Was die Literaten anlangt, so haben sie mich immer nur aus zwei Gründen gefürchtet: Sie fürchteten erstens, dass ich ihre heimlichen Altäre enthüllen, ihre Machenschaften als die vollendeter Jesuiten stören könnte, und sie fürchteten zweitens mein Talent. Die bildenden Künstler haben stets nur meine Radierungen als gut anerkannt. Immerhin etwas, und nicht wenig, denn mir liegt mehr an einer Zeichnung, sagen wir, von Pollajuolo, als an einer Skulptur von ihm; mehr an einer Zeichnung oder einer Radierung von Goya als an einem seiner Bilder; mehr an einer Radierung Rembrandts als an seinen Gemälden; und bei Millet zehnmal mehr an einer Zeichnung als an einem Ölbild, und so in zahllosen anderen Fällen, eingeschlossen – sogar ganz besonders – Raffael. Doch solch erlesener Geschmack gehört Baudelaire und mir und einigen wenigen anderen. Die meisten Menschen dagegen schreien nach dem Ölschinken. Die Künstler also haben immer meine Radierungen gelobt und nie meine Bilder, jedoch aus einem bis zur Komik praktischen Motiv heraus: dass nämlich sie, die Lobpreisenden, die meisten von ihnen, gar nicht radieren können und somit von meinem Erfolg als Radierer nichts zu fürchten hatten, während sie von mir als Maler fürchteten und fürchten, ich könne die Kunstpreise einheimsen oder die größere Beliebtheit und, weit schlimmer, die Brieftaschen der privaten Sammler rechtmäßig erobern. Aber wenn wir von alldem endlich absehen, so ist es das natürlichste Ding der Welt, dass ich, wie es allen Männern meiner Art ergangen ist, zahllose Feinde auf vielen Gebieten haben kann und habe, Feinde, die jeder für sich einen Pfifferling wert sind, die aber, alle zusammengenommen, in die Breite gehen, ein Block sind, ein Gewicht, eine gewisse Last auf meinen Schultern. Also ist meine Wahl sehr einfach. Es gilt zu wählen, ob ich einige umbringen soll, wie es Caravaggio und Benvenuto Cellini machten, oder sie gewähren lassen soll. Da ich weder dem einen noch dem anderen gleiche, lasse ich sie tun, was sie wollen; aber die Wahl ist stets die gleiche: einstecken, aber gelassen, und so wenig wie möglich, und jenen so viel wie möglich auf die Nerven gehen. Denn mein Ziel ist die einzige notwendige Säuberung: die Befreiung von den verblödeten früheren Feuilletonredakteuren einer schwanzwedelnden Presse.

Aber wir sprachen von Linda; sie hatte, solange sie in meinem Atelier war, Muße genug, mich zu begreifen und meine Kämpfe und meine Kümmernisse kennenzulernen. Sie wusste, und wäre es nur durch das Mitanhören meiner Telefongespräche, dass ich ein Mann mit vielen Feinden bin. Sie erfasste intuitiv, dass jedenfalls, selbst wenn er unterliegt, ein starker Mann ist, wer viele Feinde hat; und im Übrigen waren meine einfache Lebensart, meine Abneigung gegen Protektion Eigenschaften, die sie glauben machen konnten, ich sei ein gewitzter Bursche, oder halb gewitzt, halb arglos, entsprechend dem Gleichnis von der Taube und der Schlange. Ich bedauerte es also – und umso mehr, als sie wusste, dass ich so tüchtig, so wendig war, dass nicht einmal die Diebe Roms mich überwunden hatten, weder die ersten, mit meinem Hund »Liebe«, noch die zweiten und dritten bei den gestohlenen Rädern –, wenn sie mich nun, entgegen ihrer ursprünglichen Ansicht, als einen einfältigen Tropf erkennen sollte, der zu denen gehört, die sich von den Dieben das Rad stehlen lassen und es nicht suchen, weil sie es doch nicht wiederfinden würden. Und doch fasste ich Mut. Ich erzählte ihr, dass ich nach ihrem Weggang und nach der Geburt meiner kleinen Luciana gezwungen gewesen sei, als Hausknecht zu gehen, denn Anita hatte schon genug damit zu tun, die Kleine zu stillen, ihre und unsere Wäsche zu waschen, die Zimmer zu putzen und sich um die Suppe an den öffentlichen Küchen anzustellen.

»Waa-s?«, unterbrach sie mich. »Du bist gezwungen, dir diese Suppen zu holen? Vorhin hast du mir etwas ganz anderes erzählt, und mir schien, es müsse dir recht gut gehen!«

»Ich konnte dir doch in Gegenwart deiner Freundin nicht sagen, dass es mir, deinem früheren Brotherrn, jeden Tag immer schlechter geht!«

»Ho capito«, antwortete sie, »sag mir also, was ich tun kann.«

Wenn man die Frauen an diesem Punkt hat, werden sie großmütig. Sie, die so schlecht zu allen und besonders zu ihren Liebhabern sind, werden gut, umgänglich, nachgiebig, wenn es gilt, ihrem früheren Herrn milde Gaben zu spenden oder den Wohltäter zu spielen gegenüber einer sympathischen Person. Dann geschieht es leicht, dass sie mit diesen teilen, was sie besitzen. Eine Sache, die sie haben, teilen sie in zwei Teile, und den einen Teil schenken sie her, wenn sie nur, wiederhole ich, großartig dastehen; oder vielleicht tun sie es, um jenen zu helfen, die im Unglück sind, denn in der Welt werden nur die, die Glück haben, die Reichen wirklich gehasst. Reichtum muss man bezahlen und büßen. Und das wissen die Reichen, die alles bekommen, wie sich zeigt, wenn sie gut zahlen; aber denen nichts aus Liebe zuteilwird. Nichts aus Liebe! Nicht einmal das heilige Öl! Und das ist ihre Verdammnis.

Was Mädchen betrifft, die mir schon Gefallen erwiesen hatten, entsann ich mich jetzt der Maurina; die uns in der Zeit, als wir am meisten Hunger litten, manches Stück Brot gegen Bezahlung überließ. Sie ging mit den Deutschen, kehrte aber stets mit ein paar Stücken Brot heim. Und nichts, oder fast nichts, behielt sie für sich. Ich erinnere mich, dass wir einmal nach dem Abzug der Deutschen von Rom miteinander zu einem von den Deutschen verlassenen Lager in der Nähe der Madonna del Riposo gingen; das ist ein Platz, der nicht weit abliegt von der Kirche Sant'Onofrio, berühmt und mir teuer, weil sie Tassos Grab beherbergt. Wir machten zwischen den blühenden Mandelbäumen und dem halb zerstörten Damm der Eisenbahn, über die großen Brücken, die großen Felder, die weiten Schilfflächen des Val d'Inferno oder Höllentals einen sehr liebevollen Abendspaziergang. Dann fand sie in einem Schlupfwinkel des verlassenen Lagerplatzes eine noch verschlossene, völlig unbeschädigte Holzkiste, die eingelagerte Kartoffeln enthielt. Fröhlich schleppten wir sie ab, jeder immer ein Stück weit. Als wir heimgekehrt waren, machte Maurina sie uns zum Geschenk.

Man muss sich das also, selbst ehe man über Huren schlecht spricht, zweimal überlegen und bedenken, ob nicht auch sie Gottes Geschöpfe sind. Und sicherlich kannte ich niemals ein Mädchen, das lieber und entgegenkommender war als Maurina: Stets war sie fröhlich, auch in Zeiten des Unglücks, verschärft durch Hunger, und Tagen des Hungers, verschärft durch die Gefahren des Krieges. Auch Linda zeigte sich umgänglich, gefällig und gut. Ich erzählte ihr von dem Fahrraddiebstahl, sie lachte und rief: »Siehst du? Und wo du doch so tüchtig bist? Du, der mir immer so viele Unachtsamkeiten vorgehalten hat? Du, der immer alles Schlechte über mich sagt? Und doch bin auch ich, scheints, zu brauchen, bin selbst ich zu etwas nutze!«

Sie überlegte einen Augenblick und fragte dann: »Aber sag mir, was ich tun soll? Du musst mir schon selbst einen Rat geben.« Sie dachte nach und schlug vor: »Warte, über diese Sache müssen wir meine Freundin zurate ziehen. Sie kennt alle Diebe der Via Panico.«

Sie ging und kam fröhlich zurück in Begleitung des anderen Mädchens, jener, die sechzehn Jahre alt und Mutter und verlassene Ehefrau war.

Sie war im Panico-Viertel geboren und hatte dort gewohnt. Dafür, dass sie dort geboren war, wusste sie aber nichts von Giulia Farnese, der nackten sechzehnjährigen Freundin Lucrezia Borgias. Und nichts wusste sie vom Monte Giordano, wohin Lucrezias alter Vater und auch ihr Bruder kamen, um die töchterlichen oder schwesterlichen Schultern zu streicheln, während die kupplerische Frau, ich glaube, eines Protonotars, dem Alten half, die Gunst eines der Farnese-Mädchen zu gewinnen.

»Oh, Madonna, es wird doch nicht Alberto gewesen sein?«, rief das Mädchen. Sie sagte das, während ich umständlich den Diebstahl meines Rades schilderte, wobei ich versuchte, so wenig wie möglich den Dieben zu nahe zu treten und so viel wie möglich auf die derzeitigen Zustände zu schieben. Als sie »Alberto« ausrief, war mir, als berührte ich den Himmel mit dem Finger. Trotzdem musste ich erst herausbekommen, ob Alberto der Pappa war, ich meine, ob Pappa mit Vornamen Alberto hieß. Also fragte ich sie, wie Alberto mit Zunamen hieße. Doch sie, misstrauisch, da sie sofort gemerkt hatte, wie ungeschickt es war, den Namen Alberto auszusprechen, hatte sich sofort in der Gewalt und sagte: »Oh, nein, nein, Alberto kann es nicht gewesen sein. Aber ›ascoltate una cosa‹ – hören Sie zu.«

Sie sagte »ascoltate«, gebrauchte die Anredeform »voi«, »Ihr«, so wie es seinerzeit Mussolinis Parteisekretär Starace angeordnet hatte, als das »Sie« »abgeschafft« wurde.

»Hören Sie, ich glaube, dass ich Ihnen helfen kann, aber Sie müssen einiges Geld dranwenden.«

Also ein Mädchen, das mit sechzehn Jahren bereits erfahrene Kennerin alles Bösen war, einschließlich dessen, wie man durch Geldabnehmen jemanden von der Verfolgung eines erlittenen Diebstahls abbringt. Und sie fuhr fort: »Ich kenne in der Via Panico viele Leute und kann sie danach fragen, aber sind Sie …, sind Sie ein Mann, dem man vertrauen kann? Dem Aussehen nach scheinen Sie ein anständiger Mensch zu sein.«

Sie lächelte wieder in einer so freundlich-freundschaftlichen und höflichen Art, dass man sie für eine Baronesse in einem hoch aristokratisch diplomatischen Salon hätte halten können, als sie sich sogleich an Linda wandte: »Ist er ein Mann, ein vertrauenswürdiger Mann, dein früherer Herr, dein Herr, wie heißt er doch?«

Und Linda, den Mund spitzend und mit knospenartigem Kinn, deutete würdevoll sofort ein »Ja« an.

»Dafür stehe ich ein!«, fügte sie laut hinzu.

»Also gut«, sagte die andere weiter, »wie viel würdet ›Ihr‹ geben, wenn ich ›Euch‹ das Fahrrad zurückbrächte.«

»›Euch‹ einen Kuss«, sagte ich.

Sie wippte ein paar Mal mit dem Fuß, drehte sich

in der Hüfte, schloss halb die Augen mit reizendem Getue, erwiderte mir aber, dass sie im Augenblick von einem Kuss nichts wissen wolle, dass sie ihn ihrerseits mir sogar gleich geben würde, wenn wir uns nicht gerade mitten auf der Straße befänden.

»Aber bei diesen da«, sagte sie, auf die jungen Herren der Via del Panico anspielend, »ist mit Küssen nicht viel auszurichten.« Und nach einer Pause: »Nicht einmal ich zähle bei denen etwas. Um das Rad wiederzubekommen, werde ich mich an meine Mutter halten müssen. Sie ist alt und kennt andere alte Frauen in der Straße. Und sie ist sehr auf Draht, meine Mutter.«

»Aber wie viel«, begann sie abermals, »sind Sie bereit anzulegen? Ein Fahrrad stellt schließlich heute ein Kapital dar! Wie viel hatten Sie dafür bezahlt?«

Und da ich zögerte, das zu sagen, denn ich hatte es gekauft, als Räder noch billig waren, wollte sie einem Angebot zuvorkommen und fragte: »Würden Sie zehntausend Lire geben? Vielleicht wird man es Ihnen für weniger als zehntausend gar nicht zurückgeben!«

Nein, ich durfte ihr, die mich seit kaum zwei Minuten kannte, nicht sagen, dass ich arm war oder durch den Krieg arm geworden war. Durch einen dieser Kriege, die das tun, was sie immer getan haben und immer tun werden: Sie bereichern einige Leute, die meist vorher arm gewesen sind, während sie die Wohlhabenden verarmen lassen und die Menschen, die nicht von materiellen Spekulationen leben, aufs Straßenpflaster werfen, sie in die Lage der letzten, armseligsten Bettler versetzen. Im Übrigen bedeutet gerade für die geistigen Menschen der Krieg im Grunde die Sühne dafür, dass sie die Dinge treiben und laufen lassen und dass sie der Welt, dem Menschengetier nicht unaufhörlich einhämmern: »Macht keinen Krieg!« Dies der Menschheit zu predigen ist, wie ich seit jeher glaube, eine unserer Pflichten. Und da die Schreibenden, die Schriftsteller, die Dichter, fast alle und fast immer, sich dieser Pflicht entziehen, so haben sie letztlich sich selbst an die Brust zu schlagen und zuzugeben, dass, wenn Kriege kommen und immer wieder kommen, es ihre, unsere Schuld vor allem ist. Es ist nicht die Schuld derer, die nicht imstande sind, die Dinge eine Viertelstunde vor den anderen zu sehen, wohl aber derer, die sich dem Krieg nicht entgegenstemmen, während sie doch jene Uhr lesen können, die man Geschichte nennt. Die Geschichte ist nicht mehr und nicht weniger als eine Uhr. Wenn es fünf Uhr schlägt, kann man sicher sein, dass jetzt die sechste Stunde kommt; die vierte kommt jedenfalls bestimmt nicht! Andererseits ist es zu einfach – und so bequem, dass es einer lässlichen Sünde ähnelt –, das zu tun, was manche Dichter, Schriftsteller, Philosophen tun, wenn sie ins Leere spekulieren. Sie gehen über den Wolken spazieren und bemerken nicht, wollen nicht bemerken, dass es unten, auf den irdischen Blumenbeeten, von Würmern und Heuschrecken wimmelt und dass die niedrigen Triebe sich zu jeder Stunde, die die Uhr der Geschichte anzeigt, üppig aufs Neue entfalten. Und dass es deshalb gilt, wie sehr man auch glauben mag, dass die giftige Wurzel der Kriege unausrottbar ist, zu säubern und zu jäten, soviel ein jeder vermag. Das wenigstens ist meine Überzeugung.

Ich glaube, dass ich meinem Nächsten keine größere Wohltat erweisen kann, als ihn dazu zu bringen, allen Kriegen zu fluchen, und ihn zu lehren, sich mit ganzem Herzen, mit allen materiell möglichen Mitteln dafür einzusetzen, dass die giftige Wurzel der Kriege ausgerottet werde. Kriege entstehen aus gefräßiger Gier. Aus dem Wahnsinn zu glauben, es sei besser, vom Leid anderer zu leben als vom eigenen Gut. Und dass man dem Nächsten lieber Böses als Gutes antun solle. Ich hingegen glaube, dass es, wenn es jedem Einzelnen gut geht, allen besser gehen würde. Und auch jenen Patrioten, die behaupten, für ihre Kinder, nicht für sich zu kämpfen, um ihren Kindern bessere Lebensbedingungen zu schaffen, gebe ich dieses zu bedenken: Beginnt damit, ihr guten Leute, wenn ihr nichts anderes vermögt, wenigstens euch selbst wohlzubefinden! Dann wird es später für eure Kinder leicht sein, es besser zu haben!

Kümmert euch um euer Häuschen, um eure Handbreit eigenen Grund, um euer Gemüsegärtchen. Verschafft euch dieses mit eurer ehrlichen Arbeit; und dann, nach eurem Tod, werden eure Kinder nicht, wie es jetzt geschieht, ihre Häuser von Bomben zerschlagen und von Soldaten verwüstet sehen, von Dieben geplündert, von solchen, die, im Dreck geboren, von nichts anderem sich zu ernähren vermögen; denn das tut der Krieg: Er zeugt Diebe und Mörder in unermesslich größerer Zahl, als es ruhige Zeiten, Zeiten des Friedens und des gleichmäßigen Lebens tun.

Da es denn unsere eigene Schuld ist, die Schuld von uns Schriftstellern, wenn Kriege geführt werden und

Räuber und Mörder sich vervielfachen, insofern wir, statt den Fröschen zu predigen, es hätten verstehen sollen, der Perversität zu steuern, sie mit allen unsern Kräften zu brandmarken und nicht Mörder und Diebe zu ermutigen, war ich bereit zu zahlen, mein Rad ein zweites Mal zu bezahlen zur Buße meiner Schuld als Dichter. Und so kam es, dass ich mich erbot, fünftausend Lire zu geben, die Hälfte von dem, was das Mädchen vorgeschlagen hatte. Zunächst aber ging es noch immer darum, das Rad erst wiederzufinden! Es war auch nicht angebracht, allzu viel von Dieben und freundlichem Bitten zu sprechen: zwei Dinge, die das Mädchen nur verstimmt und misstrauisch über meine Absichten gemacht hätten; denn sie konnte darin einen Grund zur Vermutung finden, dass ich den Dieb suchte, um ihn mir dann vorzunehmen. Ich fasste Mut und erklärte ihr rundheraus, dass ich den Familiennamen des tüchtigen jungen Mannes wisse, der mein Rad gestohlen hatte.

»Woher wissen Sie denn den?«, fragte sie, mehr von Misstrauen als von Neugier getrieben. Ich gab ihr zu verstehen, dass irgendwer mir einfach mitgeteilt habe, der Pappa sei mit meinem Aluminium-Rad in der Via del Panico gesehen worden. Ich gab ihr ebenfalls zu verstehen, dass ich erfahren hatte, der Pappa beabsichtige, es zu verkaufen, und dass ich wisse, wie er es einem Fahrradhändler angeboten habe.

»Der Pappa?«, fragte das Mädchen. »Ich weiß nicht, ob Alberto sich mit Familiennamen Pappa schreibt. Ich weiß aber, dass er es gewesen sein kann. Oh, ich kenne ihn!«

Sie hatte gesagt »ich kenne ihn«; doch aus dem Gesetz des Schweigens heraus, der »Omertà«, die das unverbrüchliche Gesetz der Via del Panico ist, hatte sie kein weiteres Merkmal hinzugesetzt, das sich auf den Pappa beziehen konnte; der war schon wiederholt wegen Diebstahls und Einbruchs bestraft worden, das wenigstens ließ sie durchblicken. Ja, ich las das in ihren Augen, als sie, den Namen »Pappa« aussprechend, Linda zublinzelte.

»Nun gut«, sagte sie schließlich, »aber wie machen wir es jetzt? Hören Sie: Ich werde es meiner Mutter sagen, und sie wird versuchen, Alberto zu überreden«, und somit wusste ich, dass Alberto wirklich der Pappa war. »Aber mit den fünftausend Lire, wie machen wir das? Ich kann sie Ihnen nicht vorschießen!«

»Du bist auch ewig blank!«, mischte sich Linda, die Freundin tadelnd, ein. Sie sagte es im Ton der Lehrerin, die ihren Zögling tadelt, wobei sie nur vergaß, dass sie ihrerseits Schülerin des Zöglings gewesen war; doch war sie es, die dem Mädchen gezeigt hatte, wie man sich von den Amerikanern gut bezahlen ließ. Doch war die Sechzehnjährige noch auf körperlichen Genuss aus, was Linda nicht mehr war. Linda steckte Gelder ein und dachte nicht mehr an Liebesfreuden.

»Machen wirs doch so«, schlug Linda vor und sah mich an. »Ich kenne diesen Mann hier. Er ist Maler. Er war, wie ich dir gesagt habe, mein Padrone. Er hat ein schönes Atelier und eine schöne Wohnung. Er sagt zwar, er sei arm, aber das stimmt nicht. Ich kann ihm blindlings fünftausend Lire leihen. Also machen wirs so: Gelingt es dir, mithilfe deiner Mutter, das Rad zu ihm zurückzubringen, gebe ich einstweilen die fünftausend, da ich ganz sicher bin, sie von ihm wiederzubekommen. Nicht nur!«, sagte sie mit triumphierender Miene, sich wieder an mich wendend. »Du wirst mir sogar sechstausend zurückgeben. Und gib acht: Wenn ich sie nicht binnen vierzehn Tagen wiederhabe, dann behalte ich entweder das Rad für mich oder verlange siebentausend.«

Linda machte Spaß. Sie war zu allem fähig, auch zu Wuchergeschäften, denn in ihrem kleinen Gehirn frönte sie dem Trieb, reich zu werden. Doch dachte sie nicht daran, gerade mich auszubeuten. Tochter eines Calabreser Metzgers, hätte sie es durchaus nicht nötig gehabt, als Straßenmädchen zu gehen. Sie hätte nach dem Abzug der Deutschen wieder heimkehren können. Stattdessen hatte sie sich vorgenommen, reich zu werden, um dann nach Calabrien zurückzukehren und vielleicht sogar zu heiraten.

Einen großen Fleischerladen aufmachen und ihr ganzes Leben lang Schafe schlachten! Mit dem einzigen Ziel, reich zu werden! Ja wirklich, reich wird man nur mit blutigen Taten und anderen Gewaltaktionen; sicherlich nicht mit Radierungen und Gedichten! Ich habe mir von Lindas praktischen Fähigkeiten niemals eine genaue Vorstellung machen, sie abschätzen können. Sie ist jetzt frei von Liebe. Selbst ihre fleischliche Gier ist nicht mehr durch ein Übermaß, durch Überschäumen der Liebestriebe, die explodieren wollen, bedingt, sondern allein von dem Wunsch, viel zu verdienen durch reichliches Angebot von Fleisch. Maurina zum Beispiel ist anders. Sie ist wie ein Feuer und will sich stets mit Genuss hingeben. Sie ja, sie wirft sich einem mit Wollust in die Arme; Linda hingegen ist berechnend. Sie pfeift sogar auf die Liebe, Liebe bedeutet ihr nichts. Sie bedient sich ihres Fleischs, das so weiß ist wie Käse, um es sich gegen Bezahlung von den Soldaten bearbeiten zu lassen. Das Vergnügen, das ihr dabei zuteilwird, ist sehr relativ. Aber wenn ihr Lustempfinden relativ ist, so ist ihr Drang, ihr Instinkt zum Parasitentum, absolut. Sie ähnelt, als Spezies, dem Blutegel. Sie saugt Blut und Geld. Sie begeht irgendeine winzige gute Tat nur, sofern sie dabei nichts zuzusetzen braucht und diese gute Tat ihr schließlich auch noch zu etwas nütze ist: und wäre es zu nichts anderem als dem Wunsch, in irgendeiner Form für nützlich und gut zu gelten.

»Also, wie gehts weiter?«, fragte ich nochmals.

»Ich werde dich anrufen, du kannst dich drauf verlassen«, antwortete sie; sie war sich ganz sicher, dass das Fahrrad zum Vorschein kommen und dass ich die sechstausend Lire herausrücken würde; wovon tausend für sie waren.

Gegen Mittag ist die Via del Panico ein einziges Kommen und Gehen von zweifelhaften Frauen, die sich in den Volksküchen ihre Suppe holen, und von Mädchen, die stolz darauf sind, das zu tun, was in den Puffs der Via del Tritone vor sich geht. Aus elenden, halb zerfallenen Hauseingängen sieht man Mädchen herauskommen, in Pelzen und mit üppigen Frisuren auf dem Kopf, natürliche schwarze Locken und solche, die von den Friseusen nicht der Via del Panico – wo es nämlich keine gibt –, sondern der Via Tomacelli,

Via Veneto, Via del Tritone gewellt wurden. Es sind die »Tritonessen«, die um die Mittagszeit den Trieb verspüren, wenigstens für eine Viertelstunde den zierlichen, wohlbestrumpften und wohlbeschuhten Fuß auf die abbröckelnden Steinstufen der steilen, hoch hinaufführenden Treppen ihrer elenden Elternhäuser zu setzen. Sie tragen unter dem Pelz Dinge, die ihnen von den Amerikanern geschenkt wurden, und andere, die sie den Amerikanern gestohlen haben. Ein Mädchen bringt ihrer alten Mutter ein Stück schöner Seife bester englischer Marke. Sie schwenkt es in der Luft mit Bewegungen, die einen Augenblick lang strahlend sind wie die eines Kindes, dann aber in den ernsten Ausdruck übergehen, der dem Blut der Prätorianerfrauen entstammt und der römischen Konkubinen in der antiken Dichtung des Horaz und der Satiren Suetons. Die halbwüchsigen Jungen stehen im Kreis herum, bilden ein Spalier, das dem Glück der Prostituierten huldigt, ihrer früheren Spielgefährtinnen, ihrer Kumpaninnen bei den ersten Diebereien, den ersten Gerichtsverhandlungen, der ersten Gefängniszeit, den ersten Krankheitsbehandlungen. Alte Männer, Diebe, die nicht mehr imstande sind zu stehlen, weil sie sich nicht mehr auf den Füßen aufrecht halten können, stehen herum und wedeln mit den Fächern in die Glut der Kastanienrostöfen, wo sich bereits eine Aschenschicht anzusetzen beginnt. Andere Männer lassen sich nieder, um alte Federn der jetzt vom Markt verschwundenen Truthühner zusammenzubinden, zu Fächern, die den Käufern gegen gutes Geld abgelassen werden. Der Schwarzmarkt tobt sich in aller Öffentlichkeit aus, in der Via del Panico. Übrigens müssen ja auch die Armen essen! Ihre Winkelzüge, ihre Finten, um sich das bisschen Essen zusammenzukratzen, sind ohne Zahl, und es wäre reizvoll, dies und jenes davon zu beschreiben; manches darüber habe ich in meinem Buch *Rom unter den Deutschen* erzählt.

Die Via del Panico ist eine abschüssige Straße, wo die menschliche Kloake nach dem Ponte Sant'Angelo hinabflutet, der Brücke mit den ätherischen geflügelten Statuen, die Bernini entwarf und die seine Schüler ausführten. Wenn der Pegelstand der Kloake steigt – so wie er stieg, als der Vizedirektor des Regina-Coeli-Gefängnisses in den Tiber geworfen wurde – und die Höhe der Brücke erreicht haben wird, dann ist das Ende gekommen für das reiche, das aristokratischmüde und das bürgerliche Rom; aber auch für die anständigen Menschen, denn in der Via del Panico wird man nicht alle Dinge mehr so ganz genau nehmen.

Ich verbrachte ein paar unruhige Tage, auf Lindas Anruf wartend. Einen verlorenen Gegenstand wiederzuerlangen – oh, ich sagte es schon, dass ich das für eine größere Freude erachte, als den verlorenen Gegenstand zu besitzen, ohne ihn je verloren zu haben. Mich telefonierten in jenen Tagen allerlei Leute an, Drucker, Quälgeister, andere, die falsch verbunden waren. Ich hatte schon ganz andere Dinge im Kopf, aber immer wieder kehrte ich zu der Hoffnung zurück, dass das Fahrrad doch noch ausgelöst werden könne. In jenen Zeiten nein, in diesen Zeiten, denn man kann nicht sagen, dass sie schon vorüber seien oder bald zu Ende sein werden – hatte ich schwere Sorgen; so viele und von derselben Art wie die vieler, vieler Bürger der Hauptstadt. Sorgen, die sich übereinanderstapelten. Man fand gar keine Zeit, mit einer fertigzuwerden, sie zu überwinden, ehe eine, zwei weitere sich drohend gegen uns aufrichteten. Der Hunger wurde von Tag zu Tag schlimmer! Wir glaubten und glauben noch immer, dem finsteren Schicksal, dem traurigen Ende von Dantes Grafen Ugolino im Hungerturm zu entrinnen. Aber der Hunger ist, wie er ist. Der Hunger ist wie ein Erstarren vor Kälte in einem tiefen Tal, zwischen hohen, düsteren, regenverhangenen Bergen, zwischen deren glanzlosem, verfinsterndem Wolkentreiben die unzugänglichen, furchterregenden geisterhaften Spitzen der Eisfelder aufschimmern. Wenn hoch auf einem Gipfel zuweilen ein einsam trauriger Sonnenstrahl durchdringt – der für mich aus den Augen meines Töchterchens Lucianella besteht –, so ist es in der Tiefe des Tals, als wäre es schon Nacht. Die Hoffnung auf Rettung sinkt in diesem Krieg von Tag zu Tag. Es könnte von Tag zu Tag unsere schlimme Ahnung zunehmen, dass wir in Elend und Hunger zugrunde gehen; doch es ist anders, wie ich schon sagte, der Hunger gleicht einem Erstarren in Eis und Kälte; man hört fast nichts mehr, wir nehmen in unseren Organen unsere eigene Gegenwart kaum mehr wahr. Selbst der Antrieb zum Essen schwindet Tag um Tag, aus Erstarrung; und man entsinnt sich nicht mehr, dass man früher einmal gebratene Fasanen gegessen, Omelettes soufflées gekostet hat; oder wie man sich, vor dem Aufheben der Tafel, noch an einem letzten wie überflüssigen Genuss erlabte, an einem Sahne- oder Cremedessert.

Oder bei den zarten roten Sardellen sich entrüstet zu haben, dass mit ihnen allein das Horsd'œuvre garniert war. Wer großen Hunger hat, der ist, möchte ich sagen, nicht mehr hungrig. Er fällt von sich aus in sich selbst zurück. Noch sind wir nicht so weit. Aber der Winter nähert sich. Und der Hunger, und mehr noch als der Hunger das Fasten, das sich wiederholende, von Monat zu Monat sich verschärfende Fasten, sind der Art, dass sie uns haben die Empfindungsfähigkeit des Gaumens verlieren lassen. Ich sage »gebratener Fasan«, sage »Maccheroni alle vongole«, mit dem roten und frischen Saft der Tomate, sage »Maccheroni al dente«, dem Zahn noch leichten Widerstand leistende, nicht zu weich gekochte Makkaroni, aber in Wahrheit entsinne ich mich nicht einmal mehr, um was es sich handelt. Wir, wir anständig Gebliebenen, haben das Gedächtnis des Gaumens verloren.

Trotz allem, als am dritten Tag das Telefon läutete und ich Lindas Stimme am Apparat wiederhörte, glaubte ich wiederaufzuleben, mit einem Mal vieler Sorgen ledig zu sein. Linda berichtete mir wirklich und tatsächlich, dass Pappa, gegen Erlegung von fünftausend Lire, das Rad wieder herausgeben werde. Nicht lange nach diesem Anruf klopfte Lindas Freundin an die Tür meines Ateliers. Sie hatte mein Fahrrad bei sich, und ein Sträußchen Rosen war an der Lenkstange befestigt. Einen Augenblick lang war ich versucht, die sechstausend Lire nicht zu bezahlen; und tatsächlich bezahlte ich auch nur fünftausend. Doch als Geschenk für Linda legte ich einen kleinen silbernen Ring dazu.

Ich wollte auch nicht fragen, ob Pappa gezögert habe oder sofort mit der Rückgabe einverstanden gewesen sei; besser gesagt: mit der Auslösung. Ich hatte zu viel Anlass, auf mich selbst wütend zu sein, dass ich dem Wiederfinden, nein: der Auslösung eines Fahrrads solchen Wert beigemessen hatte; aber ich sage noch einmal: Es gibt keinen feineren Genuss als den an der Wiedererlangung einer verlorenen oder uns gestohlenen Sache. Und man könnte die Folgerung daraus ableiten, dass, wenn wir in normalen Zeiten auf die Suche nach Freude und Vergnügen gehen, auch das Folgende sehr zu empfehlen sein möchte: Irgendjemand müsste uns einen uns teuren Gegenstand entwenden. Zum Scherz entwenden, versteht sich; doch ohne uns ahnen zu lassen, dass es sich um einen Scherz handelt. Und der Bestohlene müsste umherirren, wie wir umhergeirrt sind auf der Suche nach dem Fahrrad. Im Übrigen sind von keinem größeren Gewicht noch von beträchtlicherem Maße die Freuden, denen man in geregelten Zeitläufen durch die Welt nachjagen kann.

Es geht im Leben darum, Verlorenes wiederzufinden. Man kann es einmal, zweimal, dreimal wiederfinden, so wie es mir zweimal gelungen ist, mein Fahrrad wiederzufinden. Doch das dritte Mal wird kommen, und nichts mehr werde ich finden. So ist es, wiederhole ich, mit dem ganzen Dasein. Es ist ein Lauf über Hindernisse, bis man endlich verliert oder stirbt. Ein Lauf über Hindernisse von Kindheit an! Man verlässt den Mutterleib, und weinend beklagt man den Verlust der bergenden Höhlung; der Säugling hat die Augen geschlossen, und schon sucht er mit der rosenblattfarbenen Nase am Busen seiner Mutter nach der süßen kräftigen Stelle, die ihn ernährt; dann, der Muttermilch entwöhnt, sucht er die Hand des Vaters, dass sie ihn zu den ersten Schritten anleite. Man sucht allzu viele Dinge, bis zu seinem Tod. Und ich werde ein Freundesantlitz suchen, und werde nur das meiner Luciana finden, wenn ich es finde; und das wäre, in meinen letzten Schmerzen, schon ein Sterben mit der Sonne vor den Augen.

Giuseppe Fava *Ehrenwerte Leute*

Als die junge Lehrerin Elena in einem sizilianischen Bergdorf eine Stelle antritt, wird sie über Nacht zur Respektsperson. Wer sie beleidigt, wird am nächsten Morgen tot auf der Piazza gefunden. Ein undurchschaubares, unerklärliches Netz ist um sie gesponnen. Sie steht unter dem Schutz »ehrenwerter« Leute und weiß nicht, warum. Das Dorf wird ihr zum Alptraum.

Giuseppe Fava *Bevor sie Euch töten*

Vier Männer halten sich in den Bergen Siziliens versteckt, alle gegen ihren Willen zu Banditen geworden. Denn in dieser Welt des Umbruchs nach dem Weltkrieg gilt ein Menschenleben wenig. Die vier versuchen um jeden Preis, einen Pass nach Venezuela zu bekommen. Aber ihr Traum vom besseren Leben wird sich nie erfüllen.

Bruno Morchio *Kalter Wind in Genua*

Bacci Pagano, Privatdetektiv und »Analphabet in Gefühlsdingen«, liebt Mozart, gutes Essen und die Literatur. Sein Revier sind die Carruggi, die engen Altstadtgassen Genuas, die er auf seiner amarantroten Vespa 200 PX durchkreuzt. Bei Ermittlungen für eine vornehme Familie aus dem Genueser Industrieadel stößt er auf pikante Liebesaffären und dubiose Millionengeschäfte.

Bruno Morchio *Wölfe in Genua*

Der kauzige Privatdetektiv Bacci Pagano soll den Tod eines Rentners aufklären, der im hohen Alter noch eine millionenschwere Lebensversicherung abgeschlossen hatte. Seine zerfleischte Leiche wurde genau dort gefunden, wo unlängst Wölfe gesichtet worden sein sollen. Ein schrecklicher Unglücksfall? Oder steckt die junge Witwe dahinter?

Roberto Alajmo *Mammaherz*

»Ein kleiner Junge, die Mafia und ein phlegmatischer Held: Aus diesen Zutaten macht Roberto Alajmo einen spannenden Roman. *Mammaherz* ist das drastische Porträt einer Familie – und eines von Gewalt geprägten Landes.« *Katrin Hillgruber, Spiegel Online*

Manfred Görgens (Hrsg.)

Reise in die Toskana – Kulturkompass fürs Handgepäck

Zypressen, Wein und verwinkelte Bergdörfer, Leonardo und die Medici, der Schiefe Turm – das Herz der Toskana-Verliebten hängt an vielen Dingen. Doch jenseits des Offensichtlichen schlummert eine Welt, die erschlossen werden will. Durch ihre intime, mitunter skurrile Sicht auf die Toskana lassen die Autorinnen und Autoren dieses Buches die alte Provinz in neuen Farben erscheinen.

Leoluca Orlando / Ulla Steffan (Hrsg.)

Sizilien fürs Handgepäck

Pittoreske Dörfer und vibrierende Städte, Gastfreundschaft und organisierte Kriminalität, Orient und Okzident – und ein brodelnder Kern aus glühender Lava. Das alles ist Sizilien: ein Ort mit vielen Gesichtern, mit einer wechselhaften Geschichte und einer buntgemischten, niemals langweiligen Bevölkerung, den es in den hier versammelten Geschichten bekannter Autorinnen und Autoren neu zu entdecken gilt. Herausgegeben von Leoluca Orlando, 1985–2000 Bürgermeister von Palermo.

Bücher fürs Handgepäck
Bayern (UT 554)
Namibia (UT 553)
Schweden (UT 552)
Sizilien (UT 551)
Kuba (UT 550)
Südafrika (UT 549)
Kolumbien (UT 548)
Patagonien und Feuerland (UT 547)
Innerschweiz (UT 513)
London (UT 512)
Belgien (UT 511)
Emirate (UT 510)
Kapverden (UT 509)
Kanada (UT 508)
Malediven (UT 507)
Norwegen (UT 506)
Indonesien (UT 476)
Hongkong (UT 475)
Toskana (UT 474)
Argentinien (UT 473)
Kreta (UT 472)
Sahara (UT 471)
Island (UT 470)
Japan (UT 469)
Myanmar (UT 443)
Tessin (UT 442)
Mexiko (UT 441)
Provence (UT 440)
Ägypten (UT 439)
China (UT 438)
Indien (UT 423)
Marokko (UT 422)
Himalaya (UT 421)
Schweiz (UT 420)
Bali (UT 401)
Thailand (UT 400)

Rafael Sabatini Der Seefalke (UT 571)
Cecil Scott Forester African Queen (UT 570)
Louis Bromfield Der große Regen (UT 569)
Claudia Piñeiro Die Donnerstagswitwen (UT 568)
Nikos Kavvadias Die Schiffswache (UT 567)
Baby Halder Vom Dunkel ins Licht (UT 566)
Luigi Bartolini Fahrraddiebe (UT 565)
Nii Parkes Die Spur des Bienenfressers (UT 564)
Mo Yan Die Schnapsstadt (UT 563)
Nagib Machfus Der Dieb und die Hunde (UT 562)
Fergus Fleming Nach oben – Die ersten Eroberungen der Alpengipfel (UT 561)
Garry Disher Drachenmann (UT 560)
Juri Rytchëu Alphabet meines Lebens (UT 559)
Petra Ivanov Tiefe Narben (UT 558)
Bill Moody Auf der Suche nach Chet Baker (UT 557)
Jean-Claude Izzo Sonne der Sterbenden (UT 556)
Jörg Juretzka Sense (UT 555)
Christopher G. Moore Stunde null in Phnom Penh (UT 546)
Salim Alafenisch Die Nacht der Wünsche (UT 545)
Jørn Riel Nicht alle Eisbären halten Winterschlaf (UT 544)
Mano Dayak Geboren mit Sand in den Augen (UT 543)
Jörg Juretzka Rotzig & Rotzig (UT 542)
Domingo Villar Strand der Ertrunkenen (UT 541)
Pablo De Santis Das Rätsel von Paris (UT 540)
Daphne du Maurier Der Apfelbaum (UT 539)
Nagib Machfus Der Rausch (UT 538)
Pearl S. Buck Das Mädchen Orchidee (UT 537)